KB055870

가챠를 돌려 동료를 늘리고

최강의

미소녀 군단을 만들자

7

칭쿠루리 지음
이세가와 야스타카 일러스트
강유정 옮김

프리지아
FREESIA

R

Elena

GATYA

가챠를 돌려 동료를 늘리고
최강의 미소녀 군단을 만들자

You increase families and make beautiful
girl army corps, and put it up

CONTENTS

1장 ― 항구 도시 세바리아

프리지아를 소환한지도 제법 시일이 지나 완전히 파티의 일원으로 적응을 마친 어느 날.

프리지아는 집을 지키기보다는 우리와 함께 사냥하는 날이 많아졌다. 그리고 오늘은 프리지아를 데리고 디우스 일행과 전에 사냥을 했던 슈트갈 광산에 찾아왔다.

이번엔 루나까지 포함하여 전원이 모였다. 내가 이곳에 와서 처음 제안했던 것처럼 광산 가장 아래에 있는 갱도 안까지 들어가서 사냥할 예정이다.

갱도 안으로 들어서자 뚫을 당시에 쓰이던 것인지 곡괭이나 수레가 곳곳에 흩어져 있었다. 역시 파는 도중에 무슨 일이 있었던 걸까. 마치 급하게 내팽개치고 도망친 듯한 느낌이다.

당연히 갱도 안은 조명 없어서 어두컴컴했지만, 그 부분은 빛의 그리모와르를 얻은 에스텔의 마법으로 해결했다. 빛의 구체가 계속 우리 곁을 맴돌고 있어서 바깥과 다름없을 정도로 밝아졌다. 마법은 정말 뭐든 가능하구나. 이 정도 수준의 마법이 가능한 마도사가 얼마 없는 게 문제지만.

빛 마법 중엔 공격 마법도 있다고 하기에 시험 삼아 보여달라고 할 생각이었으나…… 평소처럼 "에잇!"이 아니라 "──모여든 빛이여, 세상을 멸할 섬광과……"라며 주문을 외기 시작하는 바람에 서둘러 막았다. 그대로 놔뒀다간 주변일대가 초토화됐을지도 모른다. 정말 에스텔 님의 마법은 무섭다니까.

그런 식으로 어느 정도 갱도 안으로 진입하여 진지를 구축한 후, 요 며칠간은 하루도 빠짐없이 찾아오고 있다.

디우스 일행과 사냥했을 때와 마찬가지로 한 마리가 겨우 지날 만한 구멍을 뚫은 바위벽에서 가고일이 모습을 나타냈다.

"하압!"

곧바로 프리지아가 화살을 쏘자, 화살을 맞은 가고일은 산산조각이 나면서 부서졌다.

"또 한 마리 잡았어!"

"오오, 열심입니다! 화살로 가고일을 부수다니 역시 프리지아는 대단합니다."

"에헤헤, 이 정도야 당연하지—."

가고일을 잡고는 파이팅 포즈를 취하고 프리지아는 놀에게 뛰어갔다. 칭찬받자 늑대 귀가 달린 후드 위로 자신의 머리를 긁으며 기쁜 듯이 헤실헤실 웃었다. 지금 쓰고 있는 후드는 놀이 만든 사냥 전용 후드다.

가능성은 낮았지만 사냥 중에 다른 모험가와 마주칠지도 모른다. 거기에 프리지아의 부탁도 있었기에 놀이 정성 들여 사냥 전용 후드를 만들었다.

놀도 의욕이 솟았는지 기쁘게 만들기 시작하더니 지금도 다른 후드를 제작 중이란다.

"프리지아는 완전히 후드에 익숙해진 모양이네. 그렇게 마음에 들어?"

"응! 처음엔 조금 어색했는데 지금은 쓰고 있는 게 편해! 게다가 놀이 만들어 준 거니까 계속 쓰고 싶어!"

"우후후, 마음에 든다니 다행입니다. 다른 분들도 원하면 만들어 드리겠습니다만?"

"너 말야…… 내가 귀여운 후드를 쓴 모습이 보고 싶냐?"

내 입으로 말하는 것도 뭐하지만, 내가 동물 귀가 달린 후드를 쓰는 걸 누가 보고 싶겠냐고. 아무도 원하지 않아. 라고 생각했건만──.

"어머, 난 보고 싶은걸?"

"그러네요. 재밌을 것 같…… 아니, 분명 어울릴 거예요."

"픕, 헤이하치가 후드를…… 음, 어울리겠군."

"웃으면서 말하지 마!"

원하는 분들이 바로 옆에 계셨습니다! 그보다 그냥 재밌어하는 거잖아! 시스하 녀석은 손으로 입가를 가리기라도 했지, 루나는 대놓고 뿜었잖아!

그런 내 반응이 불만스러웠는지 프리지아는 입을 삐죽였다.

"에에─, 헤이하치는 싫어? 이렇게 귀여운데…… 모처럼이니까 다 같이 입고 싶어. 에스텔이랑 시스하는 어때?"

"미안하지만 나는 사양할게……."

"저, 저도 어울릴 것 같지 않아서……."

갑자기 프리지아가 에스텔과 시스하에게 화제를 돌리자 두 사람은 시선을 돌리며 피했다. 에스텔은 어울릴 것 같은데 시스하는 좀 그렇지. 만약 시스하가 후드를 쓰게 되면 박장대소하면서 놀려줄까…… 나중에 보복당할지도 모르니까 자중하자.

"정말이지, 다들 부끄럼이 많으십니다. 프리지아, 제가 같이 쓸 테니 나중에 커플 후드를 쓰고 외출하는 겁니다!"

"신난다! 역시 놀은 상냥해! 앗, 맞다! 루나도 같이 쓰자! 분명 어울릴 거야!"

"흥. 누가 그딴 거 쓸까 보냐. ……앗."

루나는 말을 내뱉고는 실수했다는 듯이 입을 연 채로 굳어버렸다. 루나의 시선 끝에선 그 발언에 충격받았는지 놀이 쪼그리고 앉아 손가락으로 바닥에 그림을 그렸다.

"그딴 거…… 제가 만든 후드가 그렇게나 별로였습니까…….."

"그, 그런 게 아니라…… 나도 쓸 테니까 울상 짓지 마."

"정말입니까! 우후후, 어떤 후드로 만들지 고민됩니다. 루나라면 역시 박쥐 모양이 좋을까?"

"잘됐다, 루나! 셋이서 커플룩이야!"

"우윽…… 바보 엘프 녀석…….."

루나는 이를 으드득 갈며 원망스러운 표정으로 프리지아를 노려봤다. 완전히 불똥 튄 격이라 불쌍하지만 놀과 프리지아가 만족하니 넘어가자. ……그리고 루나라면 후드를 써도 잘 어울릴 테고.

사냥터임에도 이런 긴장감 없는 대화를 나누고 있었는데 갑자기 갱도를 막고 있던 바위벽이 깨지는 소리와 함께 부서졌다. 그리고 흙먼지 속에서 모습을 나타낸 것은 주황색 물체, 콜로서스였다.

"오, 드디어 나왔군. 이얍!"

콜로서스는 나오자마자 몸을 발광시키며 스킬인 축지를 사용하려 했다. 하지만 그 전에 내가 디멘션브레이슬릿으로 손을 전이시켜 엑스칼리빠루로 머리를 내리쳤다.

내 방해로 인해 축지 발동은 멈추고 발광이 잦아들었다. 곧바로 나는 지면에 미리 배치시켜 둔 은색 액체, 센티터블라에 명령을 보내 콜로서스의 발을 묶어 움직임을 봉쇄했다.

"에잇, 덤으로 하나 더 에잇!"

지체하지 않고 에스텔이 지팡이를 휘둘러 콜로서스를 반구형 바위벽으로 덮은 후 앞을 향해 지팡이를 휘둘렀다. 그러자 지팡이 끝에 마법진이 나타나며 화염이 일직선으로 뻗어나갔다. 마치 화염방사기 같았다.

바위벽 안에서 콜로서스는 뜨거움에 발버둥 쳤지만 센티터블라가 묶고 있기 때문에 도망칠 수 없었다. 그대로 구워진 콜로서스는 결국 딱딱한 주황색 몸에 금이 가더니 부서져 내렸다.

덤으로 발을 묶고 있던 센티터블라도 부서져 빛의 입자가 되어 내 어깨에 달린 수정으로 돌아왔다.

"좋았어. 이걸로 두 마리째야."

"오쿠라 님은 여전히 잔인한 장치를 설치해두셨지 말입니다……."

"편해서 좋잖아. 센티터블라까지 부서트리다니 대담한 발상이네."

"어차피 부서져도 알아서 채워지니까. 그럼 유효하게 활용해야지."

"생각이 없어보여도 바로 이렇게 합리적인 방안을 떠올리신다니까요. 오쿠라 씨 같은 사람을 효율충? 이라고 부르던가요?"

또 이 세계에선 못 들을 법한 단어를 쓰고 있네…… 시스하는 대체 어디서 그런 지식을 얻은 걸까. 뭐 내가 효율충인 건 부정 못 하겠지만. 실제로 이렇게 갱도 안에 들어와서 사냥하는 것도 효율 때문이니까 말이야.

갱도 안에서 사냥을 시작하고 이미 한 마리의 콜로서스를 잡은 상태였다. 첫 번째는 축지를 멈출 타이밍을 놓치는 바람에 센티터블라로 겨우 붙잡아 쓰러트렸지만 이번엔 안전하게 해치울 수 있었다.

센티터블라를 희생시켰지만 2, 3일이 지나면 사용 횟수가 회복되니까 문제없다. 4개나 남은 데다가 내가 동시에 조종할 수 있는 것은 기껏해야 2개뿐이니 전부 다 소진할 걱정도 없을 것이다.

"그보다 콜로서스란 마물은 좀처럼 나타나질 않네요. 열흘이나 사냥했는데 2마리밖에 안 나올 정도라니 놀랐어요."

"그러게. 디우스 파티랑 사냥하러 왔을 땐 이틀 만에 나왔는데 그건 운이 좋은 케이스였던 모양이야. 갱도 안으로 들어와서 효율도 올랐을 텐데 이 정도라니."

"그래도 이만큼 안 나오니까 콜로티움이 그렇게 비싼 거겠지. 이 정도로도 충분히 많이 번 거 아닐까? 게다가 간단히 잡을 수 있어서 편하잖아."

"일단 같이 오긴 했지만 이 정도면 굳이 내가 있을 필요는 없어 보이는군. 내일부턴 난 빼줘."

"에에―, 루나 또 집에 있을 거야? 루나가 없으면 쓸쓸하단 말야!"

"맞아요! 루나 씨가 없으면 쓸쓸해요!"

"에잇, 또 바보 엘프가 쓸데없는 말을…… 시스하까지 동참하지 마."

프리지아는 묘하게 루나한테 치근덕대네. 최근엔 루나가 방에서 자고 있어도 멋대로 들어가서 깨워서 데리고 나오곤 한다. 몇 번이나 물려서 바닥에 널브러지고도 끈질긴 녀석이다. 이번 콜로서스 사냥에 루나가 동행한 것도 프리지아 때문이다.

콜로서스가 떨어트린 콜로티움을 마법 가방에 넣어 회수했다. 이걸로 2개째. 단순하게 수입을 계산해봐도 1600만 길이다. 게다가 아이언가고일에게서 나온 철광석도 상당히 많이 가지고 있었다.

열흘이 걸렸지만 벌이는 충분. 불만을 표할 정도는 아니다. 다만 조금 더 나와 주면 좋겠는데…… 그런 생각을 하고 있자 시스하가 제안을 하나 했다.

"좀처럼 안 나오는 게 불만이라면 좀 더 안으로 들어가 보는 게 어떨까요? 그보다 저, 이 갱도 안에 뭐가 있는지 궁금해요."

"나도 궁금해! 안쪽을 탐험하는 것도 재밌을 것 같아!"

"우으, 난 귀찮군. 이제 돌아가지."

"루나 씨, 그러지 말고 같이 가요! 오쿠라 씨도 남자답게 말해 주세요!"

"아니 난……."

그렇게 엄청 친해 보이지는 않던 시스하와 프리지아가 의기투합하는데…… 엄청 신났잖아! 나도 궁금하지만 더 안쪽으로 들어가기엔 망설여진다. 안으로 들어가서 콜로서스를 더 잡을 수 있다면야 감사한 일이지만 여러 마리가 동시에 나오기라도 하면 큰일이다.

"저도 궁금하지만 더 들어가진 않는 게 좋을 것 같습니다. 가고일에게 포위당하면 위험합니다."

"맞아. 그래도 모처럼 전원이 모였으니 안으로 조금만 들어가봐도 괜찮지 않을까?"

"에스텔까지! 지금은 잠복 중이니까 괜찮지만 콜로서스와 정면 대결은 위험합니다!"

"그건 오빠가 지도 어플을 확인할 테니 괜찮을 거야. 이 갱도 안에서도 제대로 표시되지?"

"응, 그건 문제없어."

갱도 안에서도 지도 어플은 제대로 표시된다. 그러면 나아가는 방향에 적이 있는지 정확하게 확인할 수 있으니 마물이 뒤에서 습격하더라도 미리 알 수 있다.

게다가 이 갱도는 여러 갈래로 길이 나눠져 있지만 지도 어플로 매핑이 가능해서 전혀 문제가 되지 않는다. 우리가 어느 길로 왔는지 확인할 수 있으니 헤맬 일도 없다. 이 정도로 탐색에 특화된 아이템은 없을 것이다.

으음, 확실히 지도 어플을 사용하면 정면 대결을 피할 수 있으니 안으로 들어가 보는 것도 나쁘지 않겠군.

놀도 조금 떨떠름한 표정이지만 에스텔에게 설득당해 갱도 안으로 들어가는 것에 찬성했다.

"우으, 에스텔이 그렇게까지 말한다면 저도 알겠습니다. …… 실은 저도 안에 뭐가 있는지 궁금했습니다."

"와아! 에헤헤, 사실 계속 안에 들어가 보고 싶었어. 다들 모험 가니까 나도 모험을 해보고 싶었거든!"

"기뻐하는 것도 좋지만 너무 소란피우면 안 됩니다. 저처럼 제대로 주변을 경계해야 합니다."

"알겠습니다! 제대로 경계할게!"

척하고 경례하면서 대답했는데 정말로 이해한 걸까. 프리지아는 대답은 잘 하지만 세 발짝만 걸으면 곧장 까먹을 것 같단 말야…… 뭐 놀의 말은 제대로 귀 기울여 들으니까 괜찮겠지.

나와 같은 걱정이 들었는지 시스하도 푸념하듯이 털어놓았다.

"놀 씨, 완전히 프리지아 씨 다루는 데 선수가 되셨네요. 저랑 같이 집 지킬 때는 무슨 말을 해도 듣는 척도 안 하던데 말이에요……."

"두 사람은 성격이 잘 맞기도 하고 놀도 원래 다른 사람을 잘 챙기니까. 그런데 시스하도 프리지아랑은 상성이 잘 맞지 않아?"

"무슨 말씀이세요. 저 같은 숙녀는 프리지아 씨 같은 말괄량이는 상대 안 한답니다."

입에 손을 대고 "오호호" 하고 웃으며 말하는 시스하에게 에스텔은 질린 듯한 시선을 보냈다. 나도 아마 같은 표정일 것이다. 평소엔 전혀 숙녀 같지 않은 행동만 하면서 말만 잘 하지.

시스하의 헛소리는 깔끔하게 무시하고 우리는 갱도 안으로 들어가기로 했다. 한 명이 "바보 엘프 녀석······"이라고 중얼거리는 것 같지만 어쩔 수 없다.

"자, 들어가는 건 좋은데 어느 쪽으로 가지? 이 갱도 안에서도 꽤 길이 여러 갈래로 갈라지니까 말이야."

지도 어플에 어느 정도 범위는 확인 가능하지만 가장 안쪽까지는 보이지 않으니 우리가 가는 방향이 어디로 이어져 있는지 알 수가 없다. 어느 정도 나아가면 막혀 있는지 아닌지 알 수 있겠지만 그것을 몇 번이나 반복하다간 시간이 엄청나게 걸릴 것이다.

적어도 기준을 정하고 나아가는 게 편할 텐데······ 콜로서스를 잡을 잠복 장소를 찾는 데도 시간이 꽤 걸렸으니까 말이지.

뭔가 묘안이 없을까 열심히 머리를 굴리고 있자 에스텔이 괜찮은 제안을 꺼냈다.

"그러면 마물이 나오는 방향으로 들어가는 게 어떨까? 아무렇게나 들어가는 것보다는 더 안쪽으로 이어져 있을 가능성이 높을 것 같은데."

"오호라. 콜로서스가 목적이라면 갱도 안에 있을 팝존을 찾는 게 제일이라는 건가. 좋았어. 마물이 나오는 방향으로 나아가자."

확실히 마물이 나온다는 것은 안쪽이 뚫려 있다는 뜻이다. 막혀 있을 가능성도 있지만 그곳은 마물의 팝존일 테니, 다음 콜로서스 사냥을 준비할 수 있고 우리에겐 일석이조다.

제자리에서 기다리다가 마물이 나오는 길을 확인하고 다가오는 마물을 처리하며 나아갔다. 또 갈림길이 나타나면 그곳에서 대기했다가 같은 과정을 반복했다.

"그보다 이 갱도 상당히 넓습니다. 대체 어디까지 이어져 있는 겁니까?"

"인위적으로 이런 굴을 파내다니 대단하네요. 곳곳이 정비되어 있는 건 마도사가 한 걸까요?"

"무너지지 않도록 튼튼하게 만든 걸 보니 마도사랑 같이 나아 가면서 판 것 같아. 마물이 날뛰어도 튼튼할 정도니까."

"탐색이라기 보단 관광하는 기분이야. 마물이 있으니 태평한 소리할 상황은 아니지만."

거친 부분도 있지만 전체적으로 이 갱도는 깔끔하게 정비되어 있다. 사람뿐만 아니라 콜로서스까지 지나다닐 수 있을 정도의 넓이였고, 구획별로 평탄한 부분도 있었다.

갱도 안에서 사냥하기 전에 에스텔에게 갱도 내부의 보강을 부 탁했는데, 그렇게까지 손보지 않아도 강도가 상당하다고 했다. 디우스 파티는 언제 만들어졌는지도 모른다고 했는데 이 갱도는 수수께끼가 많단 말이지.

그런 생각하고 있자 즐거운 듯이 흥흥 콧노래를 부르며 나아가 던 프리지아가 한 손을 들며 외쳤다.

"이 앞에 있는 것은 과연! 프리지아 탐험대가 미지의 장소에 발 을 들인다구!"

"흥, 바보 엘프 탐험대가 더 어울리는군. 음, 그럼 나도 일원이 되어 주지."

"너무해! 난 바보 아냐!"

어쩐지 루나는 프리지아를 놀리는 게 꽤 재밌는 모양이다. 지금도 프리지아를 보며 살짝 입꼬리가 풀어진 상태다. 프리지아도 항의는 하지만 곧바로 웃는 걸 보면 이런 대화도 즐거운 모양이다. 조금은 사이가 좋아진 걸까.

그런 대화를 나누며 갱도 안쪽으로 나아갔다. 마물은 계속 나타났지만 최심부에 도달할 기미는 전혀 보이지 않았다.

"여전히 가고일만 넘쳐나고 콜로서스는 없네. 게다가 지금으로선 팝존이 어느 방향인지 감도 못 잡겠어."

"꽤 깊이 들어왔는데 더 안에 있는 걸까요? 더 들어갔다간 오늘 중으로 돌아가지도 못하겠어요."

"음. 그건 큰일입니다. 이 안에서 야영할 수도 없으니 슬슬 돌아가는 게 어떻겠습니까? 식사를 거르면 큰일 납니다!"

"놀은 그냥 밥이 먹고 싶은 것뿐이잖아…… 그래도 확실히 상상이상으로 깊은 것 같으니 너무 깊숙이 들어갔다간 돌아가기가 힘들어질 거야."

"집에 돌아가서 쉬지 못한다면 곤란하군."

"에에?! 아직 아무것도 못 찾았잖아! 대발견할 때까지 안 돌아가는 거 아니었어?!"

"내가 언제 그런 소리 했냐! 애초에 이 갱도에서 그런 대발견을 하는 게 더 이상하지!"

협회에도 갱도에 관해서는 정보가 전혀 없다는 걸 보면 이 안을 탐색한 모험가는 거의 없었을 것이다. 우리는 지도 어플이 있으니 문제없이 나아갈 수 있지만 직접 길을 더듬으며 나아가려면 상당한 노력이 필요할 것이다.

어쩌면 대발견 같은 게 있을지도 모르겠지만…… 그리 기대하진 않는 편이 좋겠지. 오히려 아무것도 없어서 헛걸음할 가능성도 있지만 그것도 탐험의 묘미라고 할 수 있다. 가끔은 이런 두근거리는 탐험도 괜찮군.

그건 둘째 치고 지금은 돌아가야 할지를 결정해야 한다. 마물이 나타날 때까지 기다리는 시간도 있었지만 이동하는 데 대부분의 시간을 소비했다. 아마 기다리는 시간을 제외하더라도 여기까지 오는 데 한나절 이상은 걸렸을 것이다.

나중에 갱도를 탐색하러 오더라도 같은 결과를 얻고 돌아갈 가능성은 충분히 있다. 그런 수고를 생각하면 오늘은 여기서 야영하고 계속 탐색하는 게 좋지 않을까.

"좋았어. 모처럼 여기까지 왔잖아? 일단 팝존을 찾을 때까진 탐색해보자. 그러니 오늘은 여기서 야영이야."

"엑, 그러니까 여기서 야영하는 건 위험하다고 하지 않았습니까……."

"하하하, 잊었나 보지? 우리에겐 이럴 때 안성맞춤인 도구가 있단 것을 말이야."

그렇게 말하며 나는 마법 가방에서 아이템 하나를 꺼냈다. 그것을 보자 다들 "오오!" 하고 감탄했지만 프리지아만 고개를 갸웃하며 의아하다는 듯한 표정을 지었다.

"헤이하치, 괜찮아? 갑자기 문고리를 왜 꺼낸 거야? 혹시 집에 있는 문 부쉈어?"

"아냐! 이건 디멘션룸이라는 가챠 아이템이야."

그렇다. 지금 꺼낸 문고리. 그것은 이전에 가챠에서 뽑은 SSR 디멘션룸이다. 앙고리 유적 이후로 사용한 적 없었으나 이렇게 탐색하다 돌아갈 수 없을 때 진가를 발휘하는 아이템이지. 지금이 아니고서야 언제 사용할 것인가!

"그러고 보니 디멘션룸이 있었지? 이거라면 장소에 상관없이 안전히 쉴 수 있겠는걸."

"앙고리 유적 이후로 쓴 적이 없어서 잊고 있었네요. 확실히 그게 있으면 그 안에서 쉰 후에 탐색을 재개하는 편이 집에 돌아갔다 오는 것보다 편하겠어요."

"밥은 가챠산 식료가 있으니 문제없습니다! 그러면 저도 탐색을 계속하는 것도 대찬성입니다!"

"우으, 집에 가지 않는 건가. 졸려……."

"안심해. 평소에 이럴 때를 대비해서 디멘션룸 안을 어느 정도 정비해뒀으니까. 침대도 설치해놨어."

"뭣?! 역시 헤이하치군. 이래서 난 헤이하치가 너무 좋아."

루나가 내 다리를 꼭 껴안고 비비적댔다. 그, 그렇게나 침대에서 자는 게 기쁜 건가…….

일단 이걸로 야영 걱정은 없지만 일단 놀에게 모후토에 대해서도 물어봐야겠지.

"모후토는 괜찮겠지?"

"우후후, 이럴 때를 대비해서 평소에 모후토에게 말을 해뒀습니다. 펫하우스 안에 밥도 잔뜩 준비해뒀으니 괜찮습니다. 게다가 그 안엔 풀도 자라니까 말입니다."

모후토의 밥걱정도 없을 듯하군. 이렇게 모두가 탐색을 하러 나가서 돌아가지 못하는 날이 있을지도 모르니, 놀에게 며칠간 돌아가지 못하더라도 모후토가 혼자 지낼 수 있도록 해두라고 평소에 말해둔 보람이 있다. 물론 미리 며칠 돌아가지 못할 것으로 예상되면 미리 펫샵에 모후토를 맡기곤 하지만.

이제 걱정도 덜었겠다. 만일을 대비해 마물이 없는 갈림길로 이동한 후에 디멘션룸을 벽에 꽂아 안으로 들어갔다.

"와아ㅡ! 그냥 벽이었는데 안에 방이 있어! 이게 아까 그 문고리의 능력이야?"

"응. 벽에 꽂으면 이렇게 이공간에 있는 방으로 이어져."

"이런 엄청난 물건이 있다니 대단해! 이런 게 있으면 미리 알려주지!"

처음 디멘션룸에 들어온 프리지아는 크게 흥분하며 뛰어다녔다.

그리고 프리지아를 제외한 나머지 인원들도 전과 달라진 디멘션룸의 구조에 감탄했다.

"오오, 정말 침대다. ……흠, 튼튼하군. 이 정도면 자는 데 문제없겠어."

"책상이랑 의자, 카펫까지 깔려 있네. 앙고리 유적에서 썼을 때랑 비교하면 제법 편리해졌어."

"앙고리 유적에서 디멘션룸으로 도망쳤었지. 그땐 바로 나갔지만 혹시 며칠이나 못 나가는 사태가 발생하면 곤란하니까 제대로 생활할 수 있도록 만들어 뒀어. 이 정도면 휴게소로 충분하겠지?"

"충분하고도 넘칠 정도예요. 침대까지 인원수대로 준비되어 있다니. 게다가 저건 커튼인가요?"

"응. 너희가 옷을 갈아입어야 할지도 몰라 달아두었어. 여분의 옷은 민무늬 셔츠랑 바지밖에 없지만 그건 감안해줘."

앙고리 유적 땐 아무것도 없는 살풍경한 방이었지만 그 후로 방 안에 물건을 구비해서 생활감 넘치는 공간으로 바꿔 두었다. 인원수대로 침대와 장롱, 책상과 의자는 물론이고 모두가 옷을 갈아입을 수 있도록 커튼으로 칸막이를 만들었다.

옷은 내가 취향대로 전부 준비할 순 없었으니, 사이즈는 딱 맞지 않더라도 일단 무난하게 입을 수 있을 만한 셔츠와 바지를 준비해두었다. 밥은 내가 스마트폰으로 식료를 꺼낼 수 있지만 만일을 대비하여 안에 육포나 SR 물통 등도 상비해두었다.

나치고는 제법 준비를 잘 해둔 것 같아서 뿌듯할 정도다.

"오쿠라 님이 저희가 모르는 곳에서 이렇게 준비해주신 겁니까? 조금 감동입니다."

"이렇게 배려를 해주시니까 오쿠라 씨를 좋아하는 거예요. 평소엔 귀축에 냉혈한이라고 여길 만한 행동뿐이지만요."

"응. 칭찬하는 척 험담하진 말아줘."

누가 귀축에 냉혈한이냐! 성실이란 단어를 의인화한 듯한 이 헤이하치에게 무슨 망발이냐! 정말 시스하는 항상 쓸데없이 덧붙이는 한 마디가 문제라니까. 그냥 평범하게 감사히 받아주면 좋잖아.

떠드는 것은 이쯤 하고 다들 지쳤는지 옷을 갈아입고 쉬기로 했다. 스마트폰에서 R 식료를 꺼내 배를 채우고 몸에 묻은 흙먼지는 에스텔의 마법으로 씻어낸 후, 각자 편한 대로 침대 위나 의자에 앉아 피로를 풀고 있다.

"하아—, 집이 아닌 곳에서 이렇게 느긋하게 쉴 수 있다니 대단합니다. 이 정도면 탐색도 고생이라고 할 수 없겠습니다."

"솔직히 거기서 다시 돌아갈 생각했을 때는 막막했는데 이렇게 쉴 수 있어서 다행이야. 그 갱도가 지금껏 탐색되지 않은 건 이런 부분이 컸을지도 모르겠네."

"그렇게 넓은 곳을 쉬지도 않고 계속 탐색하려면 힘들 테니까요. 다른 모험가들도 안으로 들어간 적은 있더라도 중간에 되돌아 나온 걸지도 모르겠네요. 야영을 하려 해도 그 안에 있다간 언제든 마물이 다가올 가능성이 있으니 편히 쉬지도 못할 테고요."

이런 휴식 시간이 없다면 탐색하긴 힘들었을 테지. 갱도 안에선 가고일이 상당히 자주 나타났다. 아예 불가능한 것은 아니지만 그 안에선 자기는커녕 앉아서 쉬는 것조차 힘들 것이다.

"여기 있으면 시간 감각도 사라지는 것 같아. 이 안에선 낮이건 밤이건 상관없을 테니 어느 정도 쉰 후에 다시 탐색을 재개해야겠네."

"응. 오늘은 콜로서스 사냥하는 시간이 많았으니까 내일은 콜로서스 사냥이 없는 대신 탐색에 더 집중할 수 있을 거야. 이미 꽤 깊숙이 들어온 듯하고."

"푹 쉬고 내일을 대비하는 겁니까. 우후후, 오랜만에 탐험다운 탐험입니다."

처음엔 떨떠름해하던 놀도 완전히 갱도 탐색을 즐기게 된 모양이다. 최근엔 사냥이나 협회 의뢰만 해왔더니, 그런 것과 상관없이 이런 장소를 탐색하는 건 왕도에 있는 하지노 미궁 이후로 처음인 것 같다.

두근거리는 마음은 이해하지만 갱도 안쪽은 뭐가 있을지 모르는 미지의 공간이니 주의해야 한다. 확실히 시간을 정확히 알기 어려우니 적당히 수면을 취한 후 다시 탐색을 재개하자. 이미 루나는 식사를 마치고 곧바로 꿈나라로 떠나 버렸다.

그런 생각을 하고 있는데 프리지아가 마치 소풍이라도 온 듯이 소란스러웠다.

"에헤헤, 여행 온 것 같아서 재밌어! 시스하, 같이 놀자!"

"방금 놀 씨가 내일을 대비하자고 말한 거 못 들으셨어요? 딱 한 번만이에요."

"와아—! 시스하 상냥해!"

시스하도 어쨌든 프리지아랑 놀아주긴 하는구나. 내일에 영향이 없도록 적당히 하면 좋으련만…… 일단 나는 이만 자자.

그리고 그 다음 날, 이 되었는지는 모르겠지만 어느 정도 수면을 취하고 다들 일어나서 준비를 끝낸 후에 탐색을 재개했다.

"자, 마물은…… 응, 몇몇 돌아다니고 있긴 한데 문제는 없어 보여."

"푹 쉬고 밥도 먹었으니 쭉쭉 나아갑시다!"

"후후, 처음엔 부정적이었으면서 완전히 의욕 넘치잖아. 오늘은 갱도 안에 뭐가 있는지 알아내면 좋겠네."

"……졸리군."

"저도 조금 피곤하네요. 이 정도면 문제없지만요. 정말이지, 빨리 자려고 했는데 프리지아 씨 때문이에요."

"내 탓 아냐! 시스하도 신나게 붙었잖아!"

결국 그 후로 시스하는 꽤 오랫동안 프리지아를 상대한 모양이다. 아마 승부에 지는 바람에 시스하도 의욕이 불탄 거겠지. 정말 못 말리는 녀석이라니까.

디멘션룸에서 나와 지도 어플로 주위를 확인해가며 갱도 탐색을 재개했다. 어제 쉬기 전에 진행 방향에 있던 마물은 대강 처리해 두었는데 우리가 자는 동안 또다시 나타났는지 제법 많은 수의 마물이 돌아다니고 있었다.

마물이 나타나는 길은 이미 표시를 해 두었으니, 그 길로 돌아가 마물을 정리하면서 어제처럼 안쪽으로 계속 나아갔다.

그렇게 몇 시간 정도 갈림길을 나아가고 있자 지도 어플에 눈에 띄는 장소가 표시되었다.

"오, 막혀 있지만 조금 넓은 공간이 있는 것 같아. 어쩌면 팝존일지도 몰라."

"드디어 도착한 겁니까. 오쿠라 님의 지도 어플이 없었다면 발견 못 했을지도 모르겠습니다."

"중간에 길이 꽤 여러 갈래로 갈라졌으니까요. 에스텔 씨의 빛마법도 상당히 도움 됐어요. 어두웠으면 길을 찾는 데만 엄청 고생을 했을 거예요."

"후후, 천만의 말씀을. 땅이 걷기 쉽게 정비되어 있어서 다행이었어. 밑으로 깊이 들어가는 갱도는 아니었나 봐."

지도 어플이 있다곤 해도 광원이 확보되지 않았더라면 이렇게 손쉽게 탐색할 수 없었을 것이다. 항상 에스텔의 마법에 신세만 지고 있어서 정말이지 고개를 들 수가 없다. 나중에 답례라도 해 줘야겠어.

자, 다음 문제는 팝존으로 추정되는 장소다. 지도 어플로 확인하기로는 갱도 끝에 상당히 넓은 공간이 펼쳐져 있었다. 지도 어플로 보면 이미 그곳에서 어슬렁거리는 빨간 점 외에도 빨간 점이 새로 나타나 그 공간 밖으로 나가는 것을 확인할 수 있었다. 그곳은 분명 팝존이다.

목적지인 팝존을 발견했으니 곧바로 그곳을 향해 나아갔다. 그런데 가까워질수록 프리지아가 점점 얌전해지기 시작했다.

"프리지아, 왜 그래?"

"으음, 조금 분위기가 변한 것 같아. 더 가면 위험할지도 몰라."

"그래? 다른 사람들은 뭔가 느껴지는 거 있어?"

"으음, 딱히 아무 느낌도 없습니다만⋯⋯."

프리지아가 경계할 정도면 뭔가 있나 보군. 이 녀석은 라피스의 의태도 구분해내는 능력이 있는 데다가 감도 놀보다 더 날카롭다.

게다가 에스텔까지 신경 쓰이는 말을 꺼냈다.

"나도 느껴지는 건 없지만 이 앞은 좀 더 경계하는 편이 좋겠어."

"프리지아가 그렇게 말해서? 아니면 다른 근거가 있어?"

"응. 우리가 쉬던 곳까지는 인공적으로 채굴한 흔적이 있었는데 조금 전부터 풍경이 달라졌어. 우선 흐트러져 있던 채굴 도구가 확연히 적어졌잖아. 게다가 벽을 봐. 전체적으로 정비되어 있던 갱도긴 했지만 지금 여긴 너무 깔끔해. 뭔가 중요한 채굴 지점으로 만든 거라면 이해가 가지만 그게 아니라면……."

에스텔은 끝까지 말하지 않았지만 무슨 말을 하고 싶은지는 알 수 있었다. 아까까지 우리가 걸어온 갱도와 비교하면 팝존 부근의 길은 너무나 깔끔하다. 파낸 듯한 흔적마저 없었다면 마치 그대로 도려낸 듯이 벽과 바닥, 천장이 일직선이다.

이게 만일 인공적인 게 아니라면…… 추측할 수 있는 것은 미궁, 아니면 그에 준하는 무언가. 정체를 알 수 없는 곳임은 틀림없다. 프리지아를 제외하고 모두가 그 말뜻을 이해했는지 아까까지만 해도 느긋하던 분위기가 바짝 곤두선 것이 느껴졌다.

팝존에 접근하여 안을 들여다보니 가고일과 아이언가고일이 여러 마리 돌아다니고 있고, 그 중심에 온몸이 금색인 지금껏 본 적 없는 가고일이 우뚝 서 있었다.

"저건…… 가고일입니까?"

"우와―, 엄청 번쩍번쩍해! 금이다아!"

뭐, 뭐야 저 황금 가고일은! 아이언가고일이 철이니 설마 저 녀석은 금으로 된 가고일인가…… 스테이터스를 확인해 보자!

골든가고일 종족 : 가고일

레벨▶70 HP▶8500 MP▶500

공격력▶1600 방어력▶2800 민첩▶150 마법내성▶30

고유능력 〈마법반사〉 스킬 〈황금의 광채〉

"스테이터스는 아이언가고일이랑 비슷한 수준이야. 그래도 마법을 반사할 수 있는 거 같으니 에스텔은 공격 안 하는 편이 좋겠어."

"어머, 그건 좀 무서운걸. 그보다 금으로 된 가고일까지 나올 줄은 몰랐네. 디우스 파티나 협회에서도 이런 가고일이 있다는 얘기는 들은 적 없었는데, 아마도 엄청 희귀한 마물인가 봐."

"크헤헤, 아이언가고일이 철을 떨어트리니까 저건 분명 금을 떨어트리겠죠?! 꼭 잡도록 하죠!"

"흠, 희귀하다면 놓치고 싶지 않군."

시스하는 악당 표정을 지으며 주먹을 쥐었고 루나도 창을 들고 완전히 전투태세에 돌입했다. 나도 저 가고일은 꼭 잡아보고 싶다. 애초에 갱도는 여기서 길이 막혀 있으니 골든가고일이 아무리 발버둥 쳐도 우리에게서 벗어날 수는 없겠지만 말이야.

지금까지 한 번도 마주치지 않았는데 팝존에 자리 잡고 있는 걸 보아선 이 녀석은 이곳에서 벗어나지 않는 것일 수도 있겠다.

신중하게 주위를 확인하며 팝존 안으로 들어서자 안에 있던 가고일들이 일제히 우리를 향해 돌격했다. 하지만 프리지아와 루나가 먼저 골든가고일을 처리하고 에스텔의 마법으로 눈 깜짝할 새에 가고일까지 전멸. 너무 허무하잖아.

골든가고일은 예상대로 손바닥 사이즈의 금덩어리를 떨어트렸다. 그것을 주운 시스하는 황홀한 표정으로 바라보았다.

"으헤헤, 역시 금이 나왔어요! 이거 하나에 2천만 길 정돈 하겠어요!"

"금을 떨어트리는 마물까지 나오다니 슈트갈 광산은 돈벌이엔 최고네."

"이게 대발견…… 뭔가 김빠지는 기분이야. 우우―, 재미없어. 좀 더 재밌는 거 없을까?"

"재미를 추구하지 마. 이걸로 만족해."

프리지아는 볼을 부풀리며 불만스러워했다.

최심부에 도착해서 금을 떨어트리는 마물과 만난 것만으로도 행운이다. 팝존도 발견했으니 충분한 발견이라고 할 수 있다.

목적을 달성하여 이 갱도도 공략 완료. 그렇게 생각했으나――갑자기 지면에 마법진이 떠오르며 팝존 내에 대량의 빛이 발생했다.

"무슨――."

갑작스러운 사태에 허둥대고 있자 빛이 한곳에 모여들더니 거대한 마물이 모습을 드러냈다. 날카로운 발톱과 이빨을 지닌 그 마물은 몸 곳곳이 뾰족했고 예리한 꼬리까지 달려 있었다. 짐승처럼 보였지만 온몸이 광택이 있는 하얀 금속으로 이뤄져 있는 것이 마치 로봇 같다.

빛은 다시 한번 모여들어 우리가 들어온 곳으로 향하더니 벽을 형성해 입구를 막았다. 루나가 곧바로 그 벽을 향해 창을 던졌지만 튕겨 나왔다. 이거 도망은 못 치겠군.

젠장! 경계는 하고 있었는데 역시 함정이었나! 설마 이런 위험해 보이는 마물이 나올 줄은…… 하며 동요하고 있자 짐승처럼 생긴 마물이 입을 열고 빛을 쏘려고 했다.

큰일이야! 온다——고 생각했는데, 프리지아가 그 행동을 저지했다.

"하압!"

화살은 '까앙'하는 큰소리를 내며 튕겨나갔지만 마물은 거구를 휘청이더니 공격을 중단했다.

"프리지아! 잘 했어!"

"공격하면 발동이 멈추나 봐! 나한테 맡겨!"

대단해! 바로 반응해서 저지시키다니 이 얼마나 대단한 녀석인가!

프리지아가 공격을 저지해서 생긴 틈을 타 마물의 스테이터스를 확인했다.

저거너트 종족 : 콜로서스

레벨▶70 HP▶88000 MP▶3000

공격력▶4900 방어력▶6300 민첩▶190 마법내성▶20

고유능력 〈하이퍼아머〉 스킬 〈축지〉 〈경화〉 〈파쇄진동〉

가, 강하잖아! 이 녀석 라바 와이번급 마물이야!

"대토벌급이야! 방어력이 상당히 높아! 빛나면 반드시 막아야 해!"

다행히도 나타난 게 저거너트 한 마리뿐이라서 평소처럼 놀과 루나에게 전방을 맡기고 나머지가 보조를 맡기로 했다. 저거너트 는 공격력도 방어력도 높았다. 놀과 루나조차 평범한 공격으로는 대미지를 줄 수가 없었다.

놀도 콜로서스 상대로 학습했는지 곧바로 가볍게 베고는 레기 엘리트라의 능력으로 행동속도를 저하시켰다. 하지만 레기 엘리 트라의 능력은 그다지 오래 지속되지 않는다.

평소엔 능력을 사용하고 순식간에 처리하는 것이 대부분이었 지만 이렇게 체력도 방어력도 높은 상대라면 중간에 지속 시간이 끝나고 만다. 그래서 지금처럼 놀은 공격을 피하며 능력이 끊이 지 않도록 계속 검을 휘둘렀다.

저거너트의 발톱과 이빨, 꼬리를 사용한 공격은 위력이 얼마나 엄청난지, 놀을 향한 공격이 빗나가 지면과 벽에 닿을 때마다 갱 도 내부가 거세게 흔들려서 무너지지 않을까 걱정될 정도였다. 마치 폭풍과도 같은 연속 공격을 놀은 천재적인 움직임으로 피하 거나 방패로 막아냈다.

저 공격을 막으면서 반격까지 하다니 역시 놀이다. 우리 중에 서도 가장 강하다고 할 법하다. 공격을 방패로 막으면 바로 시스 하가 회복 마법을 걸어 주니 대미지 걱정은 하지 않아도 될 것 같다.

놀과 함께 전방에 나가 있는 루나는 놀이 위험해지면 절묘한 타이밍에 창으로 공격하여 주의를 끌었다. 전부터 놀과 루나는 둘이서 전방에 나서는 경우가 많아서인지 콤비네이션이 상당히 좋아진 듯했다.

프리지아도 두 사람을 엄호하듯이 화살로 꼬리 공격을 튕겨내고, 더욱이 저거너트의 눈에 몇 번이나 화살을 쏘았다. 화살은 눈에 맞고 튕겨나갔지만 어느 정도 효과는 있었는지 저거너트가 머리를 휘두르며 불쾌감을 표했다.

그런 세 사람의 노력을 헛되이 하지 않도록 내가 에스텔을 끌어안고 달리며 에스텔에게 마법 공격을 부탁했다. 만일의 사태가 생길 경우에 에스텔 혼자선 피할 수 없으니 이렇게 내가 끌어안고 이동하는 스타일이 정착되었다.

에스텔이 기합과 함께 지팡이를 휘두르자 저거너트가 화염에 휩싸였다. 저거너트는 괴로워하며 불길에서 벗어나 표적을 우리에게로 돌렸지만 놀과 루나가 다시 공격을 하여 주의를 끌었다.

그것을 반복하며 이번에도 무난히 잡겠다고 생각했으나──저거너트가 수상한 움직임을 보였다. 제자리에서 엎드리듯이 앞발을 양옆으로 크게 벌려 디디더니 입을 크게 벌렸다. 그리고 몸에서 빛이 났기에 세 사람은 그 커다란 빈틈을 당연히 놓치지 않고 스킬을 중단시키기 위해 공격했다.

하지만 하이퍼아머의 효과인지 전혀 먹혀들지 않았다. 에스텔도 마법을 쏘았지만 저거너트는 대미지를 입으면서도 공격을 멈추지 않고 그대로 입 안에 빛을 모았다.

……어라, 잠깐. 저 녀석 우리를 노리고 있잖아! 가장 큰 대미지를 입힌 에스텔을 무리해서라도 잡아두려는 속셈인가!

그것을 눈치채고 서둘러 공격 범위에서 벗어나려고 했지만 그보다도 저거너트의 입에서 광선이 뿜어져 나오는 것이 먼저였다. 곧바로 방 전체가 거센 진동에 휩싸여 걸을 수조차 없었다.

서둘러 라바 와이번 때처럼 센티터블라 두 개를 방패삼아 배치했지만 광선이 닿은 순간 센티터블라 전체에 파문이 일더니 산산조각 났다. 이, 이게 스킬인 파쇄진동인가!

도망치지도 막지도 못하고 적어도 에스텔만이라도 지키고자 끌어안은 순간── 내 몸에 충격이 전해졌다.

"──아얏?!"

나는 에스텔을 끌어안은 채로 뭔가에 튕겨나가 그대로 벽이 있는 곳까지 데굴데굴 굴렀다. 충격이 전해져온 부위를 보건데 허리에 차고 있던 냄비 뚜껑에 뭔가가 닿은 듯했다. 딱히 통증은 느껴지지 않았다.

그리고 일어나자마자 프리지아가 서둘러 당황한 모습으로 뛰어왔다.

"헤이하치 괜찮아?! 화살 아프지 않았어? 에스텔도 괜찮아?"

"네가 도와준 건가…… 덕분에 살았어."

"응. 덕분에 나도 무사해. 프리지아, 고마워."

"에헤헤, 별말씀을."

그렇군. 아까 냄비 뚜껑에 닿은 것은 프리지아의 화살이었나.

이 녀석의 공격력이라면 확실히 일부러 냄비 뚜껑을 조준해서 우리를 튕겨낼 수도 있었을 것이다. 설마 프리지아에게 도움을 받을 줄은 몰랐다.

"……앗, 저거너트는?!"

"이미 루나랑 놀이 해치웠어."

그 말을 듣고 저거너트가 있던 방향을 보자 방금 전 자세 그대로 벌린 입 너머로 반대편이 보일 정도로 큰 구멍이 뚫려 있었다. 그리고 루나의 손에 빛이 모여들더니 진홍색 창이 돌아왔다.

아마 저거너트가 우리에게 파쇄진동을 쏜 직후 루나도 카지클을 쏜 모양이다. 에스텔의 마법으로 체력이 상당히 깎여 있었으니 한방에 쓰러진 모양이군.

무사히 상황이 종료되자 모두 내가 있는 곳으로 모여들었다.

"후우, 겨우 잡았습니다. 루나와 시스하도 엄호해줘서 고맙습니다!"

"아뇨, 다들 무사해서 다행이에요."

"감사까지 받을 일은 아니군. 헤이하치, 피를."

"그래그래, 잘했어."

스킬을 사용한 반동으로 흡혈 충동이 들었는지 루나가 피를 요청하기에 평소대로 손가락으로 피를 빨게 했다.

그 사이에 놀이 저거너트가 떨어뜨린 하얀 광석을 가져와 마법 가방에 넣었다. 콜로서스가 떨어뜨리는 콜로티움과 무게가 비슷했다. 이건 어쩌면 상당히 귀중한 광물일지도 모른다…… 소중히 보관해두자.

전투가 끝나서 다행이지만, 저거너트가 또 나오면 곤란하므로 서둘러 팝존에서 벗어났다.

휴우, 십년감수했네.

"으아, 이번엔 진짜 위험했어."

"그런 마물이 나올 줄은 상상도 못 했어. 미궁이 있는 것 같지도 않은데 갑자기 그런 마물이 나타나다니…… 어쩌면 이전에도 안쪽까지 온 사람은 있었지만 이런 식으로 당한 게 아닐까?"

"지면에 마법진이 떠오르던데 그게 무슨 관계라도 있는 걸까요?"

그러고 보니 저거너트가 나오기 전에 마법진이 나타났었지. 그것 때문에 이런 일이 생긴 건가? 역시 이곳은 예상했던 대로 미궁과 관련된 장소일지도 모르겠군.

일단 이것으로 갱도 탐색은 종료란 생각에 한숨 돌리고 있자 스마트폰이 진동했다. 서, 설마 이건…….

두근거리는 마음으로 스마트폰의 화면을 확인하니 그곳엔 기대했던 문구가 표시되어 있었다.

〈슈트갈 광산, 갱도 제패! 달성 보수 : 마석 500개, SSR 코스트 다운〉

"우오오! 달성 보수 받았다!"

"엑?! 미궁도 아닌데 달성 보수가 있었습니까?!"

"설마 여기서 그걸 받을 줄이야…… 이 갱도도 미궁과 비슷한 공간이었던 걸까?"

"애초에 뭔가를 공략해서 보수를 받을 수 있단 점부터가 수수께끼죠. 오쿠라 씨와 미궁 사이에 뭔가 관련이 있는 게 아닐까요?"

"흠, 어찌 됐든 상관없으니 빨리 돌아가지. 피곤해."

"예에—! 무사히 모험 종료! 이런저런 일이 있어서 재밌었어! 나중에 또 다 같이 모험하자!"

그렇게 프리지아가 웃으며 대화를 마무리한 시점에 스마트폰이 다시 진동하며 화면에 알림이 떴다. 그것을 본 나는 환호성을 질렀다.

"우오오오오오오! 가챠, 가챠 이벤트야!"

저거너트를 잡은 우리는 서둘러 밖으로 향했다. 에스텔과 시스하에게 지원마법을 받았으니 전속력으로 빠져나가는 거야! 물론 에스텔은 내가 안아든 상태다.

갱도 밖으로 나오니 밖은 이미 한밤중이었지만 비컨을 사용해 바로 귀가할 수 있었다. 그리고 나는 더 이상 참지 못하고 크게 웃었다.

"우하하하하! 가챠 이벤트가 찾아왔다구!"

"여전히 가챠만 보면 텐션이 높아지십니다……."

"역시 뭔가를 달성하면 가챠 이벤트도 시작되는 거구나. 이 세계엔 비슷한 곳이 더 있다는 뜻일까?"

"그럴지도 모르겠어요. 달성 보수에 가챠 이벤트까지 시작하다니 통이 크네요."

정말 시스하의 말 그대로다! 그 갱도 안에 이런 보수가 준비되어 있었다니 이거야말로 대발견이지! 그곳에서 더 안쪽으로 들어가 보자고 제안했던 시스하에게 감사! 뽀뽀해주고 싶을 정도야!

"으, 어쩐지 오한이……."

"왜 그래? 안색이 안 좋은데."

"아뇨. 아무것도 아니에요……."

자, 시스하가 어째서인지 창백해져선 자신의 팔을 문지르고 있지만 그건 무시하고 바로 가챠를 돌려볼까. 프리지아도 활짝 웃으며 가챠를 반기고 있다고.

"에헤헤, 난 가챠가 처음이라 기대돼!"

"가챠는 좋은 거지. 바보도 좋은 것을 뽑기 위해 노력하도록."

"응! 노력해볼게!"

옳지, 옳지. 프리지아도 첫 가챠에 대흥분한 모양이군. 그 모습을 흐뭇하게 지켜보고 있자 시스하도 상태가 괜찮아졌는지 신난 듯이 말했다.

"그래서 말이죠! 이번엔 무슨 가챠 이벤트인가요?"

"응! 방어구 가챠야!"

이번에 공지된 것은 **〈방어구 가챠 개최! 방어구계 장비 확률 UP!〉**이란 것이었다. 화면을 보여주자 시스하가 팔짱을 끼고 오묘한 표정을 지었다.

"으음. 방어구 가챠인가요. 돌릴지 조금 고민되는 가챠네요."

"에―, 가챠 안 돌려? 돌리자, 응?"

"달성 보수로 마석도 받았으니까 돌려도 괜찮지 않을까? 방어구를 강화하는 것도 중요하다고 생각해."

"음. 방비를 단단히 하는 것은 필요하지."

"공격력만 중시하고 방어를 소홀히 하면 위험하니까 말입니다. 저도 이번 저거너트와의 전투로 방어력이 조금 더 높았으면 좋겠다고 생각하던 참이었습니다."

지금까지 압도적인 화력으로 적을 쓰러트려왔지만 슬슬 방어력에도 주력해야겠지. 나도 주로 엑스칼리빠루만 강화했지만 냄비 뚜껑 등도 강화해두고 싶다. 그런 면에서 생각해보면 이번 가챠는 매우 타이밍이 좋다.

가챠를 몇 번 돌릴지는…… 이번 달성 보수로 받은 마석 개수를 기준으로 생각해보자. 500개를 받았으니 가챠 10회 분량이고, 모두가 한 번씩 돌리면 7회. 한 번씩은 조금 아쉬우니 프리지아에게 추가로 한 번을 더 돌리게 해줄까. 이번 기회에 프리지아의 가챠운이 어느 정도인지 알아두고 싶기도 하다.

"좋았어. 그러면 이번엔 프리지아가 2회, 나머지가 1회씩 돌리자."

"엣! 그래도 괜찮아?"

"응. 처음이니까 덤이야. 감사하도록!"

"응! 고마워!"

그렇지, 그렇지. 이 정도로 기뻐하면 한 번 더 기회를 준 보람이 있다. 이렇게 처음 먹이를 던져주면 나중에 프리지아도 가챠의 늪에 빠지기 쉬워지겠지. 크헤헤.

그렇게 총 8회. 마석 400개를 소비하여 방어구 가챠에 도전하게 되었다.

"우선 프리지아부터 돌리자."

"에헤헤, 나만 두 번인데다가 제일 먼저 돌리다니 미안하네. 헤이하치는 상냥해!"

"하하하하, 그래. 나는 항상 상냥하다고!"

"또 그렇게 우쭐해져선…… 프리지아 씨도 그렇게 치켜세워주지 마세요."

"네—! 그럼 돌릴게!"

나는 시스하의 쓸데없는 첨언에 불꽃 튀는 눈싸움을 벌이며 프리지아의 가챠 첫 체험을 지켜보았다.

프리지아는 눈을 반짝이며 가챠 버튼을 눌렀다.

〈R 인형, R 크롬아머, R 히트아머, R 샌들, SR 냄비 뚜껑, SR 고져스아머, R 체인 메일, SR 니케의 신발, SR 고져스헬름, R 크롬슈즈, SSR 미러실드〉

"와아—, 뭔가 엄청나 보여! 이건 어때?"

"SSR인가. 처음치고는 나쁘지 않네."

"그렇구나, 에헤헤. 가챠 재밌다! 한 번 더!"

나쁘지 않다. 갑자기 SSR을 뽑다니, 프리지아의 가챠운은 나름대로 괜찮은 편인가 보다. 하지만 아직 첫 번째 가챠일 뿐이다. 단정 짓기에는 시기상조. 다음 가챠도 지켜봐야지.

첫 번째에 SSR을 뽑아서 기분이 좋아졌는지 프리지아는 콧바람을 불며 다시 가챠 버튼을 눌렀다.

〈R 식료, R 천옷, SR 수호의 반지, R 롱소드, R 뼈목걸이, R 크롬헬름, R 매직다이너마이트, SR 카오스링, SR 고져스아머, R 롱코트, SSR 아다만트퀴이스〉

"와아—! 또 SSR! 원래 잘 나오는 거야?"

"그렇게 자주 나오지는 않습니다만…… 프리지아 대단합니다."

"바보치고는 꽤 하는군. 칭찬해주지."

"에헤헤, 괜히 쑥스러워지네."

프리지아는 헤벌쭉 입을 벌리고 머리를 긁으며 쑥스러워했다. 두, 두 번 연속 SSR을 뽑다니. 이건 행운이 함께한다고 봐도 되는 것일까.

……아니, 아직 모른다. 다음 가챠에서도 비슷한 결과를 낸다면 그때 놀과 마찬가지로 행운아라고 인정하자.

SSR을 연속으로 뽑아 느낌 좋게 시작한 가챠였지만, 다음은 허리에 손을 대고 자신만만한 포즈를 취한 신관님의 차례다.

"우후후, 이제 제 차례네요. 프리지아 씨의 초심자의 행운 같은 것과는 다르니까요!"

"넌 어디서 그런 지식을 얻은 거야."

이 녀석이 초심자의 행운이니 뭐니 하는 걸 봐선 분명 허망한 결과로 끝날 게 눈에 선한데…… 어디서 이상한 지식만 배워 와서 말이야.

시스하는 의기양양하게 입꼬리를 올리며 가챠 버튼을 눌렀다.

〈R 간식, R 숄더패드, SR 냄비 뚜껑, R 행복의 목걸이, SR 고 겨스헬름, SR 엑스칼리빠루, SR 니케의 신발, R 섬광탄, SR 마 도사의 케이프, R 매직부츠, SR 자애의 반지〉

"앗, 아아! 역시 한 번으로는 SSR이나 UR은 안 나와요! 한 번 더! 한 번만 더 돌릴게요!"

"안 돼! 얌전히 한 번으로 끝내! 정말이지, 곤란한 녀석이라니까."

"오쿠라 님이 하실 말씀은 아닌 것 같습니다만……."

"시스하도 오빠도 여전하네."

시스하는 검지를 세우고 한 번 더 가챠를 요구했지만 가차 없이 기각했다. 어차피 지금은 한 번 더 기회를 줘봤자 SR로 끝날 것이 분명하다.

소란피우는 시스하에게서 스마트폰을 빼앗아 루나에게 건넸다.

"흠, 내 차례군. 시스하의 원통함을 풀어주지."

"부탁드려요, 루나 씨!"

한 손에 손수건을 들고 눈물짓는 시스하의 응원과 함께 루나는 힘차게 스마트폰을 터치했다.

〈R 갑옷토시, R 캠프 세트, R 쇠갑옷, R 동레깅스, R 글러브, SR 은신발, SR 냄비 뚜껑, SR 고져스아머, SR 심녹의 망토, R 포션×10, SR 마도사의 후드〉

"미안하군……."

"괘, 괜찮아요! SSR은 그렇게 간단히 나오는 게 아니니까요!"

시스하는 어깨를 늘어트리며 사과하는 루나의 머리를 쓰다듬으며 괜찮다고 위로했다. 둘 다 눈꼬리에 눈물을 머금고 뭔가 공감하고 있는 모습. 그저 단순한 가챠일 뿐인데, 저 두 사람은 뭐 하는 거야…….

시스하와 루나는 그대로 무시한 채로 두고, 이번엔 에스텔의 차례다.

"이 흐름에 내 차례야? 가챠엔 별로 자신이 없는데……."

"저번에 프리지아를 뽑은 건 에스텔이었지 않습니까. 자신을 가지십시오!"

"에스텔 덕분이었구나! 고마워!"

"천만의 말씀을. 그러면 용기 내서 돌려 볼게."

놀과 프리지아의 격려에 에스텔은 가볍게 파이팅 포즈를 취하고 가챠를 돌렸다.

〈SR 엑스칼리빠루, SR 버터플라이그립, R 인형, SR 수호의 반지, SR 축복의 목걸이, R 간식, SR 천사의 옷, R 본링, R 건틀릿, R 천옷, SR 토시〉

"하아, 욕심을 내면 안 됐던 걸까. 한 번이라곤 해도 SR로 끝나면 실망스러운 건 어쩔 수 없네."

"어쩔 수 없죠. 저흰 놀 씨나 모후토 씨와 다르게 운세가 평범하니까요⋯⋯."

"그, 그런 눈으로 보지 말아 주십시오⋯⋯."

모두가 빤히 쳐다보자 놀은 허둥댔다. 모후토도 보지 말라는 듯이 "뿌—" 하고 울었다. 확실히 놀과 모후토의 가챠운은 대단하다.

하지만 말이다. 아무래도 다들 나라는 존재를 간과한 듯하군.

"잠깐 잠깐. 운이 좋은 걸로 치면 이 헤이하치를 빼놓을 수 없지 않겠어?"

"아하하, 무슨 소릴 하시는 거예요. 웃기는 소리 그만하세요. 잠꼬대는 잘 때 하셔야죠."

시스하가 손을 휘저으며 얕보듯이 웃어댔다. 뭐가 웃기는 소리라는 거야! 이 헤이하치를 비웃다니⋯⋯ 루나까지 안쓰러운 눈으로 나를 쳐다보았다.

뭐, 됐어. 다들 눈이 뒤집어질 정도로 엄청난 가챠운을 보여주지! 내 가챠운을 두 눈 똑똑히 지켜보고 있으라고!

〈R 인형, R 포션×10, SR 냄비 뚜껑, SR 고져스아머, R 만능약, SR 명품낚싯대, SR 흑의, SR 행복의 반지, SR 뿔달린 어깨패드, SR 매직실드, SR 폭렬권〉

"어버버버버…… 하, 한 번 더! 한 번만 더!"

"시스하와 같은 반응이군. 헤이하치, 얌전히 그만둬."

"훗, 오쿠라 씨도 남 말 할 때가 아니네요. 저한테도 가챠 없으셨으니까 저도 편은 안 들어드릴 거예요."

젠장! 어째서 나까지 SR에서 끝나는 거야! 게다가 시스하가 깔보듯이 쳐다보고 있잖아! 아까 무시해서 죄송합니다!

루나가 내 어깨를 토닥이며 격려해주는 사이에, 다음은 기대주 모후토가 등장했다.

"다음은 모후토입니다!"

"모후토도 가챠를 돌리는구나."

"모후토의 가챠운은 엄청나. 기대해도 좋을걸?"

"그렇구나! 모후토 힘내!"

프리지아가 모후토의 머리를 쓰다듬자 "뿌―" 하며 기합이 들어간 목소리로 대답했다. 오오, 모후토가 평소보다 의욕만만인걸. 얌전히 집에만 있었던 만큼 가챠에서 활약을 보여줄 모양인가 보다.

평소보다 빠르게 타박타박 스마트폰을 향해 걸어간 모후토는 '후웅' 하는 콧바람을 내쉬며 가챠 버튼을 눌렀다.

〈R 철방패, R 연막탄, SR 고져스아머, R 식료, SR 니케의 신발, R 철샌들, SR 수호의 반지, SR 뿔 달린 헬름, SR 버터플라이그립, R 아이스링, R 티아라〉

"모후토가 SR…… 이게 무슨 일이지."

"모후토 씨까지 저희와 같은 결과를 낼 줄이야. 놀 씨에게 기대를 걸 수밖에 없겠네요."

"으, 그렇게 기대해도 저는 모릅니다……."

설마 했던 모후토까지 SR에서 끝나다니, 이 방어구 가챠는 제법 만만치가 않다. 역시 평소에 운빨이 따라주더라도 한 번만으로는 SSR 이상을 쉽게 뽑을 수 없단 것인가.

프리지아의 초심자의 행운 외엔 전멸할 위기에 처했다. 이젠 마지막 차례인 놀에게 모든 것을 맡길 수밖에.

우리가 지켜보는 와중에 놀이 마지막 가챠를 돌렸다.

〈R 인형, R 섬광탄, SR 냄비 뚜껑, SR 고져스헬름, R 동방패, R 포션×10, SR 엑스칼리빠루, SR 카오스링, SR 플라티나플레이트, R 동레깅스, R 쇠신발〉

"뭐라고?! 놀까지 SR이라니!"

"죄송합니다……. 이게 사과할 일인지는 모르겠습니다만……."

"프리지아 외엔 다들 같은 결과잖아."

"흠, 이럴 때도 있는 거지."

이럴 수가. 정말 프리지아 외엔 전멸이란 결과로 끝나버렸어. 8회에 SSR이 두 개뿐이라니…… 이거 흐름이 좋지 않은걸.

그런 생각을 하고 있자 시스하가 내 양 어깨를 꽉 붙잡고 가볍게 흔들며 외쳤다.

"오쿠라 씨, 어쩌실 거예요! 돌리나요?! 돌리실 건가요?! 돌리실 거죠?!"

"으, 으음…… 이번엔 이걸로 끝내자."

"그럴 수가…… 오쿠라 씨 주제에 어떻게 그렇게 빨리 포기하시는 거예요! 좀 더 미련을 갖자구요!"

더 돌려봤자 늪에 빠질 것만 같다. 평범한 방어구 가챠에 더 이상 마석을 소비할 필요가 있을까. 아니, 없다!

"너무 미련을 가져도 마석을 낭비할 뿐이니까. 놀과 모후토마저 이 결과라면 더 이상은 기대하기 어려워. 지금은 전략적으로 후퇴하는 편이 좋아."

"오빠치고는 이성적인 판단이네. 확실히 흐름이 별로 좋지 않았던 것 같아."

"그렇지? 가챠란 것은 물러날 타이밍을 잘 보는 게 중요한 거야. 이벤트라고 욕심 부려서 마구 돌리면 안 되는 거라고!"

"지금까지 몇 번이나 욕심 부리셨던 건 기억에서 사라지셨나 봅니다……."

아―, 안 들려 안 들려! 이번에 전략적 후퇴를 결정했으니까 그걸로 됐잖아!

더 이상 쓸데없는 화제를 이어나갔다간 상황이 불리해질 것 같으니 바로 뽑은 장비 정리를 시작하자.

"일단 뭐가 나왔는지 확인해 보자."

"으음, 이번엔 그다지 눈에 띄는 건 안 나왔네요."

"음. 재밌어 보이는 것이 없군. 아쉬워."

이번엔 방어구 가챠여서 방어구가 많긴 했지만 무기나 아이템도 꽤 섞여있었지. 엑스칼리빠루나 인형은 여전히 많이 나온다.

새롭게 나온 것 중에서 눈에 띄는 것은 SSR인 미러실드 정도인가. 바로 실체화시키자 표면이 거울처럼 반사되는 타워실드가 나왔다.

〈미러실드〉

방어력+300

마법저항+70

일정 확률로 마법 공격을 반사한다.

"헤에―, 거울 같은 방패입니다. 이건 화장실에 두고 쓸 수 있겠습니다."

"SSR 방패를 거울 대용으로 쓰지 마!"

"마법을 반사하는 방패라니 흥미롭네요. 에스텔 씨, 한번 써보죠!"

"싫어. 혹시라도 마법이 튕겨 나오면 위험하잖아."

마법 방어에 특화된 방패인가. SR인 매직실드의 완전 상위호환이다. 마법 반사 효과가 있다고 하니 마법을 사용하는 적과 싸울 땐 이걸 사용하면 되겠어.

자, 다음은 이번에 나온 중복 장비를 강화할 시간이다. 수호의 반지 등은 놔두고 내 메인 장비를 강화해보자.

〈엑스칼리빠루☆48〉

공격력+5190

행동속도+285%

상태이상 : 독(소)

나무 특효 : 대미지+10%

〈냄비 뚜껑☆38〉

방어력+2100

〈고져스아머☆12〉

방어력+1250

방어속도+30%

〈고져스헬름☆3〉

방어력+350

적대심 증가

〈아다만트퀴이스☆2〉

방어력+800

민첩-10

"이번엔 오쿠라 님의 방어구가 많이 강화되었습니다."

"헤이하치의 방어구 강해 보이네. 나도 풀아머 프리지아가 되고 싶어!"

"이 정도로 강화되었으니 앞으로는 저희의 탱커로 더 활약해 주세요."

"음. 마물과 싸울 땐 항상 헤이하치의 뒤에 있어야겠군."

"너희……."

"정말이지, 그렇게 오빠가 공격받게 두면 안 되지."

확실히 앞으로 탱커로서 더 활약할 수 있게 되었지만, 그렇다고 해서 공격받아도 아무렇지 않은 건 아니니까 그런 말은 참아 줬으면 좋겠다.

하지만 저거너트와의 전투에선 전혀 활약하지 못했으니 다음에 비슷한 일이 생기면 모두를 지킬 수 있도록 노력하자.

◆

광산에서 저거너트와의 전투를 마치고 며칠이 지났다. 나는 놀, 에스텔과 함께 왕도의 모험가 협회로 찾아왔다.

디우스에게 콜로티움을 얻었다는 걸 말하는 김에 뭔가 새로운 정보가 들어오지 않았는지 묻기 위해서다. 콜로티움은 간트 씨 상점에 직접 가져가도 되겠지만 우선 본인들에게 알려주는 게 좋겠지.

그리고 저거너트가 떨어트린 미지의 광석에 관해서도 물어보고 싶다.

그런 생각으로 협회로 찾아갔는데…….

"디우스 님이라면 저번에 스미카 씨가 돌아오셔서 호위 의뢰를 하러 가셨어요."

위지 씨가 그렇게 알려주었다. 이런, 조금 늦었나. 그러면 당분간은 콜로티움을 전해줄 수 없겠군. 나중에 간트 씨에게 맡겨야겠다.

"그러면 당분간은 돌아오기 어렵겠네요. 돌아오면 콜로티움을 입수했다고 전해주시겠어요?"

"코, 콜로티움이요?! 전에 사냥터를 알려드렸으니 구하러 가신 줄은 알았지만 아무리 그래도 너무 빠른데요……."

어라, 놀라는 걸 보니 디우스 파티가 이미 콜로티움을 얻었단 건 얘기 안 했나 보네. 이 이야기는 그다지 퍼뜨리지 않는 게 좋단 건가? 필요 이상으로 얘기하진 말자.

"디우스 님께는 이야기 전해드리겠습니다. 그런데 잠시 시간을 내주실 수 있으실까요? 실은 협회장이 여러분께 하실 말씀이 있다고 하셔서요."

"어머, 그 할아버지가 할 이야기라니 중요한 용건이려나?"

"뭔가 진전이 있었던 걸지도 모르겠습니다! 바로 이야기를 들으러 가봅시다!"

"안내해드릴 테니 잠시만 기다려주세요."

오오, 협회장의 호출이라니. 뭔가 새로운 정보라도 들어온 건가? 일부러 부른다는 건 그 검은 보석이나 디아볼루스에 관한 이야기겠지.

위지 씨는 확인 후에 전에 안내했던 응접실로 우리를 데려갔다.

안으로 들어서자 이번에도 크리스토프 씨와 마주앉는 모양새로 소파에 앉았다. 으음, 역시 협회장이랑 얼굴을 맞대고 대화하면 나도 모르게 긴장하게 돼.

"여기까지 불러서 미안하군."

"아뇨, 괜찮습니다. 그보다 하실 말씀이시란 건 역시 이전의 그건인가요?"

"그래. 저번에 자네들이 쓰러트렸다는 비행형 검은 마물 말일

세. 그것으로 추정되는 마물을 발견했다는 보고가 들어왔다네."

"그 마물이 또 발견된 겁니까?!"

"그래도 추정이라는 건 확신할 순 없단 뜻이지?"

관련 정보가 아니라 디아볼루스 자체를 발견했다니! 아직 그 녀석이 몰래 활동하고 있다면 뭔가 좋지 않은 일이 일어날 전조로밖에 생각되지 않는다.

하지만 에스텔의 말대로 추정이란 것은 조금 소극적인 표현이다. 그 증거로 크리스토프 씨도 에스텔의 말에 눈썹을 찡그렸다.

"정체불명의 마물을 발견했다는 보고가 있었을 뿐, 그 마물인지 확실하진 않다네. 발견한 모험가도 소재 채취 의뢰 중에 발견한 것뿐이고 전투를 벌이진 않았다는군. 하지만 자네들이 전에 보고했던 외양과 매우 흡사하고 삼지창을 들고 있었다고 하네."

"그렇다면…… 십중팔구 그 마물일 가능성이 높네요."

"확실히 그렇게 생각하는 게 자연스럽지만 그 마물이 아닐 가능성도 배제할 수 없지."

디아볼루스일 가능성은 높지만 그 개체인지는 모른다는 뜻인가. 협회에도 지금껏 발견 보고가 없었으니, 발견한 모험가는 당연히 디아볼루스를 모를 것이다.

그렇다면 그 확인을 하러 우리가 움직여야 한다는 건가?

"아직 큰 이변은 일어나지 않았지만 미리 파악해두는 게 좋을 것 같아서 말일세. 그래서 이번에도 자네들에게 조사를 부탁하고 싶네만 괜찮은가?"

"네, 딱히 바쁜 것도 아니니 괜찮습니다."

"그런가. 다행이군. 그러면 바로 보고가 있었던 항구 도시, 세바리아로 향해주면 고맙겠네."

"세바리아요?"

내가 되묻자 크리스토프 씨는 세바리아가 어디에 위치했는지 알려주었다. 세바리아는 왕도에서 마차로 20일 이상 걸리지만, 운 좋게도 브루너의 남동쪽에 위치해 있다고 한다. 덕분에 빠르게 갈 수 있을 것 같다.

협회에서 지도도 빌려준다고 하니 지도 어플과 병용하면 헤매지 않고 도착하겠지.

설명이 끝나자 크리스토프 씨는 신경 쓰이는 이야기를 하나 더 꺼냈다.

"실은 세바리아에서 목격된 마물을 그 마물로 추정하는 건 목격 정보 외에 다른 근거가 있어서일세. 그 도시엔 예전부터 전해져 내려오는 전설이 있어서 말이지."

"무슨 전설인가요?"

"전설에 의하면 옛날에 그 도시가 마인에게 공격받았을 때 도시의 수호신이 물리쳤다는군."

"마인 말입니까! 게다가 수호신이라니……."

"수호신이라고 하니 조금 수상쩍은걸. 정말 그런 게 있었단 말이야?"

"그건 나도 모르겠네만 세바리아엔 지금도 수호신을 모시는 신전이 세워져 있다더군. 자세한 이야기는 세바리아의 모험가 협회 지부장인 벤스 군에게 물어보게나."

마인의 공격을 받은 적이 있고 수호신이란 존재까지 있다니…… 그건 확실히 이번 일과 뭔가 관련이 있을 것 같다. 하지만 전설이라고 할 정도면 상당히 옛날 일 아닌가? 애초에 마인과의 전쟁 자체가 200년 전이었다고 했었지.

어쩌면 그때의 전투에 세바리아도 휘말렸던 것일지도 모르겠다. 어쨌든 우선은 세바리아에 가서 자세한 이야기를 들어보고 싶다.

앗, 겸사겸사 슈트갈 광산에 대해서도 보고해둘까.

"이번 의뢰와는 관계없지만 슈트갈 광산의 갱도에서 상당히 강한 마물을 만났어요. 이게 그 마물의 드롭아이템입니다만, 협회에 관련 정보가 있을까요?"

"이건 본 적 없는 물건이군. 게다가 슈트갈 광산의 강한 마물이라면 콜로서스밖에 모르네만…… 얼마나 강한 마물이었나?"

"전에 싸워봤던 라바 와이번과 비슷한 수준이었습니다. 갱도의 가장 안쪽에 있던 팝존에서 나왔어요."

"흠…… 그 광산에서 그 정도의 마물이 나오다니. 일단 이건 나라에 보고해두지."

"분명 나라 차원에서 철을 채굴하러 가기도 한다고 했지?"

"그래. 채굴 작업 중에 그런 마물이 나타나면 대참사가 일어날지도 모르니까 말이야. 자네들이 정보를 제공해줘서 다행이군."

"그래도 그곳은 굉장히 깊숙한 안쪽이었으니 웬만하면 그 마물과 마주칠 일은 없을 것 같습니다."

크리스토프 씨에게 갱도에 관한 이야기도 전하고 우리는 협회를 나섰다. 항구 도시인 세바리아에서 디아볼루스가 발견되다니…… 이건 또 귀찮은 일이 벌어질 것 같군.

세바리아에 가게 되면 당분간은 왕도에 올 기회도 줄어든다. 그래서 돌아가기 전에 간트 씨의 가게에 들려 콜로티움을 두고 가기로 했다.

가게에 들어가기 전에 마법 가방에서 콜로티움을 두 개 꺼내 나와 놀이 하나씩 끌어안고 안으로 들어갔다.

"실례합니다—."

"오, 이 목소리는 오쿠라인가. 오늘은 무슨 일로…… 그, 그거 설마 콜로티움이냐?! 게다가 두 개나!"

내 목소리에 반응한 간트 씨는 잠시 멈칫하더니 들고 있던 물건을 바닥에 그대로 내동댕이치고 이쪽으로 다가왔다. 나와 놀이 콜로티움을 바닥에 두자 간트 씨는 무시무시한 기세로 두 개의 콜로티움을 살펴보았다.

그리고 이번엔 고개를 휙 돌려 나를 쳐다보더니 내 양어깨를 단단히 붙잡고 앞뒤로 흔들기 시작했다.

"오쿠라! 이거 파는 건가?! 어?!"

"지, 진정하세요—!"

"역시 이럴 줄 알았습니다."

"예상대로 눈이 시뻘개졌어."

놀과 에스텔이 막아준 덕분에 간트 씨는 겨우 진정되었다. 휴우, 매번 같은 상황이 반복되는 것 같은데…… 이미 익숙하지만.

"미안, 미안. 희귀한 소재를 보면 나도 모르게 흥분해서 말이야. 그러니까, 두 개나 디우스한테 전달할 예정이라고?"

"네. 저흰 당분간 왕도를 떠나 있을 예정이라 먼저 간트 씨에게 맡겨둘까 해서요. 디우스한테 대금은 나중에 줘도 된다고 전해 주세요."

"잠깐, 잠깐. 콜로티움의 대금을 후불로 받다니 신용이 있다곤 해도 대담한데……. 그래, 그 녀석들한텐 제대로 전달해두지. 혹시라도 나중에 콜로티움을 얻게 되면 나한테도 팔아 달라고."

"네. 나중에 가져올게요."

앞으로도 콜로서스 사냥은 계속할 예정이었고, 원래부터 간트 씨에게 우선적으로 팔 생각이긴 했다. 여러모로 신세를 지기도 했고 이 세계에 얼마 없는 지인이니까 말이지.

선뜻 승낙하고 오늘은 다른 용무도 없었으므로 바로 귀가했다. 그리고 협회에서 들은 얘기를 시스하에게도 전했다.

"또 디아볼루스가 나타났다고요? 혹시 뭔가 이변이 일어날 전조가 아닐까요?"

"그럴 가능성이 높겠지. 그래서 내일 당장 세바리아란 도시로 갈 생각이야."

크리스토프 씨가 이야기는 하지 않았지만, 디아볼루스가 있다면 근시일내에 세바리아에서도 퀘레스와 같은 이변이 일어날 가능성이 있다. 그러므로 최대한 빨리 세바리아에 갈 수 있도록 비컨만이라도 설치해둘 생각이다.

저번처럼 해결해도 가챠 관련 아이템은 못 받을 가능성이 있지만 조금이라도 가능성이 있다면 우리 손으로 해결하고 싶으니까 말이지. 게다가 단순히 디아볼루스의 정체가 궁금하기도 하다.

그렇게 진지하게 상념에 빠져있는 와중에 옆에선 놀이 콧노래를 부르며 신난 듯이 입을 열었다.

"우후후, 항구 도시라니 기대됩니다!"

"어머, 뭐가 그렇게 기대되는 거야?"

"항구 도시라고 하면 바다! 바다라고 하면 해산물 아닙니까!"

"그러니까 먹을 거 얘기하는 거지?"

"맞습니다!"

협회에서 이야기를 들을 때부터 이상하게 기분이 좋아 보인다고 생각했는데 먹을 걸 기대하고 있었던 거냐. 항구 도시란 소리에 해산물부터 연상하는 건 이해는 되지만 말이야.

그런 놀의 모습에 황당해하고 있자 이번엔 시스하가 불안한 목소리로 질문했다.

"오쿠라 씨. 이번엔 퀘레스 때처럼 호위 의뢰를 받진 않으셨죠?"

"응. 조사하러 가는 것 자체가 의뢰니까. 세바리아도 꽤 멀지만 마법의 양탄자로 갈 수 있다면 2, 3일 정도면 도착할 거야."

"그렇다면 다행이네요. 또 루나 씨와 당분간 못 만나는 줄 알고 걱정했잖아요."

"그런 걱정하고 있었냐. 평소처럼 비컨을 설치해서 나중에 부를 테니까 이번엔 얌전히 집에서 기다리고 있어."

"역시 오쿠라 씨! 거기까지 제대로 생각하셨다니 역시 리더는 리더예요! 안아드려야겠어요!"

"너 뭐 하는?!"

어버버버버?! 부, 부드러운 게 몸에 닿았어!

시스하는 나를 꼭 껴안더니 바로 떨어져서 온화한 미소를 지었다. 가, 갑자기 끌어안다니 대체 뭐야. 나도 모르게 표정 관리에 실패할 뻔했어. ……에스텔 씨가 엄청 험악한 표정으로 지켜보고 있는 바람에 풀어지려던 얼굴도 굳었지만 말이야.

이번엔 호위 의뢰가 없으니 말을 타고 이동하거나 비컨을 몰래 설치할 필요 없이 우리끼리 장거리 이동을 하면 되니 편하다.

……그래. 그러면 최소 인원으로 이동해도 충분하겠지. 시스하뿐만 아니라 에스텔도 집에서 기다리게 하는 편이 좋을지도 모르겠네.

"나랑 놀, 둘이서 가도 충분하니까 에스텔도 집에 있을래?"

"딱히 상관은 없습니다만 저는 묻지도 않고 무조건 가는 걸로 확정된 겁니까……."

네. 놀이 같이 가는 건 이미 결정된 사항입니다. 덜렁거리는 모습을 자주 보이긴 해도 놀만 있다면 무슨 일이 있더라도 대부분 해결 가능하니까 말이야. 덜렁이 초인이다.

"아니. 나도 같이 갈게. 둘만 보내기엔 왠지 걱정되는걸."

"그래? 그럼 에스텔도 같이 가자."

으음. 만일의 상황은 아마도 벌어지지 않겠지만 역시 에스텔은 같이 가려고 하는구나. 이동만 하면 심심하니 집에서 편히 기다려도 좋을 텐데. 걱정해주는 건 고맙지만.

그런 대화를 나누고 있자 한 사람이 더 대화에 끼어들었다.

"나도 나도—! 나도 같이 가고 싶어!"

"엑."

프리지아가 눈을 반짝이며 한 손을 들고 나섰다. 우와…… 왠지 불안한 예감밖에 안 드는데. 가능하다면 데려가기 싫어. 나는 얼버무리듯이 머리를 긁적이며 시선을 피했다.

"그게ㅡ, 프리지아는 좀…….”

"맞아. 마법의 양탄자 위는 좁으니까 사람이 많아지면 위험해.”

에스텔도 곤란하다는 듯이 뺨에 손을 대고 팔자 눈썹을 그리며 나와 같은 반응을 보였다. 평소에도 엄청나게 소란스러운 프리지아를 마법의 양탄자에 태웠다간 중간에 운전을 방해해서 사고가 날 것 같다.

이 정도로 곱게 물러난다면 좋을 텐데…… 내 기대와는 다르게 프리지아는 테이블을 탕탕 두드리며 맹렬하게 저항했다.

"에ㅡ, 가고 싶어! 나도 놀이랑 같이 외출하고 싶어ㅡ!”

"오쿠라 씨! 만일 간다면 프리지아 씨도 데리고 가든지, 놀 씨를 두고 가든지, 하나를 선택하세요!"

"그렇게 말해도…….”

입을 삐죽이며 불만을 표하는 프리지아를 보고 시스하는 내 양어깨를 붙잡고 필사적인 얼굴로 호소했다. 같이 데리고 가는 것도 무섭지만 집에 두면 뭔가 사건이 터질 것 같아서 불안하다. 이러는 걸 보면 분명 날뛸 것 같아.

시스하도 혼자선 프리지아를 감당하지 못하기에 이렇게까지 호소하는 거겠지. 놀을 두고 가면 프리지아도 말을 잘 들으니 괜찮겠지만 그렇게 되면 또 우리가 곤란해진다.

어떻게 할지 고민하고 있는데 놀이 먼저 말을 꺼냈다.

"오쿠라 님. 프리지아도 데리고 가는 게 어떻습니까? 제가 제대로 돌볼 테니 부탁드립니다."

프리지아를 다루는 것은 놀이 가장 능숙하다. 게다가 같이 데려가자고 하는 걸 보면 얌전히 만들 자신이 있는 게 분명하다.

"하아, 알았어. 놀이 지켜봐 준다면 프리지아도 같이 와도 돼. 다만 날뛰지 않도록 제대로 지켜봐 줘."

"우후후, 맡겨만 주십시오!"

"와아—! 놀, 헤이하치, 고마워!"

"……정말 괜찮으려나."

놀은 가슴을 두드리며 자신만만하게 웃고, 프리지아는 폴짝폴짝 뛰며 기뻐하고 있다. ……허락하긴 했는데 정말 괜찮을까?

그런 불안감을 안으며 맞이한 다음 날 아침. 우리는 브루너를 나섰다. 하지만 예상한 것처럼 마법의 양탄자에 탄 프리지아가 출발하자마자 소란을 피우기 시작했다.

"아하하, 이거 엄청나다! 어떻게 떠 있는 거야? 내가 달리는 것보다 빨라!"

"너무 소란 피우면 안 됩니다. 떨어지지 않도록 조심하십시오."

"네에—!"

양탄자 위에서 폴짝폴짝 뛰며 노는 프리지아에게 놀이 주의를 줘 진정시켰다. 그리고 지금은 놀의 어깨를 잡고 두리번거리며 지나가는 풍경을 바라보며 감탄사를 내뱉고 있다.

하아, 처음에 신나서 방방 뛸 땐 글렀다고 생각했는데 일단은 얌전해져서 다행이군. 놀이 점점 프리지아의 보호자로 변모해가고 있다.

에스텔은 평소처럼 내 다리 위에 자리를 잡고 앉아 두 사람을 보며 안심한 목소리로 말했다.

"이번엔 마법의 양탄자로 갈 수 있어서 다행이다. 밤이 되면 집에 돌아갈 수 있어서 편해."

"그러게. 익숙해지긴 했지만 역시 야영은 피곤하니까 말이야. 정 안 되면 디멘션룸을 사용하는 방법도 있지만, 돌아갈 수 있다면 집에서 쉬는 게 좋지."

지금까지 처음 가는 도시로 향할 땐 마차를 타거나 호위 의뢰를 겸하면서 이동하곤 했다. 다른 사람이 함께 있으면 가챠에서 나온 편리한 아이템을 마구 쓸 수 없어서 조금 불편하긴 했지.

게다가 가장 힘든 것은 야영이다.

텐트에 부드러운 깔개를 준비해두긴 했지만 집에 비하면 불편한 건 마찬가지다. ……난 텐트도 아니고 침낭 신세였지만.

자는 것뿐만 아니라 밤중에 경비를 서는 것도 꽤나 고역이다. 적응했지만 지금도 힘들 정도니까. 호위 의뢰를 하며 퀘레스로 갈 땐 모닥불을 바라보고 센티터블라를 띄우면서 밤이 지나가기만을 기다리곤 했었다.

지금까지 해왔던 야영을 회상하고 있자 프리지아가 흥미가 생겼는지 대화에 끼어들었다.

"에—, 다 같이 야영이라니 재밌겠다! 나도 해보고 싶어!"

"일부러 할 짓은 아닌데……. 딱히 재밌는 것도 아니야."

"맞습니다. 교대라곤 해도 밤에 경비를 서는 건 소홀히 할 수 없습니다."

"다 같이 깨어 있을 땐 괜찮지만 다들 잠든 후에 혼자서 망보려면 힘들지. 항상 오빠랑 놀한테만 맡겨서 미안해."

"아냐. 신경 안 써도 돼. 에스텔은 푹 쉬게 해야 우리도 편하니까 말이야."

야영 중엔 기본적으로 나와 놀이 교대하며 경비를 서곤 했다. 놀은 나보다 체력이 뛰어나지만 그래도 잠을 줄이면서 경비하다 보면 지칠 것이다. 에스텔은 마법을 사용하니 푹 자게 해야 한다. 정신적으로 안정되지 않으면 마법을 제대로 쓸 수 없는 것 같으니까.

시스하도 같은 이유로 기본적으로 야영 중엔 쉬게 놔두었다. '피부에 안 좋으니까 경비에선 빼주세요'라며 농담할 땐 시키고 싶었지만 말이야. 실은 본인도 밤새는 것쯤은 괜찮은지 경비를 설 때 몇 번 밤늦게까지 대화 상대를 해주곤 했다.

그런 연유로 우린 야영에 부정적이었지만 프리지아가 눈을 반짝이며 이렇게 말했다.

"경비는 나한테 맡겨! 난 사흘 밤낮 깨어있어도 괜찮으니까 밤에 경비 서는 것쯤은 식은 죽 먹기야!"

진짜냐. 사흘 밤낮 깨어있어도 괜찮다니……. 아, 그러고 보니 외출이 불가능했을 땐 시스하와 루나가 자는 걸 계속 방해했다고 들었다. 프리지아는 대체 언제 자는지가 의문이다.

자고 싶으면 프리지아가 자는 사이에 잘 수 있었을 테니까 말이지. 그럼에도 잠을 자지 못했다는 것은 이 녀석이 잠도 안 자고 계속 괴롭혔단 뜻이다.

시스하가 그렇게까지 열을 올린 것도 당연하다. 사흘 밤낮 프리지아가 따라다니면 나라도 이성을 놓을 것이다.

"그런 것도 가능하냐. 그래도 경비를 설 땐 혼자 깨어 있어야 한다고. 얌전히 있을 수 있겠어?"

"앗…… 그러면 헤이하치가 같이 깨어 있으면 문제없겠다!"

"문제 있어! 그리고 일단 이번엔 야영 안 해!"

"쳇. 재미없어—."

그렇게 말하며 포기했는지 프리지아는 다시 지나가는 풍경을 구경하기 시작했다. ……응. 나중에 장거리 이동을 하게 되면 야영을 피하거나 프리지아를 데리고 오지 말자.

그 후로 어느 정도 마법의 양탄자로 이동하자 이번엔 여유롭게 나른한 목소리가 들려왔다. 목소리가 난 방향을 보자 프리지아는 입을 반쯤 벌린 채로 햇살을 쬐며 멍하니 졸린 얼굴이었다. 아까까지 소란스럽더니 꽤 얌전해졌군.

"햇살이 포근포근—. 바람도 기분 좋아—."

"프리지아는 일광욕을 좋아합니까?"

"응. 햇살을 쬐면 차분해져. 그리고 밤하늘을 보는 것도 좋아해. 별이 반짝반짝해서 이쁘잖아."

"후후. 밖에 나가고 싶다고 그렇게 졸라대던 사람답네. 루나랑은 정반대야."

밖에 나가고 싶어 하는 프리지아와 집안에만 틀어박히는 루나.

그야말로 상극의 존재군…… 두 사람을 합쳐서 반으로 나누면 밸런스가 딱 맞을 것 같은데.

그런 생각을 하며 나는 세바리아를 향해 마법의 양탄자를 조종했다.

출발한지 사흘째.

딱히 별문제도 일어나지 않았고 순조롭게 마법의 양탄자를 타고 이동했다. 하지만 지도상에는 그렇게까지 멀어 보이지 않았건만 도중에 길이 옆으로 꺾이기 시작하더니 돌아가듯이 이어져 있었다. 협회에서 빌린 지도를 봐도 우회하도록 그려져 있었다.

직진해서 뚫고 가면 되지 않을까 싶어서 길을 벗어나 세바리아 방면을 향해 직진해봤는데…… 그 결과 가파른 산을 맞닥뜨렸다.

이동을 위해 등산할 생각은 없었고 우회하긴 해도 이동 시간이 하루 정도 늘어나는 정도였기에 다시 돌아가 그냥 길을 따라 가기로 했다. 프리지아가 산에 오르고 싶다며 소란 피우는 것을 말리느라 진땀을 뺐다. 그냥 처음부터 지도를 따라갈걸. 정말이지, 누구야. 직진하자고 한 녀석.

이러니저러니 하면서 현재 우리는 해안선을 따라 한창 이동하는 중이었는데…… 프리지아가 또 불만을 터뜨리기 시작했다.

"아무 일도 안 일어나니까 재미없어—."

"그런 말 하면 안 됩니다. 아무 일도 없이 목적지에 도착하는 게 좋은 겁니다."

"에—, 다 같이 가면 재밌는 일이 일어날 것 같아서 따라온 거란 말이야. 그럼 바다 구경하면서 가자—. 모처럼 바다까지 찾아왔는데 하나도 안 보이잖아! 좀 더 해안가로 가자!"

해안선을 따라 이동 중이긴 하지만 길은 내륙 쪽에 있었기에 바다는 잘 보이지 않았다. 오늘 이동을 시작할 때 프리지아가 그것 때문에 불만을 터뜨렸기에 오전엔 계속 길을 벗어나 해안선에 붙어 이동하기로 했다.

에스텔과 놀도 보고 싶어 하는 것 같았으니 상관없지만, 이대로라면 목적지에 도착할 때까지 바다 구경을 시켜달라고 할 것 같다.

"아침부터 바다는 실컷 봤잖아. 길에서 너무 벗어나면 다시 돌아가기에도 오래 걸린다고. 세바리아에 도착하면 마음껏 관광하게 해줄 테니까 지금은 참아."

"정말?! 그럼 참을게!"

이번엔 세바리아에 도착해도 바로 협회에 들르지 않을 생각이다. 모처럼 항구 도시에 처음 발을 들이는 것이니 그곳에 대한 이해심을 높이기 위해서라도 며칠은 도시를 돌아볼 생각이었다. 협회에 가면 그만큼 계속 일만 하게 될 것 같단 말이지.

프리지아도 내 말을 듣고 납득했는지 다시 콧노래를 부르며 얌전해졌다. 정말이지, 정기적으로 흥밋거리를 제공하지 않으면 이렇다니까.

이렇게 한숨 돌리고 다시 마법의 양탄자를 타고 나아가다 보니 이번엔 지도 어플에 빨간 점 다섯 개가 표시되었다.

"진행 방향에 마물이 있나 봐."

"그건 나한테 맡겨!"

프리지아는 그렇게 말하며 양탄자 위에서 벌떡 일어나더니 활을 들었다. 떨어지지 않도록 놀이 프리지아의 다리를 붙잡았다. 이번엔 이동하면서 발견 범위 내에 있는 적은 프리지아가 전부 처리했다.

솔직히 마법의 양탄자라면 도망치는 것도 충분히 가능하지만 나중에 다른 사람이 피해를 입을 가능성이 있으니 근처에 있는 마물은 이렇게 전부 해치웠다.

평소와 같은 발랄한 분위기가 사라지고 차분해진 프리지아가 시위에 화살을 메겼다. 적을 조준하는 화살은 하나뿐이었지만 여러 마리가 있어도 처리할 수 있도록 손엔 화살을 몇 개 더 쥐고 있었다.

지금껏 몇 번이나 봐왔지만 이런 식으로 프리지아는 눈으로 좇아갈 수 없을 정도로 빠르게 화살을 연사했다. 너무 빨라서 화살을 쏘는 동시에 마물이 맞을 정도였다. 저거너트와의 전투 때도 이런 능력에 큰 도움을 받았다. 바보 엘프지만 실력만큼은 역시 UR급이다.

전방 대각선 방향에서 우리에게도 겨우 보일 정도의 범위 안에 비행형 마물이 나타났다. 프리지아는 목표물을 조준하려는지 잠시 마물을 조용히 지켜보더니 숨을 내뱉으며 화살을 연사했다.

그리고 콩알 크기로밖에 보이지 않는 마물에게 화살이 꽂히더니, 지도 어플에 표시된 빨간 점 다섯 개가 거의 동시에 사라졌다.

"나이스입니다!"

"에헤헤, 엘프한테 이 정도야 아무것도 아니지!"

"이걸 아무것도 아니라고 하는 종족이라니 무서운데……."

"멀리서 이렇게 정밀하게 사격당하면 나라도 무방비하게 당했을 거야……."

처음 봤을 때도 할 말을 잃을 정도로 놀랐지만 몇 번을 봐도 엄청나다. 이동하는 양탄자 위에서 움직이는 상대를 동시에 다섯 마리나 맞추다니 거의 사기급이다. 어떻게 계산해서 쏘는 거야. 게다가 거의 보이지도 않는 거리에서 한방에 산산조각 냈다.

엘프 모두가 이런 실력을 지니고 있었다면 다른 종족들은 상대도 안 되었을 것이다.

"그보다 길 위에서 마물과 마주치다니 시스하가 같이 왔을 때가 생각나네."

"아―. 그 녀석, 마물을 보면 혼자 신나서 뛰어갔었지."

"요샌 시스하가 집을 지키고 있을 때가 많으니 이제 그것도 추억이 되었습니다."

"헤에―, 시스하는 말괄량이구나? 재밌어 보이는데 그때 이야기 더 해줘!"

프리지아한테 말괄량이라는 소릴 듣다니, 아무리 그 녀석이라도 좀 불쌍한데…… 아니, 전혀 불쌍하지 않다. 또 다른 방향으로 문제를 일으키는 녀석이니 별반 다를 것 없다.

자신이 소환되기 전 이야기에 흥미를 보이는 프리지아에게 예전 일들을 이야기해주고 있는데 또다시 지도 어플에 표시가 나타났다. 이번엔 파란 점 여섯 개. 이건 마물이 아니라 우리에게 적대감이 없는 존재. 모여서 이동하고 있는 걸 보면 아마 사람일 것이다.

"어라. 또 사람이 있나 봐."

"그럼 돌아가야겠다. 이 방면은 길에서 사람을 마주칠 때가 많네."

"으음. 항구 도시와 가까우니 물류가 활발해서 그런 건가? 중간에 다른 마을도 많으니까 말이야. 이러면 설치해둔 비컨을 들킬 것 같아서 무서운데."

"세바리아에 도착하면 비컨을 더 외진 곳으로 옮겨야겠습니다."

이곳에 오는 동안 꽤 자주 사람과 마주쳤다. 매번 들키지 않도록 잠시 길을 벗어났다가 보이지 않는 곳까지 가서 추월하곤 했지. 이번에도 그렇게 하기 위해 해안선까지 이동해 사람이 없는 곳으로 나아갔다.

잠시 그렇게 이동하고 있자 프리지아가 갑자기 뭔가에 반응했다.

"어라……."

"무슨 일입니까?"

"으음…… 헤이하치. 잠깐 저기 세워줄 수 있어?"

"응? 그거야 상관없는데 왜?"

프리지아가 그렇게 말하며 가리킨 것은 절벽에 놓인 한 물체. 근처까지 다가가 양탄자에서 내려 자세히 살펴보니 반구형의 바위였다. 다만 중앙 부분에 목제 문이 설치되어 있는 걸 보면 안은 비어 있는 모양이었다.

으음. 이건 사당인가? 프리지아가 말해주지 않았으면 그냥 지나칠 뻔했네.

"이런 외진 곳에 이런 게 있다니. 뭔가 모시고 있는 건가? 그러고 보니 세바리아엔 수호신이 있다고 했는데 혹시 그거랑 관련 있는 거 아냐?"

"풍어를 기원하기 위해 세운 것이 분명합니다!"

"수호신이 그런 걸 기원하는 존재였나? 확실히 그래 보이긴 하는데…… 아직 도시는 보이지도 않는데 꽤 멀리 세워놨네."

놀이 말하면 설득력이 없지만 풍어를 기원한다는 건 그럴 법한 이야기다. 수호신이란 게 존재한다면 그럴 가능성이 높다.

하지만 이곳에 세우는 건 너무 멀지 않나? 이 주변엔 고기잡이 배도 없어 보이는데.

"프리지아가 보는 곳엔 뭐가 있는 거야? 나한텐 아무것도 안 보이는데."

"글쎄? 지도 어플을 봐도 별다른 건 없어."

정작 말을 꺼낸 프리지아는 사당은 무시하고 주변을 돌아다니며 주위를 두리번거리고 있다. 뭐야, 사당이 신경 쓰였던 거 아니었어? 정말 이해하기 어려운 녀석이야.

프리지아가 만족할 때까지 우리는 그냥 지켜보기로 했다. 그러자 프리지아는 갑자기 활을 꺼내 시위에 화살을 메기더니 아무것도 없는 공간을 향해 화살을 쏘았다. 허공을 날아간 화살은 당연히도 그대로 바다 저 멀리로 사라져 버렸다.

……이 녀석 뭐 하는 거야?

"앗! 피했어! 방금 분명 저기 뭔가 있었단 말야! 우우…….."

"나한텐 아무것도 안 보이는데…… 오빠는 보여?"

"나도 아무것도 안 느껴져. 지도 어플에도 아무 반응 없고."

"프리지아는 감각이 예민하니까 말입니다. 뭔가 느꼈을지도 모릅니다."

프리지아는 팔짱을 끼고 '으음一' 하는 신음소리를 내며 고개를 갸웃했다. 의미를 알 수 없는 행동에 내가 더 의문입니다만……

고유능력도 있고 놀보다 감각이 예민하니 진짜로 뭔가 있는 줄 알고 쫄았잖아.

사당이 있으니 분위기는 그럴싸하다. 하지만 내겐 아무 기척도 느껴지지 않았고 그건 놀과 에스텔도 마찬가지다.

하지만 프리지아는 뭔가가 불만스러운지 아직도 투덜대고 있다.

"우우, 진짜로 있었는데……."

"대체 뭐야. 됐어. 그럼 출발…… 응?"

아무것도 없다고 결론을 내고 출발하려던 그 때. 지도 어플에 반응이 나타났다. 사당 너머 절벽 끝에 맞닿은 바다에서 빨간 점 열 개가 갑자기 나타난 것이다.

어, 어디서 나타난 거야 이 녀석들은?!

"바다에서 뭔가 이쪽을 향해 오고 있어! 조심해!"

"오빠. 여긴 절벽 위니까 그렇게 경계하지 않아도 되잖아?"

"맞습니다. 마물이 다가오더라도 절벽을 기어 올라오진 않을 겁니다."

"그냥 내가 여기서 쏴버릴까? 내 화살이라면 물속이어도 꿰뚫을 수 있어!"

하긴, 여긴 절벽 위다. 높이는 해수면에서 약 20미터. 바다에 있는 마물이 여기까지 올라오진 못 하겠지. 올라 와도 프리지아나 에스텔이 위에서 공격해 떨어트리면 그만이다.

그렇게 생각하고 지도 어플을 보며 마물을 경계하고 있는데 빨간 점은 그대로 육상으로 올라왔다.

"육지까지 올라왔어── 어라? 이상하네. 아무것도 안 보여."

지도 어플을 보면 분명 우리와 같은 위치에 있다. 하지만 그림자조차 보이지 않았다. 하늘을 봐도 절벽 아래를 봐도 아무것도 없었다. 지도 어플에 오류가 있나 잠시 의심했으나 갑자기 놀과 프리지아가 떠들썩해졌다.

"오쿠라 님! 멀어서 잘 보이진 않습니다만 뭔가 있습니다!"

"너, 너무 빨라! 나도 조준하기 어려워!"

엑. 여기 있다고?! 놀과 프리지아는 바쁘게 고개를 움직였지만 차마 공격은 하지 못하고 허둥대고 있었다.

큰일이다. 나는 공격은커녕 보이지도 않는다고. 하지만 근처에 있을 뿐, 현재로선 공격해오지 않는다. 그렇게 경계하고 있는데 점점 몸에서 힘이 빠져나가는 듯한 기분이 들었다.

앗, 위험해. 뭔가 당하고 있어! 하지만 공격할 수도 없고 지금은 일단 도망치는 게…… 그렇게 생각한 순간──.

"에잇!"

에스텔이 기합을 외치며 지팡이를 휘둘렀다. 그러자 우리의 발밑에 마법진이 전개되더니 주위에 검은색 막이 쳐졌다. 그와 동시에 여러 개의 물체가 허공에 나타났다.

하얀 원통형 몸체에 양 옆에 달린 날개. 몸에는 에스텔이 전개

한 검은 막이 실처럼 엉켜 있었다. 아무래도 이 녀석이 우리를 공격한 마물인 듯했다.

"이, 이건…… 에스텔, 덕분에 살았어."

"후후, 천만의 말씀을. 빠르긴 해도 우리를 공격하느라 근처에 날아와서 간단히 잡을 수 있었어."

"사, 살았다……."

놀과 프리지아도 못 잡을 정도로 빠른 마물을 잡아버리다니, 역시 에스텔이야. 어느샌가 보라색 그리모와르를 들고 있는 걸 보니 이건 구속 계열의 어둠 마법인가 보다. 이 마물에겐 상성이 좋았던 모양이네.

"공격당하는 느낌은 아니었습니다만, 대체 뭐였습니까? 확실히 몸에서 힘이 빠져나가는 건 느꼈습니다만."

"내가 느끼기엔 몸에서 마력을 몽땅 빼내는 느낌이었어. 그 덕분에 대략적인 위치도 알 수 있었지."

"해치우기 전에 스테이터스를 확인해야겠어. 무슨 공격이었는지 알 수 없으니 일단 포션이라도 마셔둬."

그보다 이상하게 생긴 마물이네. 대체 무슨 공격이었던 거지? 스테이터스를 확인해 보자.

종족 : 스카이피시
레벨▶60 HP▶200 MP▶1200
공격력▶0 방어력▶10 민첩▶520 마법내성▶0

이거 괴생물체 아냐?! 그보다 이 녀석, 민첩 몰빵이잖아! 그러니 당연히 보이질 않지. 게다가 HP와 MP를 둘 다 흡수하다니 사기잖아! 몸에서 힘이 빠져나가던 게 이것 때문이었나!

일단 스테이터스도 확인했으니 재빠르게 전부 처리했다. 드롭 아이템은 아무것도 나오지 않았다. 원래 아무것도 나오지 않는 것인지 아니면 레어드롭이 따로 있는 것인지는 모르겠다. 괴생물체의 드롭 아이템은 뭐일지 궁금한데.

이번엔 상대만 하고 헛수고한 느낌이다. 이런 게 아무렇지 않게 돌아다니다니 이 주변 너무 위험하잖아.

"정말이지, 이 이상한 마물은 대체 뭐야?"

"바다에서 갑자기 나타나서 습격할 줄은 상상도 못 했습니다."

"맞아. 혹시 프리지아가 쏜 화살이 마물 무리 쪽으로 날아갔던 거 아닐까?"

"에에―! 그럴 리가…… 없을걸?"

"어쨌든 이제 마구 화살 쏘지 마. 적어도 쏘기 전에 말이라도 해."

"네에―."

더 몰려와도 곤란하므로 우리는 곧장 그곳을 뜨기로 했다. 잘 가다가 갑자기 이게 무슨 봉변이야. 빨리 세바리아로 가자.

그리고 스카이피시 습격 후 다음 날.

오늘도 아침 일찍부터 마법의 양탄자를 타고 이동하는데 드디어 저 멀리 인공적으로 세워진 벽이 보이기 시작했다. 그와 동시에 뒤에서 프리지아의 활발한 목소리가 들려왔다.

"헤이하치! 저거 도시 맞지?"

"으억?! 어, 어깨에 올라타지 마!"

"프리지아! 오쿠라 님을 방해하면 안 됩니다."

"네에―!"

프리지아가 내 어깨에 손을 얹고 체중을 실어 올라탔지만 놀의 주의를 받고 바로 떨어졌다. 정말이지, 이 녀석은 본능으로 움직여서 곤란하다니까. 운전 중엔 방해하면 안 된다고.

세바리아는 항구 도시인만큼 당연히 바다에 접해 있다. 입구엔 내륙 방향으로 다른 도시처럼 길고 높은 석벽이 세워져 있다. 얼핏 봐도 브루너보다 훨씬 커서 마도 도시인 퀘레스와 규모가 비슷해 보였다.

세바리아도 주요 도시 중 하나라는 것을 봐선 나라에서도 중요하게 여기는 듯한 도시다. 어느 정도 도시에 접근하여 입구의 위치를 확인한 후 나는 양탄자를 멈춰 세웠다.

"좋았어. 그럼 지금부터 걸어가자."

"알고는 있었지만 걸어가는 건 역시 귀찮아. 여기부터 가려면 꽤 먼걸."

모두가 내리고 마법의 양탄자를 가방에 집어넣자 에스텔이 불만스럽게 눈썹을 찌푸렸다. 나도 걸어가는 건 귀찮지만 더 가까이 갔다간 다른 사람에게 들킬 염려가 있다.

이미 몇 명은 마법의 양탄자의 존재를 알게 되었지만 웬만하면 더 알리고 싶진 않다. 지도 어플로 주변에 사람이 있는지 확인할 수는 있지만, 처음 오는 도시라 주변 상황을 모르니 지금은 무난하게 걸어가는 게 맞을 것이다.

한숨을 쉬는 나와 에스텔과는 다르게 놀과 프리지아는 어쩌고 있냐면.

"계속 양탄자에 타 있느라 몸이 찌뿌둥해! 놀, 도시까지 달리기 시합하자!"

"바라던 바입니다! 제 실력을 보여주겠습니다!"

두 사람은 활기차게 한 손을 올리며 외치더니 도시를 향해 뛰어갔다.

"놀도 프리지아가 같이 와서 기쁜가 봐. 지금까지는 아무도 놀의 체력에 따라가질 못 했었잖아."

"응. 그 시스하조차 놀이랑 겨루는 건 힘들어 했으니까 말이지. 루나는 의욕이 없고. 우리는 천천히 가자."

멀어져가는 두 사람의 뒷모습을 보며 나와 에스텔은 마주 보고 쓴웃음을 지으며 걷기 시작했다. 얼마 걸리지 않아 문에 도착하여 먼저 도착한 놀, 프리지아와 함께 간단한 수속을 마친 후 도시에 입성했다. 오늘 시스하는 일이 있고 루나는 자고 있기 때문에 우리끼리 먼저 세바리아 관광을 하기로 했다.

세바리아의 첫인상은 마치 규모가 큰 브루너 같았다. 왕도와 퀘레스에 처음 도착했을 때처럼 두근거리며 기대했는데 의외로 낯익은 풍경이라 아쉬웠다. 좀 더 그 도시 특유의 분위기를 느끼고 싶었는데 말이다.

조금 김이 빠진 나와 다르게 프리지아는 신나게 주변을 두리번거리며 구경했다.

"와아―, 여기가 항구 도시구나! 배는 어디 있어?"

"이 근처에는 아직 항구가 안 보이는 것 같아. 등대가 있는 쪽으로 가면 있지 않을까?"

"그럼 빨리 가보자! 어떻게 되어 있는지 너무 궁금해!"

아차, 실망하기엔 아직 일렀나. 항구 도시의 포인트라면 역시 항구지. 우린 바로 항구를 보러 가기 위해 바다가 있는 쪽으로 향했다.

"우후후, 기대됩니다."

"……넌 어시장이 있는지가 기대되는 것뿐이잖아."

"물론이지 말입니다! 분명 신선한 식재료가 잔뜩 있을 겁니다!"

놀은 몸을 가만히 두질 못하고 높이 묶은 머리를 꼬리처럼 흔들며 걸었다. ……항구 도시여서 그런지 이 녀석은 처음부터 머릿속에 먹는 것뿐이다.

뭐, 나도 이 세계에 와서 해산물을 먹은 적이 손에 꼽으니 여기 오는 것이 기대되기도 했다. 오랜만에 회랑 초밥 먹고 싶네. 아마 초밥은 없겠지만.

하아, 생각나니까 진짜 초밥 먹고 싶다. 직접 만드는 건…… 어렵겠지. 아예 놀한테 가르쳐서 만들어달라고 하거나―― 안 되지, 안 돼. 나까지 먹을 생각에 빠져서 어쩌란 말이야!

……응? 생각하다 보니 조금 신경 쓰이는 부분이 있다.

"이 세계에선 물고기를 어떻게 잡지?"

"어떻게 잡냐니, 무슨 뜻입니까?"

"바다에 마물이 있을 텐데 어떻게 물고기를 잡나 해서."

"그러게. 게다가 항구라서 다른 마을과 교역도 해야 할 텐데 바다는 건널 수 있는 걸까?"

"분명 마물을 해치우면서 물고기를 잡는 걸 거야!"

그렇게 무모한 방법으로? 하지만 충분히 있을 법한 이야기다. 어제 우리를 습격한 스카이피시 같은 마물이 있을 텐데 대체 어떻게 해상 교역이나 어업을 하는 거지? 항구 도시라고 할 정도니 분명 고기잡이배도 있을 터.

나무배라면 마물의 공격에 부서질 수 있으니 철제일 가능성도…… 그건 항구에 도착하면 자연스레 알게 되겠지.

에스텔과 그런 이야기를 나누면서 여전히 온갖 곳에 흥미를 보이는 프리지아를 신경 써 가며 항구를 향해 걸어갔다. 도시 내에 연결된 수로로 짐이나 사람을 실은 배가 오가는 모습이 보였다. 저렇게 배를 타고 도시 풍경을 구경하는 것도 관광 온 기분 내기 좋을 것 같네.

프리지아는 다리 위에서 지나가는 배를 내려다보더니 눈을 반짝이며 감탄사를 내뱉었다. 하하, 평소엔 소란스러운 녀석이어도 이런 모습은 귀엽네.

이곳저곳을 구경하며 보니 저 멀리 등대로 보이는 건물이 있고 그 옆에 바다가 펼쳐진 것이 보였다. 이 길을 따라 걸으면 항구에 도착하겠군.

"도시에서 바라보는 바다 풍경도 좋네. 왕도뿐만 아니라 세바리아에도 거점을 두고 싶을 정도야.”

“너 말야. 그런 말 꺼냈다간 나중에 모든 주요 도시에 거점을 두고 싶다고 할걸?”

“어머. 그것도 나름 편하겠네. 왕도엔 이미 거점이 있으니까 이번엔 세바리아나 퀘레스에 거점을 두는 것도 괜찮지 않아? 주요 도시에 거점이 있으면 활동하기 편하잖아. 루젠 계곡이나 슈트갈 광산에 돈 벌러 가기도 편해질 텐데 검토해보는 게 어때?”

으음. 확실히 그렇게 되면 편하기야 하겠네…… 실제로 왕도에 거점을 둔 후로 이동하기 상당히 편해졌다. 모처럼 에스텔이 제안했으니 세바리아에서 조사가 끝나면 왕도 외의 주요 도시에도 집을 살지 의논해보자.

그런 생각을 하고 있는데 놀이 갑자기 외쳤다.

“오옷! 오쿠라 님, 저게 어시장이란 겁니까?!”

“응? 아—, 그런가 보네.”

“사람도 많고 엄청 북적거려!”

놀이 가리킨 곳을 보니 커다란 광장에 노점이 잔뜩 늘어서 있고 굉장한 인파가 몰려 북적거리고 있었다. 어부처럼 앞치마에 장화를 신은 사람이 많은 걸 보니 분명 어시장이다.

놀은 대망의 장소를 발견한 탓인지 양손을 주먹 쥐고는 내게 부탁했다.

“항구에 가기 전에 잠깐 들르면 안 되겠습니까?!”

“놀이 가면 나도 구경할래!”

“놀은 여전히 머릿속에 먹는 것뿐이네.”

"어쩔 수 없지. 잠깐만이야."

"감사합니다!"

허락을 받은 놀은 팔을 위아래로 붕붕 흔들며 신나했다. 그렇게까지 신날 일인가. 오늘은 관광 목적으로 왔으니 잠깐 들러 보는 것도 나쁘지 않겠지. 우리도 같이 노점으로 다가가 인파 사이에 섞여들었다.

노점 지붕엔 차양막이 펼쳐져 있고 가판대 위엔 다양한 생선들이 진열되어 있었다. 낯익은 은색 생선이나 등 푸른 생선, 빨간 생선 등 종류가 다양했다. 노란색 몸통에 파란 점무늬가 있는 생선, 쨍한 보라색 생선, 심지어는 무지개색 생선 등 먹을 수 있는 건지 의심되는 것들까지 진열되어 있었다. ⋯⋯정말 저걸 먹는 거야? 조금 궁금하긴 하지만 시도할 용기는 나지 않는다.

그 외에 소라나 전복 같은 어패류, 딱딱한 껍질의 새우, 투명한 오징어 등 어시장다운 식재료가 잔뜩 있었다. 지금까지 본 것들 중엔 마물에게서 나온 식재료는 없어 보이네. 대체 이 부근엔 어떤 해양 마물이 숨어 있는 걸까. 참치형 마물은 없으려나ㅡ. 이 세계라면 괴물처럼 커다란 생선이 있을 것도 같다.

어시장을 보며 그런 생각을 하고 있는데 놀이 신나게 노점을 이곳저곳 돌아다니더니 환호성을 질렀다.

"오오! 엄청나, 엄청납니다! 전부 신선하고 맛있어 보입니다!"

"거기 귀여운 언니. 여기도 좀 보고 가. 전부 오늘 아침 갓 잡은 신선한 생선이야. 덤으로 더 얹어 줄게."

"에헤헤, 귀엽다니 무슨 말씀이십니까. 부끄럽습니다! 그러면 말씀대로 한번 구경하겠습니다!"

노점 아저씨의 칭찬에 놀은 쑥스럽다는 듯이 머리를 긁적이며 그 가게로 다가갔다. 귀 엄청 얇아! 그보다 헬름을 쓰고 있어서 얼굴이 안 보일 텐데 귀엽다니 무슨 소리야.

내가 놀을 보며 황당해 하고 있는데 누군가가 내 소매를 잡아당겼다. 뒤돌아보자 에스텔이 눈썹을 찌푸리며 곤란한 표정을 지었다.

"……비린내 때문에 계속 있기 좀 힘들어. 놀은 아무렇지도 않나 보네."

"으음. 나도 괜찮지만 확실히 비린내가 나긴 해. 헤이하치는 괜찮아?"

"응. 난 익숙하거든."

원래 세계에선 생선을 자주 먹었으니 이 정도의 비린내는 아무것도 아니다. 놀은 전혀 신경 쓰지 않는 모습이지만 비린내에 익숙지 않은 에스텔에겐 조금 버거운 장소인가 보다.

프리지아도 괜찮아 보였지만 이곳에 들어온 후로 얌전히 내 옆에만 있는 건 비린내 때문일지도 모르겠다. 신나게 생선을 고르는 놀에게 밖에서 기다리겠다고 이야기한 후, 우리는 시장 밖으로 이동했다.

잠시 후 밖으로 나온 놀은…… 커다란 바구니를 안고 있었다. 전부 들어가지도 않을 양을 산 건지 생선 머리 몇 개가 바구니에서 튀어나와 있다.

"우후후, 덤으로 더 받았습니다―."

"엄청나게 샀네……."

"조개랑 생선 말고도 어패류도 있네?"

"놀이 요리하면 맛있으니까 기대돼! 오늘은 진수성찬이다!"

대체 얼마나 많이 산 거야, 이 녀석…… 앗, 무지개색 물고기까지 있잖아?! 머, 먹어도 괜찮은 거야? 새우나 조개도 꽤 있었다. 전부 신선도는 좋은 듯하고 살이 통통해서 맛있어 보이긴 한다. 생으로도 먹을 수 있으면 좋을 텐데.

"전부 살이 통통해 보이네. 앗, 이건 회로 먹을 수 있을 것 같은데."

"……엣?"

놀이 반응했다고 생각했는데 에스텔과 프리지아의 목소리까지 섞여 있었다. 무슨 일인가 싶어 세 사람을 바라보자 놀은 헬름에 가려져서 보이지 않지만 에스텔과 프리지아는 눈을 크게 뜨고 놀란 표정이다.

"새, 생으로 먹는 겁니까?!"

"그렇게 놀랄 일이야? 고추냉이 섞은 간장에 찍어먹으면 맛있어. 원래 세계에선 자주 먹던 거야."

"그래서 오빠는 비린내도 괜찮았던 거구나……. 오빠가 살던 세계는 대단하네."

"날로 먹는 건 무서워……."

아, 그런 건가. 세 사람은 생으로 먹는 것에 거부감이 있나 보군. 이곳의 상식으로는 생선은 날로 먹진 않나 보다. 으음. 맛있는데 안타깝네.

놀이라면 신경 쓰지 않고 먹을 것이라 생각했는데 놀라는 걸 봐서 꼭 그렇지만도 않은 모양이다. ……퀘레스에서 알록달록한 버섯을 주저 없이 먹고 지금도 무지개색 생선을 사 왔으면서 날것은 못 먹는다니.

그래도 생각해보면 이세계의 생선도 날로 먹을 수 있는지는 모르겠네. 또 사러 오게 되면 상인에게 회로 먹을 수 있는 생선이 없는지 물어보자.

사 온 해산물은 신선도를 유지하기 위해 마법 가방에 넣어두고 우리는 다시 항구를 향해 걷기 시작했다.

시장에서 얼마 가지 않아 커다란 등대가 있는 항구에 도착했다.

세바리아의 항구는 네모난 모양으로 바다가 육지로 들어와 있는 만 형식의 항구였다. 수많은 나무배가 끈에 묶여 정박해 있다. 2인승 보트 정도로 작은 것부터 안쪽엔 수송선으로 보이는 커다란 배까지 크기가 다양했다. 이 항구는 교역과 어업, 양쪽에 특화된 항구인가?

"와아―, 여기가 항구구나! 배가 잔뜩 있어!"

"시장에 팔던 생선은 여기서 왔나 봅니다."

"엄청 큰 배가 있어! 구경하러 가자!"

"앗, 잠깐!"

"혼자 가버리면 안 됩니다!"

프리지아가 안쪽에 정박된 커다란 배를 향해 달려가기 시작했다. 서둘러 나와 놀도 뒤를 쫓았지만 먼저 달려간 데다가 빨라서 잡을 수가 없었다.

하지만 프리지아가 중간에 있는 건물 앞을 지나가자 남성의 굵직한 목소리가 항구에 울려 퍼졌다.

"이 녀석! 뭘 알짱거리고 있는 거냐! 여기부턴 출입 금지라고!"

"와악?!"

그 외침에 놀랐는지 프리지아는 제자리에서 펄쩍 뛰며 달리던 것을 멈췄다. 그 사이에 놀과 나도 따라잡아 프리지아를 붙잡았다.

"바보야! 멋대로 튀어나가지 말랬지! 이번엔 안 봐 줘!"

"흐에── 엑?! 자바당기디 마─!"

오늘만큼은 안 봐줄 거야. 절대로 안 봐줘! 붙잡은 프리지아의 양볼을 잡아당겨 마구 주물럭댔다. 놀처럼 부드러운 감촉이지만 늘어나기는 놀이 더 잘 늘어나지.

그래서 이번엔 잡아당기는 대신에 뺨을 반죽하듯이 마구 잡아 눌렀다. 프리지아는 입술이 쭉 튀어나와 "하디 마─" 하며 외쳤다.

"으윽…… 프리지아도 결국엔 오쿠라 님의 희생양이 되다니……."

"이런 광경 오랜만에 보는 것 같아."

내가 프리지아의 볼을 주물럭대는 것을 보고 예전 기억이 떠올랐는지 놀도 자신의 양 볼을 손으로 잡고 꾹꾹 눌렀다. 확실히 요즘엔 놀한테 그런 적이 없었네. 전엔 틈만 나면 볼을 잡아당기거나, 잡아당기려다 반격 당하곤 했었다.

놀도 나도 꽤나 둥글어졌다. 프리지아의 볼을 꾹꾹 누르며 회상하고 있는데.

"크, 크흠…… 슬슬 그쯤 하지 그래?"

기골장대한 체격의 남성이 어느샌가 우리 옆으로 와서 헛기침을 했다. 소매를 걷어 올리고 앞치마를 한 것을 봐선 한눈에 봐도 어부란 느낌이다. 아까 화내던 게 이 사람인가.

"시, 실례했습니다! 자, 너도 사과드려!"

"우으…… 죄송합니다…….."

"어, 으응. 알았으면 됐어."

바로 볼을 주물럭대는 것을 멈추고 프리지아의 머리에 손을 얹고 같이 머리를 숙였다. 우리의 얼빠진 행동에 화내려던 마음도 사라졌는지 의외로 바로 용서해주었다. 조금 어처구니없단 표정을 지었다.

다시 고개를 들자 어부는 팔짱을 끼고 우리를 멀뚱히 쳐다보았다.

"명찰을 보니 너희는 모험가인가?"

"네. 이 아이만 빼고요."

"얌전히 있을 테니까 이거 놔 줘―. 놀, 도와줘!"

"이번엔 프리지아가 잘못했습니다. 그대로 오쿠라 님 옆에서 반성하고 계십시오."

"우으, 반성."

"놀은 엄격할 땐 엄격하구나."

나는 프리지아를 놔주지 않고 움직이지 못하게 목덜미를 붙잡고 있다. 놀도 반성하라고 하자 프리지아는 그대로 어깨를 축 늘어트리고 고개를 숙인채로 가만히 있었다.

휴우, 이 정도 했으면 당분간은 얌전히 있겠지.

"일부러 항구까지 찾아오다니 의뢰라도 받은 건가?"

"아뇨. 오늘 이 도시에 막 도착한 참이라 구경하러 돌아다니던 중이었어요."

"그래서 그렇게 소란스럽게 돌아다녔던 거군. 이런 이상한 복장을 하고 있으니 옆에서 뭐가 뛰어오길래 놀랐잖냐."

"이상한 복장이라니! 귀엽잖아!"

"하하, 미안하군."

어부가 프리지아를 가리키자 프리지아는 팔다리를 버둥거리며 대꾸했다. 놀의 후드가 이상하다고 해서 기분이 상한 모양이다. 그만큼 마음에 쏙 들었나 보군.

하지만 남자의 마음도 이해가 간다. 귀가 달린 후드를 쓴 녀석이 냅다 뛰어오면 놀라는 것도 당연하지.

어부의 사과를 듣고 금세 진정한 프리지아가 고개를 갸웃하며 이번엔 반대로 질문을 건넸다.

"아저씨는 어부야?"

"그래. 세바리아에서 나고 자란 숙련된 어부지!"

"오오—, 멋있다!"

남자가 알통이 솟은 팔을 두드리자 프리지아가 웃으며 박수를 쳤다. 반성하기는커녕 평소대로 돌아왔잖아.

그보다 이 어부도 꽤 흥이 많은 사람인가 보네. 자기 입으로 숙련된 어부라고 칭하다니. 실제로 숙련된 어부처럼 보이긴 했다.

"시장에 있던 물고기도 아저씨 같은 사람들이 잡은 거구나! 대단하다!"

"뭐야. 시장에도 다녀왔나 보지?"

"잔뜩 샀습니다. 전부 맛있어 보여서 요리해먹는 게 기대됩니다!"

"그렇게 기뻐하니 나도 기분이 좋군. ……지금 조개구이를 해먹던 참인데 괜찮으면 같이 먹겠나?"

"그래도 됩니까?! 아까부터 좋은 냄새가 난다 싶더니 조개구이였습니까! 부디 부탁드립니다!"

"나도 먹어볼래! 엄청 맛있는 냄새가 나!"

어부는 쑥스러운 듯이 벌게진 볼을 긁으며 건물 쪽으로 걸어갔다. 놀은 기쁘게 따라가고, 프리지아도 내가 목덜미를 놓아주자 다다다 하고 쫓아갔다.

"……아까까진 혼나고 있었는데 완전 친해졌네."

"응. 저 녀석들의 사교성은 배우고 싶을 정도야."

세바리아에 도착했을 때처럼 나와 에스텔은 마주 보며 쓴웃음을 짓고 두 사람의 뒤를 쫓아갔다.

건물 사이를 빠져나가자 어부들이 모여 술판을 벌이고 있었다. 우리도 그 사이에 껴서 석쇠로 구운 굴처럼 생긴 조개를 먹었는데…….

"우후후, 맛있습니다―."

"아가씨 복스럽게 먹는구만! 이것도 한번 잡숴봐!"

"그래도 됩니까?! 잘 먹겠습니다!"

놀의 엄청난 식성에 주변 어부들은 흥이 올랐는지 계속 음식을 권했다. 헬름에 가려져 얼굴은 보이지 않지만 입매가 풀어져선 고개를 좌우로 까딱거리는 게 놀도 상당히 기분이 신난 듯하다.

……뭐, 확실히 조개구이는 그 정도로 맛있었다. 에스텔과 프리지아도 맛있게 먹고 있다.

맛이 농후하고 풍미가 굉장해서 감칠맛이 있었다. 그야말로 바다의 보배라고 할 정도의 맛이다. 오랜만에 맛보는 해산물에 혀도 기뻐했다. 시장에 팔면 나중에 더 사가야겠어.

"얻어먹어서 실례했습니다."

"괜찮아, 괜찮아. 보는 것만으로도 배불러질 정도로 맛있게 먹어줘서 오히려 초대한 보람이 있었어."

"아저씨 좋은 사람이구나! 처음엔 엄청 무서운 사람인줄 알았어!"

"그렇게 계속 아저씨라고 부르지 말라고. 내 이름은 로켄이다."

"앗, 자기소개가 늦어졌네요. 전 오쿠라 헤이하치입니다."

폭식하는 놀의 옆에서 우린 처음 만난 로켄 씨와 잡담을 나눴다. 프리지아도 놀의 먹는 속도엔 따라가지 못했는지 이쪽에 참여했다.

"그보다 너희들, 모험가 랭크가 꽤 높아 보이는데?"

"네. 아직 신입 모험가이긴 하지만 B랭크예요."

"허어, 그렇게 젊은데 대단하구먼. 게다가 어린아이까지 있잖아. 복장을 보아하니…… 마도사인가?"

"응, 맞아. 복장을 보고 마도사인줄 눈치채다니 아저씨 의외로 잘 아네?"

"항구에서도 마도사에게 도움을 받곤 하거든. 어부 일을 하다

보면 꽤 자주 만나는 편이야."

호오, 항구에 마도사가 오기도 하는구나. 대체 무슨 도움을 주는 걸까. 생선을 냉동시키거나, 내가 궁금했던 것처럼 고기잡이를 할 때 마물을 처리하기 위해서인가?

더 자세히 물어보려고 했으나 그 전에 프리지아가 다른 질문을 꺼냈다.

"저기— 있잖아, 로켄 씨. 왜 이 앞은 출입금지인 거야?"

"아—, 정박한 수송선에서 짐을 내리는 중이라 위험해. 그래서 관계자 외엔 출입금지지."

역시 안에 있던 커다란 배는 수송선이었나. 물건을 옮기고 있는데 프리지아 같은 사람이 갑자기 끼어들면 위험할 테니 출입을 금지시키는 게 합당하지. 외부인 때문에 운반 작업이 늦어지기라도 하면 대참사다.

그보다 수송선도 있고 어업도 하는 걸 보면 꽤 발전된 항구인가 보다. 역시 마물은 어떻게 대처하는지 궁금하니 물어보자.

"바다에 관해선 잘 몰라서 그런데 바다에도 마물이 있죠?"

"그야 당연히 있지. 그래도 멀리 나가거나 특정 해역에만 안 가면 이 주변엔 별로 없어. 수송선이 출항할 땐 바다를 잘 아는 모험가나 마도사한테 호위를 부탁하지."

오호라, 그래서 고기잡이도 문제가 없었던 거군. 그러면 어제 만난 스카이피시는 그 주변 바다에 나오는 녀석이었나? 일단 스카이피시에 대해서도 넌지시 물어보자.

"물고기처럼 생긴 비행형 마물은 이 주변엔 잘 안 나타나나요?"

"물고기처럼 생긴 비행형 마물? 으음…… 토네이도샤크를 말하는 건가? 그 녀석들은 바다가 엄청 거칠 때 빼곤 잘 안 나타나."

토, 토네이도샤크? 엄청 위험해 보이는 이름인데. 상어가 회오리를 타고 날아다니면서 공격하는 건가? 스카이피시보다 훨씬 위험할 것 같은데.

"혹시 그 마물을 찾으러 세바리아에 온 건가?"

"아뇨. 이 도시에 오는 도중에 엄청 빠르게 날아다니는 마물과 마주쳤거든요."

"바다에서 나타난 걸 봐선 바다에 사는 마물 같은데, 모르는 걸 보니 다른 마물인가 봐. 손바닥보다 조금 크고 하얗고 날개가 달린 원통형 마물인데 본 적 없어?"

에스텔도 끼어들어 손으로 대략적인 크기를 보여주며 자세히 물어보았다. 하지만 로켄 씨는 팔짱을 끼고 고개를 갸웃할 뿐이다.

현지 사람도 스카이피시는 모른다니. 어쩌면 그 마물은 이변의 징조가 아닐까? 하지만 아직 단정 짓기에는 이르다. 협회에 먼저 확인해 봐야겠지.

"역시 그런 이상한 마물은 본 적 없어. 어디쯤에서 나타났지?"

"가파른 절벽에 있는, 돌로 만들어진 사당 근처에서요."

"뭣?!"

로켄 씨는 장소를 듣자마자 크게 놀라며 벌떡 일어섰다. 주위에서 듣고 있던 어부 몇 명도 눈을 크게 뜨며 놀랐다. 뭐, 뭐지? 혹시 뭔가 잘못 말했나?

사람들의 반응에 당황해하자, 로켄 씨는 더욱 큰소리로 외쳤다.

"너, 너희들! 혹시 그 사당에 무슨 짓 한 건 아니겠지?!"

"아, 아뇨! 조금 궁금해서 가까이 갔을 뿐이지, 건드리진 않았어요!"

"……후우, 그럼 됐다."

로켄 씨는 한숨을 쉬며 가슴을 쓸어내렸다. 주위 어부들도 안심한 표정이었다. ……그 사당이 궁금하긴 했는데 아무 짓도 안 해서 다행이야.

혹시 프리지아가 관심을 가졌다면 잘못해서 부서졌을지도……. 생각만으로도 소름 끼친다.

"그렇게 당황하다니, 그거 중요한 사당이야?"

"그 사당은 말이야. 옛날부터 세바리아에서 모시고 있는 수호신, 테스투도 님의 사당이야. 그 사당 덕분에 세바리아 근해는 마물이 다가오지 못한다는 이야기가 전해져 내려올 정도지."

"그, 그렇게 중요한 곳이었군요……."

오, 역시 그곳은 수호신을 모시는 사당이었나. 수호신의 이름이 테스투도인가 보군. 혹시 우리가 스카이피시에게 습격당한 건 그 주변에서 소란을 피웠기 때문인가?

에이, 설마. 사당 자체에 해를 끼친 것도 아닌데 우연히 습격당한 거겠지. 응.

그보다 어부들이 이렇게 크게 반응하다니, 정말 이 도시는 수호신을 믿고 있나 보네. 일부 신도들만 믿고 있는 게 아니었던 모양이다. 그만큼 신앙심을 불러일으키는 뭔가가 있는 걸까.

나도 안도하고 있자 프리지아가 고개를 갸웃하며 로켄 씨에게 질문을 던졌다.

"어라? 그렇게 중요한 사당이면 왜 그렇게 멀리 있어?"

"세바리아 근처에 그런 사당이 몇 개 있어. 너희가 발견한 건 그 중 하나고. 이 도시에는 사당뿐만 아니라 테스투도 님을 모시는 신전도 있지."

로켄 씨는 마치 자기 일처럼 테스투도 님에 대해 자랑스레 설명했다. 더 자세한 이야기를 들어보니 신전 사람들이 정기적으로 그 사당을 돌아보기 위해 모험가를 고용하기도 하는 모양이었다.

각지에 있다는 사당과 신전의 이야기를 들으니 수호신이란 존재도 현실적으로 들리네. 곳곳에 사당이 있다는 것은 신전에서 말하는 분사 같은 건가?

……혹시 스카이피시에게 습격당한 것이 우연이 아니었다면 무서우니까 이 도시의 신전에 기도하러 다녀올까.

"우후후―, 맛있습니다―."

우리가 그런 대화를 나누고 있는 사이에도 놀은 끝까지 조개를 먹으며 행복한 표정을 지었다.

어부들에게 조개를 대접받은 후 항구를 간략하게 안내받고 오늘은 귀가하기로 했다. 시장에서 산 생선은 놀이 바로 요리하여 저녁식사로 생선 튀김을 먹었다.

오랜만에 먹는 생선 튀김은 정말 맛있었다. 당분간은 이걸로 만족해야겠어. 역시 놀의 요리는 최고야.

저녁식사를 마친 후. 오늘 있었던 일을 전해들은 시스하가 조개구이를 먹고 싶다고 하기에 귀가하기 전에 로켄 씨에게서 저렴하게 구매한 조개를 구웠다. 항구에서 먹은 조개도 맛있었고 나도 조금 더 먹고 싶었기 때문에 마침 잘 됐다.

"으음—! 이 조개 맛있네요!"

"우후후, 맞습니다! 어부들이 맛있게 굽는 법을 알려줬습니다!"

놀이 어부들에게 배운 방법 외에도, 나도 버터나 간장 등을 넣어 굽는 등 여러 조리법을 시험해보는 중이다. 놀도 항구에서 그렇게나 먹어놓고는 마치 처음 먹는 것처럼 맛있게 먹고 있다. 이 녀석의 위장은 블랙홀인가…….

나도 어쨌든 세바리아산 해산물을 한껏 즐기고 있으니 놀한테 뭐라고 할 입장은 아니지만.

"하아, 안주 삼아서 한잔 하고 싶을 정도예요."

"그렇게 바로 술 마시려고 하지 마."

"무슨 소리세요. 맛있는 식사를 하고 맛있는 술에 취해서 루나 씨를 귀여워하는 것. 이렇게 즐거운 생활이 어디 있겠어요?"

시스하는 검지를 까딱이고 "쯧쯧" 하고 혀를 차며 큰소리쳤다. 한잔 하고 싶을 정도라더니 이미 테이블 위에 있는 술병은 뭐냐…… 그냥 마시겠단 거잖아.

조개구이에 입맛을 다시던 시스하는 방 한 구석을 보며 헤죽거렸다.

"역시 루나한테 어울려! 이제 커플룩이네!"

"……성가시군."

"그래도 같이 어울리긴 하는구나."

"거절하면 소란을 피워서 귀찮으니까. 약속도 했고."

"우후후, 잘 어울립니다."

그곳엔 박쥐 날개가 달린 후드를 입고 생기 없는 표정을 짓고 있는 루나가 프리지아에게 안겨 있었다. 전에 프리지아, 놀과 한 약속을 지키기 위해 얌전히 후드를 입은 모양이다. 엄청 불만스러운 표정이긴 하지만.

응. 역시 루나한테도 잘 어울리네. 시스하도 뺨에 손을 대고 황홀한 눈으로 바라보고 있다.

"하아…… 저렇게 귀여운 루나 씨를 볼 수 있다니, 이번만큼은 프리지아 씨의 제멋대로인 성격에 감사해야겠네요."

"……프리지아, 시스하도 입고 싶어 하는 것 같군."

"엣! 정말이야, 시스하?!"

"시스하! 정말입니까!"

"에엑?! 앗, 아뇨, 그게…… 죄송해요, 루나 씨!"

루나가 찌릿하고 날카로운 눈으로 째려보자 시스하는 서둘러 사죄했다. 정말이지, 이 녀석은 꼭 쓸데없이 한 마디를 덧붙인다니까. 그래도 시스하가 후드를 입은 것도 한번 보고 싶긴 하다.

결국 루나는 어쩔 수 없이 받아들였는지 후드를 입은 채로 모후토와 놀기 시작했다. 역시 귀찮으면 수치심도 자존심도 버려버리는 꼬마 아가씨답다.

"내일은 시스하도 같이 가지?"

"네. 할 일은 오늘 끝나서 괜찮아요."

"그러고 보니 오늘 할 일이라는 건 뭐였어?"

"알고 지내던 분들을 치료해 드리거나, 교회 분들도 좀 뵙고요."

"어머. 브루너의 교회에도 다니는지는 몰랐네."

또 노인분들을 치료하고 다닌 모양이다. 전에 들리는 소문에 브루너에 성녀가 있다는 얘길 들었는데…… 설마 아니겠지. 어쩐지 시스하한테 자유 시간을 주는 게 두려워졌어.

게다가 왕도뿐만 아니라 브루너의 교회에도 다녔나. 설마 이렇게까지 성실한 신관이었을 줄이야…….

내 속마음을 알아챘는지 시스하는 우쭐해졌다.

"우후후, 저도 일단은 신관이니까요. 교회에서 기도를 드리기도 한다구요."

"한 손에 술 들고 얘기하면 설득력이 전혀 없는데."

"그건 그거고 이건 이거죠."

시스하는 조개를 먹으며 어느샌가 컵에 따른 술을 원샷 하고는 벌게진 얼굴로 말했다. 지금껏 이 녀석이 기도를 드리는 모습은 본 적이 없는데 정말일까. 나중에 교회에 갈 때 한번 따라가 볼까. 처음 보는 모습을 볼 수 있을지도 모르겠다.

"내일은 그 신전에 가는 거야?"

"관광 겸 가는 거긴 하지만 일단은."

"오늘 가도 되지 않았습니까? 왜 내일 가는 겁니까?"

오늘은 수호신을 모신다는 세바리아의 신전에 가지 않았다. 왜냐하면…….

"간다면 시스하를 데려가고 싶었거든."

"절 데려가고 싶었다니, 오쿠라 씨는 그 정도로 절 생각해주고 계셨군요! 에잇, 에잇에잇!"

취하기 시작한 시스하가 헤죽거리며 팔꿈치로 나를 찔렀다. 재수 없어! 그리고 이번엔 에스텔이 무표정하게 고개를 갸웃하며 내게 물었다.

"그런 거였어, 오빠?"

"아냐, 아니야! 진짜로 수호신이란 이야기가 나오니까 그 방면에 능통한 시스하를 데려가면 뭔가 알 수 있을 것 같으니까! ……혹시 부정이라도 탔다면 기도도 부탁할 겸."

"오호라. 프리지아도 사당에서 뭔가 느껴진다고 했으니 시스하라면 뭔지 알아챌 수 있을 것도 같습니다."

로켄 씨의 이야기를 듣고 난 후, 그때 정말 뭔가가 있었다는 생각이 들기 시작했다. 사당 자체에 해를 끼치진 않았지만 스카이 피시가 날아온 타이밍도 절묘해서 왠지 마음에 걸렸다.

만일 수호신이 정말 있다면 그쪽에 능통한 시스하를 데리고 가면 뭔가 알 수 있지 않을까. 오늘도 신관답지 않은 언동을 하지만 자기 입으로 말한 것처럼 일단은 신관이다.

오히려 시스하라면 신이라도 아무렇지 않게 주먹을 날릴 것 같아서 든든하다.

"그거라면 이유가 납득이 가네. 정말이지, 조금 질투할 뻔했잖아."

내 이야기를 들은 에스텔은 미소를 지으며 다가오더니 내 무릎 위에 올라탔다. 휴, 설마 시스하가 아니라 나한테 화살이 날아올 줄은 몰랐어. 이대로 잠시 무릎을 내어주자.

"신전에 가는 거야 딱히 상관없지만 그렇게 신경 쓸 만한 일이 있었나요? 수호신인지 뭔지를 엄청 신경 쓰시는 것 같은데……
게다가 아까 부정 탔다는 말씀은 뭐예요?"

"앗, 그러고 보니 아직 얘기를 안 했구나."

스카이피시에게 습격당한 것은 얘기했지만 오늘 들은 수호신
이야기는 아직 하지 않았지. 예전부터 수호신이란 존재에 대한
전설이 내려온다는 것, 각지에 사당이 있고 프리지아가 그곳에
화살을 쏘았던 것, 수호신 덕분에 마물이 도시까지 침범하지 않
는다고 여겨진다는 것.

그 이야기를 하자 시스하는 이해했다는 듯이 주먹으로 손바닥
을 쳤다.

"아―, 그래서 어제 귀가하실 때 오쿠라 씨 등에 뭔가 붙어 있
었던 거군요."

시스하가 내 뒤를 보며 그렇게 중얼거렸다. ……뭐?! 뭐가 붙
어 있는데?!

"뭣, 거짓말이지?!"

"네, 농담이에요."

"이 녀석, 장난치지 마!"

"아하하, 죄송해요."

시스하는 혀를 내밀고 '데헷' 하고 웃더니 다시 꿀꺽꿀꺽 술을
들이켜기 시작했다. 또 당했다. 진짜로 식겁했잖아!

"뭐 그런 거라면 확실히 도와드릴 수 있을 거예요. 제가 기도하
면 폭주하는 신도 진정되고 귀신은 물리적으로 때려서 성불시킬
수 있으니까요."

"그건 참 믿음직스럽네…… 믿기진 않지만."

"아하하, 무슨 말씀이세요. 이 시스하 알비에게 맡기면 전부 깔끔히 해결된답니다?"

조금 취했는지 얼굴이 빨개져선 매우 기분이 좋아 보인다. 정말 이런 녀석의 기도로 신이 진정되는지는 의문이지만 우리 중에선 가장 믿음직한 존재란 것은 변함없다.

내 걱정이 과했을 뿐, 수호신은 전혀 관계없다면 가장 좋을 텐데. 어쨌든 내일은 시스하를 데려갈 수 있겠군.

"루나는 어떻게 할래?"

"내일은 나도 같이 가지."

"루나치고 의외로 의욕적이네."

"음. 모르는 도시는 한번 가보고 싶어."

아무래도 집에 틀어박히길 좋아하는 꼬마 아가씨도 일단 항구 도시에 흥미가 생긴 모양이다. 프리지아를 소환한 후로 다 같이 외출한 적은 없었지만 이제 우리도 여섯 명이나 되네. 새삼스레 생각해보면 꽤 대인원이다.

"모처럼이니 내일은 배를 타 보고 싶습니다! 분명 기분 좋을 겁니다!"

"맞아! 항구에 그냥 서 있어도 바람이 시원해서 기분 좋았어—."

"너 말이야…… 마차만 타면 멀미하는 녀석이 배를 타고 싶다니, 제 발로 지옥에 걸어 들어가는 거나 마찬가지잖아."

"앗…… 깜빡했습니다…….."

자신이 멀미가 심하단 것을 떠올렸는지 놀은 어깨를 축 늘어뜨렸다. 그렇게 배에 타고 싶었던 건가. 시스하의 회복 마법을 사용하면 탈 수 있지 않을까.

기회가 있다면 배에 타보는 것도 좋을 것 같다.

그리고 다음 날, 일찍부터 모두를 데리고 세바리아에 찾아왔다.

"헤에—, 여기가 세바리아군요. 항구 도시라서 그런지 활기가 넘치네요."

"음. 바람도 선선하군. 밖에서 자면 기분 좋게 잘 수 있을 것 같아."

루나는 바다에서 불어오는 바람에 머리를 휘날리며 기분 좋은 표정을 지었다. 그래도 새로운 도시에 오자마자 잘 생각부터 하진 말아 주실래요. 루나는 언제 어디서나 모든 생각의 기준이 수면이니까 말이지.

"우선 테스투도 신전부터 들르는 거지?"

"응. 제일 먼저 가서 불안감부터 해소하고 싶어. 이 상태론 맘 편히 관광도 못 하겠어."

어제 로켄 씨가 테스투도 님을 모시고 있다는 신전의 위치를 알려주었다. 신전이라고 할 정도니 규모가 꽤 크겠지. 대체 어떤 장소일지 기대된다. 게다가 부정 탄 게 아닌지 빨리 알고 싶다.

그런 생각을 하고 있는데 도시에 들어서자마자 문제가 생겼다.

"오쿠라 님. 아까부터 모후토의 상태가 조금 이상합니다."

"응? 모후토가 왜?"

오늘은 다 같이 관광하기 위해 모후토도 데려왔다. 놀에게 안겨 있는 모후토를 바라보자 털뭉치처럼 동그랗게 몸을 웅크리고 떨고 있다. 아침만 해도 폴짝폴짝 뛰며 놀, 프리지아와 활발하게 놀더니 무슨 일이지?

"힘도 없고 떨고 있는데 왜 그러지?"

"뭔가 두려워하는 것 같은데…… 집에 데려다 주는 편이 좋지 않을까요?"

"우으, 그러게 말입니다. 모후토, 집에 돌아가겠습니까?"

놀이 묻자 모후토는 "뿌―" 하고 울며 고개를 끄덕였다. 어쩔 수 없이 일단 사람이 없는 곳으로 이동하여 비컨을 사용해 모후토를 놀과 함께 집으로 이동시켰다.

갑자기 그렇게 떨다니 좀 신경 쓰이네. 뭐가 원인이지?

"시스하, 이 도시에 와서 뭔가 느껴지는 거 없어?"

"으음, 지금은 딱히 아무것도 안 느껴지네요."

"그래도 모후토가 그렇게 무서워하는 걸 보면 역시 이 도시에 뭔가 특별한 게 있는 거 아닐까?"

확실히 뭔가를 두려워하면서 떠는 것 같았다. 마물은 이 근해에 접근하지 않는다는 것도 그렇고, 수호신과 관련된 불가사의한 힘이 작용하고 있는 게 아닐까 생각했지만 시스하에겐 아무것도 느껴지지 않는다고 하니. 정말 괜찮은 건가, 시스하가 신관답지 않아서인지 판단하기가 어렵다.

잠시 후 놀에게서 전화가 와서 비컨을 사용해 다시 불러들였다.

"우으, 모처럼 모후토와 관광이라 기대했는데 말입니다……."

"놀, 어쩔 수 없지. 그만큼 모후토에게 줄 선물 많이 사 가자."

"알겠습니다……."

놀은 아쉽다는 듯이 어깨를 늘어트렸다. 아침부터 모후토와 외출한다고 신나했으니까 말이지. 신전을 들른 후에 기념품 찾으러 같이 돌아다녀 볼까.

우리는 다시 기분을 전환하여 테스투도 신전으로 향하기 시작했다. 테스투도 신전은 바다에서 조금 떨어져 있는, 세바리아에서 가장 높은 곳에 위치했다. 그래서 그곳에 항구와는 또 다른 등대도 있다고 한다.

도시 사람들에게 길을 물어가며 당분간 걷다 보니 주택가를 벗어나 중심에서 조금 떨어진 곳까지 찾아왔다. 깔끔하게 정돈된 하얗고 넓은 길이 보이고, 길을 걸어갈수록 주변에 건물이 점점 줄어들었다.

그리고 완만한 언덕길을 올라가다 보니 크고 새하얀 건물이 보였다.

"오오, 저게 수호신을 모시고 있다는 신전입니까?"

"역시 신전답게 전에 본 사당이랑 비교하면 상당히 다르네."

우리의 집은 물론 왕도 협회보다도 훨씬 크다. 대리석과 비슷한 돌로 만들어진 하얀 기둥에 삼각 지붕을 보면 마치 아틀란티스 같은 곳에 있을 만한 신전의 모습이다. 굉장히 멋있는 건물이라, 전설인 것이 아니라 실제로 수호신이 있을 것 같은 느낌이 들었다.

나와 놀이 신전에 시선을 빼앗기고 있자 옆에서 신음소리가 들려왔다. 소리가 난 방향을 바라보자 프리지아가 관자놀이를 손으로 누르며 고민에 빠져 있었다.

"우으음…… 이 느낌, 전에 느낀 기척이랑 비슷해."

"엣, 전에 그 사당 말이야?"

"응! 뭔가 있는 것 같기도 하고 아닌 것 같기도 하고…… 그래도 역시 뭔가 있는 것 같아!"

또 뭔가를 느낀 건가. 저번엔 사당이고, 이번엔 이 신전…… 그때 일은 수호신과 관련이 있었던 걸까?

프리지아뿐만 아니라 루나까지 반응하기 시작했다. 루나는 눈썹을 찌푸리고 매우 불쾌하단 표정을 짓고 있다.

"으으, 여긴 뭐지? 위압감이 느껴져서 불쾌하군."

"루나까지 느낄 정도야? 그러면 기분 탓은 아닌가 보네."

루나가 불쾌하다고 느낄 정도의 위압감. 흡혈귀란 것을 생각해보면 신성한 무언가가 작용하고 있는 건가? 일단 전문가인 시스하에게 물어보는 게 낫겠군.

그렇게 생각했는데 놀도 비슷한 것을 느꼈는지 나보다 먼저 시스하에게 물었다.

"시스하는 뭔가 느껴집니까?"

질문을 받은 시스하는 입꼬리를 끌어올리고 자신만만하게 웃었다. 오오, 기대해도 좋겠는걸.

"우후후, 전혀 모르겠네요."

"쓸모없잖아! 어젠 자신만만하더니!"

"어쩔 수 없잖아요! 신관이라고 뭐든 다 안다고 생각하는 건 큰 오산이라구요!"

"적어도 자신만만하게 웃으며 말할 건 아니네."

나도 동감. 이 녀석은 매번 리액션으로 사람 헷갈리게 만든다니까!

그렇게 잠시 시스하와 큰소리로 옥신각신하고 있자 갑자기 누군가가 말을 걸었다.

"저기, 무슨 일 있으신가요?"

뒤돌아보니 그곳엔 옆으로 묶은 보라색 머리를 흔들며 고개를 갸웃하는 여성이 있었다. 한쪽 눈이 가려질 정도로 앞머리가 길어서 표정이 잘 보이지 않았지만 미소를 짓고 있어서 온화한 분위기를 띄었다.

소매가 긴 상의에 롱스커트 차림은 살짝 무녀복을 연상시켰지만 파란색을 베이스로 하고 있어 전혀 다른 느낌이다.

오오…… 꽤나 귀여운걸. 복장도 굉장히 잘 어울린다. 이 신전에서 일하는 사람인가?

우리가 떠드는 소리를 들었는지 근처에 있는 오두막에서 나온 모양이다. 일단 시끄럽게 한 모양이니 사과부터 하자.

"앗, 아뇨. 아무 일도 없어요. 소란 피워서 죄송합니다."

"그렇다면 다행입니다만…… 여러분은 여기 예배하러 오신 건가요?"

"응. 그러려고 왔어. 언니는 여기 신전 사람이야?"

"네. 전 테스투도 님을 모시고 있는 일리나라고 합니다. 괜찮다면 제가 안내해드릴게요."

"부디 부탁드리겠습니다!"

"알겠습니다. 그럼 이쪽으로."

그렇게 말하며 일리나 씨가 신전을 향해 걷기 시작하여 우리도 뒤를 쫓았다. 신전 안으로 들어서자 내부는 어둑하고 서늘한 공기가 느껴졌다.

하지만 곳곳에 마도구로 보이는 조명이 빛을 발하고 있어서 몽환적인 분위기가 풍겼다. 중간에 마주친 사람들이 모두 가볍게 인사를 하기에 나도 고개를 숙여 인사했다.

으음, 이런 숨 막히는 분위기는 좀 어려운데. 하지만 어색해하는 나와 다르게 프리지아는 활기찬 목소리로 일리나 씨에게 질문했다.

"수호신을 모시고 있다면 언니도 신관이야?"

"교회와는 관련이 없으니 신관이라고 부르기엔 어렵겠네요. 하지만 일단 회복 마법 같은 건 쓸 수 있어서 비슷한 거지요."

수호신을 모시는 사람답게 신관과 비슷한 힘을 지니고 있는 건가. 확실히 일리나 씨는 청초하고 신비스러운 분위기를 풍긴다. 우리가 잘 아는 모 신관과는 달라도 너무 다르다.

그런 생각을 하며 슬쩍 시선을 돌리자 불만스러운 표정의 시스하와 눈이 마주쳤다. 앗, 큰일이군.

"……뭔가요, 그 눈은."

"아니, 아무것도 아냐."

서둘러 고개를 돌리자 시스하가 매우 부자연스럽게 "크흠흠" 하며 헛기침을 했다. 이 녀석, 내가 무슨 생각을 했는지 눈치챘나 보군…… 성가셔질 것 같으니까 일단 무시하자.

하지만 그런 걱정은 잠시, 시스하의 흥미는 곧바로 루나에게 이동하였다.

"루나 씨, 아까부터 표정이 험악한데 괜찮으세요?"

"……문제없어. 다만 불쾌한 느낌이 점점 강해지는군."

"맞아. 이 안에 뭔가 있는 게 확실히 느껴져……."

이 신전에 도착할 때부터 불쾌하다곤 했지만 루나는 안으로 들어갈수록 미간을 찌푸리고 거북한 표정을 지었다. 프리지아도 입구 부근까지는 평소처럼 활발했지만 지금은 진지해졌다. 대체 이 안에 뭐가 있는 걸까.

그 후로도 긴 통로를 지나 도착한 신전 안쪽엔 커다란 방이 있었다. 내부는 반구형으로 되어 있고 천장엔 색이 입혀진 유리가 달려 있었다. 그 유리를 통과한 햇빛이 내부를 알록달록한 색으로 비춰 더욱 신비스러운 분위기를 자아내고 있다.

하지만 그 광경 중심에 놓여 있는 물체의 존재감이 모든 것을 압도했다.

"이쪽이 테스투도 님에게 기도를 드리기 위한 제단실입니다."

"이, 이건……."

제단실이라고 불린 방의 중심엔 표면이 바위처럼 거친 정체불명의 물체가 놓여 있었다. 육각형 비늘 같은 무늬가 새겨져 있고 가로 세로 길이가 10미터 정도는 되었다. 가장자리는 들쑥날쑥하게 부서져 있고 두께는 그리 두꺼운 편은 아니다. 뭔가의 조각 같은 느낌이다.

뭐지 이건? 평범한 바위로는 안 보이는데……. 받침대 위에 안치되어 있는 것을 봐선 중요한 물건일까. 다들 비슷한 생각을 하는지 당황한 표정이었지만 일리나 씨가 우리의 생각을 눈치챘는지 설명하기 시작했다.

"이건 먼 옛날 테스투도 님이 내려주셨다고 전해져 오는 신체입니다. 테스투도 님의 몸의 일부라고 하지요. 마법 결계가 펼쳐져 있으니 손대시면 위험해요."

엑, 신체? 수호신의 몸의 일부란 뜻이야?! 상상 이상으로 엄청난 물건이잖아!

"이게 몸의 일부라면 본체는 대체 얼마나 큰 겁니까?"

"이런 물건이 남아있다니 테스투도 님은 실존했구나."

"물론이죠. 그래서 테스투도 님은 지금도 특히 많은 사람들이 믿는 수호신이시죠. 약 500년 전엔 직접 강림하셔서 이 도시를 위기로부터 구해주셨단 기록도 남아 있어요."

"엣, 수호신이 실제로 나타난 건가요?"

강림이라니, 테스투도 님은 정말 실존한 건가. 게다가 500년 전이라면 옛날이긴 해도 그렇게 오래된 것도 아니다.

자세한 이야기를 들어보니 약 500년 전, 이 도시가 아직 세바리아란 이름이 아니었을 적의 이야기. 어느 날 이 도시에 갑작스레 마물을 거느린 마인이 공격해 왔다고 한다. 사람들은 죽을힘을 다해 저항했지만 마인과 마물의 강력함에 압도되어 도시가 붕괴 직전까지 갔으나, 그때 테스투도 님이 강림했다고 한다.

산과 땅을 간단히 산산조각 내는 압도적인 힘 앞에서 마물들은 두려워 도망치고, 마인은 저항조차 하지 못하고 먼지가 되어 사라졌다나. 우리가 어제 갔던 항구의 지형은 그 전투 당시 수호신이 만들었다고 한다. 땅을 그렇게 파내다니 단순히 괴물 수준이 아니잖아.

그 후로 테스투도 님은 사람들에게 몸의 일부를 나눠주었고, 이 도시에 그것을 안치한 후로 마물이 접근하지 못하게 되어 평온이 찾아왔다고 한다. 200년 전에 벌어졌던 마인과의 전쟁 때도 마인들은 테스투도 님이 두려워서인지 이 도시에는 전혀 발을 들이지 않았다는 모양이다.

"와―, 테스투도 님은 정말 대단하시네요."

"네. 그래서 이 세바리아가 지금까지 유지된 것은 테스투도 님의 은혜라고 할 수 있지요."

일리나 씨는 내 말을 듣고 활짝 웃었다.

으음, 솔직히 조금 믿기 어려운 이야기지만 이 세계라면 그런 존재가 있는 것도 이상하진 않다. 하지만 어째서 테스투도 님이 인간의 편에 선 것인지 의문이다.

뭐, 옛날이야기니까 당시에 무슨 일이 있었는지는 아무도 모르겠지. 일단 요약하자면 테스투도 님이 이 도시를 지켜주기 때문에 신으로서 모시고 있단 건가.

실제로 눈앞에 정체를 알 수 없는 수호신의 일부가 존재하니까 지금은 부정 타지 않도록 있는 힘껏 기도하자.

테스투도 님께 기도하고 나서 우리는 신전을 뒤로 했다.

"수호신이 있단 건 반 정도는 안 믿었는데, 직접 보고 나니까 정말 있었던 것 같기도 해."

"맞습니다. 그분 말씀을 들어보니 항구의 어부들이 그렇게 굳게 믿던 것도 이해가 갑니다."

"게다가 마인 이야기까지 나오다니, 수호신과 마인 사이에 뭔가 깊은 관련성이 있을 것 같아."

마물을 쫓아주고 항구로 쓰이는 만까지 만들어주다니 어부들이 신앙심을 가질 만도 하지.

크리스토프 씨가 말한 전설이란 것은 분명 아까 들은 이야기일 것이다. 하지만 만일 그 이야기가 사실이라면 작은 의문점이 있다.

200년 전 전쟁 때도 이 도시에 나타나지 않은 마인이 이제 와서 이 부근에서 목격되다니 이해가 가지 않는다. 어쩌면 이번에 발견된 디아볼루스는 마인과 관련이 없을 가능성도 있어 보인다.

……음, 머리를 굴려도 전혀 모르겠어.

"그래서 다들 제단을 보고 뭔가 알아낸 게 있어?"

"그곳에 갈 때까진 아무것도 안 느껴졌지만 그 제단실에 들어가자마자 위화감이 느껴졌어요. 신성한 느낌은 아니었지만 잔류한 사념 같은…… 영적인 무언가요."

시스하가 턱을 괴고 웬일로 진지한 표정을 지었다. 잔류 사념, 그리고 영적이라…… 보이지 않는 무언가가 그 신전에 있었던 걸까? 으으, 난 귀신 완전 싫어.

"나도 그 안에서 절벽에 있던 사당이랑 같은 기척이 느껴졌어. 그 기척 때문에 화살을 쏜 거거든."

제단실에 들어가자 프리지아도 무언가를 경계하듯이 조용해졌었다. 알 수 없었던 그 행동에도 확실한 이유가 있었던 건가.

"……위압감이 느껴져서 굉장히 불쾌했어. 모후토가 떨던 것도 그게 원인이겠지."

신전에서 나온 후 루나는 평소처럼 무표정했지만 식은땀을 흘렸다. 평소에도 크게 반응을 보이지 않는 루나가 이렇게까지 부담을 느끼다니 수호신은 보통내기가 아니군.

게다가 이 도시에 왔을 때 모후토의 반응도 옛날이야기를 듣고 이해했다. 모후토도 일단 마물이니 테스투도 님의 영향을 직접 받았겠지.

신성한 것이 아니라 마물과 마인에게 영향력을 지닌 존재. 신이 아니라 강력한 마물이라고 생각하는 편이 더 납득 가지 않을까.

"강림했다는 이야기도 있었는데 아직까지도 이 정도의 영향을 끼치다니, 그 테스투도 님은 지금도 존재하는 걸까요?"

"제단에 있던 몸 일부만 봐도 엄청 크지 않았습니까. 아직 건재하다면 대체 어디에 있을지 상상이 안 갑니다."

그 바위 같은 파편이 몸의 어느 부위인지는 모르겠지만 본체가 상당히 큰 것은 분명하다. 베헤모스나 루페스렉스는 비교도 되지 않는다.

그런 큰 존재가 이 근처에 있다면 분명 바로 보일 텐데…… 테스투도 님은 수수께끼가 많군.

◆

며칠간 관광하듯이 세바리아를 드나들었다가 오늘은 드디어 세바리아 협회에 들르기로 했다. 놀과 에스텔만 데리고 나머지는 집에 있게 하였다.

혹시 몰라 시스하에게 디멘션브레이슬릿을 건네 두었다. 그게 있으면 프리지아가 폭주해도 바로 잡을 수 있을 테니 안심이다.

"우으, 사냥 없는 평온한 일상이 끝나는 겁니까……."

"어쩔 수 없지. 원래 협회 의뢰 때문에 온 거니까 계속 관광할 순 없잖아."

"그렇긴 합니다만…… 우우—."

놀은 우울한 목소리로 말하며 어깨를 축 늘어트리며 걸었다. 마치 일요일 밤, 혹은 연휴가 끝날 때 아쉬워하는 사람을 보는 것 같다.

"안심해. 마석 수집도 재개할 테니까."

"뭘 안심하라는 말입니까! 최근엔 오쿠라 님도 가챠 얘기도 얼마 안 하시고 차분해져서 안심하고 있었습니다만……."

"그만큼 제대로 반동이 돌아올 테니까 기대하고 있어."

"싫어어…… 집에 가고 싶습니다……."

"오빠, 그렇게 놀리지 마."

"하하, 미안 미안."

놀이 아쉬워하는 모습을 보이니깐 나도 모르게 놀리고 싶어졌다. 하지만 실제로 프리지아를 소환한 후엔 본격적으로 마석 수집을 하지 않았으니 슬슬 재개할 생각이었다.

전력이 한 명 더 늘어났으니 전보다 효율이 늘어날 거야! 라고 생각했지만…… 궁사인 프리지아는 어떤 사냥터가 어울릴까……

뭐, 실제로 사냥해보고 정하자.

도시 사람들에게 모험가 협회의 위치를 물어가며 중심부를 향해 이동했다. 그리고 낯익은 간판이 달린 모험가 협회에 도착했다.

브루너보다는 크지만 왕도 협회에 비하면 작은 2층 건물이었다. 퀘레스 협회와 비슷한 정도인 걸 봐선 주요 도시의 협회는 대개 이 정도 규모인가 보다.

바로 안으로 들어가 접수대 직원에게 말을 걸었다.

"저기, 오늘 처음 왔습니다만……."

"모험가 등록은 이미 하셨나요?"

"네. 명찰을 드리고 서류를 작성하면 되는 거죠?"

"네. 그러면 명찰을 잠시 확인할 테니, 그동안 이쪽 서류 작성 부탁드리겠습니다."

명찰을 받은 직원이 안으로 들어간 사이에 우리는 익숙한 서류를 작성했다. 이미 4번째라 작성도 금방 끝낼 수 있었다.

서류 작성을 마치고 잠시 기다리자 직원이 돌아와 명찰을 돌려주었다. 그게 끝인 줄 알았건만 직원은 주뼛거리며 우리에게 확인했다.

"오쿠라 님……이시죠? 혹시 슈팅에서 오신……."

"네. 왕도 협회에서 의뢰를 받아 왔습니다."

"역시 그 오쿠라 님 파티셨군요. 전해드릴 말씀이 있으니 잠시 기다려주시겠어요?"

직원은 서류를 확인하자마자 우리를 두고 2층으로 향했다.

"오자마자 무슨 일까요?"

"그 마물에 대한 이야기 아닐까? 그 마물을 발견했단 보고가 있어서 우리가 여기에 온 거잖아. 게다가 협회장이 먼저 연락을 넣어뒀을지도 몰라."

"앗, 맞습니다. 에헤헤, 관광하느라 깜빡 잊고 있었습니다."

"항구 도시란 이야기 듣자마자 먹을 것밖에 생각 안 했지?"

"그, 그렇지 않습니다! 정말이지, 실례되는 말씀이십니다!"

놀이 팔을 위아래로 붕붕 흔들며 화냈다. 아니, 그때 반응이나 도시에 와서 한 행동들을 보면 그렇게 생각할 수밖에 없잖아.

그런 이야기를 하다 보니 접수 직원이 금방 돌아와서 우리를 2층에 있는 방으로 안내했다. 방 안으로 들어가자 약간 통통한 체격의 나이 지긋한 남성이 눈부실 정도로 활짝 웃으며 엄청 환영한다는 분위기로 앉아 있었다.

"이거 이거, 자네가 오쿠라 군이구먼! 이야기는 크리스토프 씨에게 잘 들었다네! 대토벌을 해결하고 미궁도 돌파! 게다가 이례적인 속도로 B랭크로 올라간 유망한 모험가 파티라지? 야아―, 자네들이 이 도시에 왔다는 이야기를 듣고 너무 궁금해서 일이 손에 안 잡혀서 말이지…… 앗, 서 있지 말고 여기 앉게."

"아, 네."

"엄청 말을 잘 하는 사람입니다."

"끼어들 틈도 없었어."

따발총마냥 갑작스럽게 시작된 대화. 인사할 틈조차 없었다. 하지만 분위기를 봐선 사교적인 분인 듯하여 다행이다.

우리는 남자가 가리킨 대로 얼떨떨하게 의자에 마주 앉았다.

"호홋, 만나자마자 말이 너무 많아서 미안하군. 나는 이 협회의 지부장인 벤스라고 하네."

"환대해주셔서 감사합니다. 이미 아시겠지만 오쿠라 헤이하치입니다. 저희에게 하실 말씀이 있다고 들었는데…… 왕도 협회장에게 전해들은 이야기에 관련된 건가요?"

"그래, 맞다네. 자네들이 크리스토프 씨에게 얼마나 자세히 들었는지 모르니 확인하고 싶어서 말이야."

"할아버지는 그 마물에 대해 잘 알아?"

"날아다니는 검은 마물 말이지? 한 모험가에게 발견 보고를 듣고 크리스토프 씨가 전에 이야기한 마물과 비슷하기에 일단 보고해뒀지. 하아, 마인이 관여되어 있을지도 모른다니 무섭구먼. 이 나이 먹고 설마 마인 이야기를 들을 줄은 상상도 못했다네. 내가 아직 젊었을 적엔 그저 옛날이야기로만 들었던 이야기를──."

"저, 저기 말씀 중에 죄송하지만 조사에 대해 말씀해주실 수 있을까요?"

처음부터 말이 많은 사람이라고는 생각했지만 상상 이상일지도 모른다. 이대로 묵묵하게 이야기를 듣고 있다간 점점 더 옆길로 빠질 것 같아. 상냥한 사람 같으니 조금 미안하지만 멈추지 않으면 끝이 없을 것 같다.

"아아, 미안하네. 그러니까 말이지, 그 마물에 대해선 나도 크리스토프 씨에게 대충 들었다네. 그래서 자네들이 세바리아에 온 것은 그 마물을 조사하기 위해서지?"

"네. 그래서 그 마물의 발견 장소를 자세히 알려주시면 감사하겠습니다."

"아무래도 서로 같은 생각인가 보군. 나도 그 이야기를 하기 위해 자네들을 불렀지."

벤스 씨는 고개를 끄덕인 후, 방에 있는 붙박이장 안에서 종이 하나를 꺼내와 테이블 위에 펼쳤다. 빨간 점이 곳곳에 표시되어 있는 지도였다.

"이건 세바리아 주변 지도라네. 이 빨간 점은 현재 보고가 있었던 발견 장소지."

"10곳이나 말입니까?! 그 마물이 이렇게 자주 나타난 겁니까!"

"이렇게 많았을 줄은 몰랐어."

"왕도 협회에 보고한 후에도 계속 목격 정보가 들어와서 말이지. 그냥 비슷한 마물과 착각했을 가능성도 있으니 이게 전부 자네들이 찾는 마물이라곤 할 수 없어. 하지만 C랭크, B랭크 모험가 파티가 그로 추정되는 마물과 교전해서 도망치거나 놓쳤다는 보고도 있었지. 그 후로 세바리아 모험가에겐 그 검은 마물과는 싸우지 않도록 이야기도 해놓았다네."

오오, 설마 목격 보고가 이렇게 많았을 줄이야. 지도엔 세바리아 주변 전역에 동그라미가 표시되어 있다. 모험가와 교전한 적도 있다니.

그만큼 활발하게 활동 중이란 의미인가? 그럼에도 아직 눈에 띄는 이변이나 피해 보고가 없다는 것이 오히려 불안하다. 하지만 벤스 씨의 말대로 오인했을 가능성도 있으니 이건 우리가 앞으로 자세히 조사해봐야겠지.

"일단 이 협회에서도 B랭크 모험가 파티에게 조사를 부탁했다네. 발견 보고는 늘어나고 있지만 정작 찾으려니 좀처럼 눈에 띄질 않는다는군."

"비행형 마물이니까 말입니다. 이 주변만 탐색한다고 해도 상당히 애먹을 것 같습니다."

"맞아. 게다가 혼자 움직이는 마물을 사냥터에서 찾긴 어려울 거야. 그 마물 자체도 꽤 강하니 예기치 못한 장소에서 마주치면 오히려 당할 거야."

사냥터에 머물러 있는 마물과 다르게 디아볼루스는 자유자재로 날아다니는 것 같다. 그런 마물의 위치를 정확히 파악하는 것은 비컨과 마법의 양탄자를 사용하는 우리처럼 고속 이동이 가능하더라도 힘들 것이다.

"그래도 그 마물을 실제로 쓰러트린 적 있는 자네들이 와주었으니 아주 든든해. 탐색 중인 모험가들에게도 자네들이 왔다는 것을 전달하겠네. 혹시 조사가 막힐 경우 서로 정보를 교환해주면 고맙겠네. 물론 협회에서도 새로운 정보가 들어오면 바로 알려줄 테니 무슨 일이 있으면 보고해주게나."

"네, 알겠습니다."

그 녀석의 전력을 생각해보면 C랭크 수준의 모험가도 위험할 테니, 탐색 가능한 인원도 적다. 이미 조사에 나선 B랭크 모험가 파티와 정보 교환이 필수겠군.

다른 모험가와 순조롭게 협력할 수 있을지 조금 불안해졌다. 이럴 때 디우스 파티가 같이 있었으면 굉장히 편했을 텐데.

⋯⋯앗, 그러고 보니 스카이피시에 대해서도 물어보려고 했었지. 그것도 정체불명의 마물일 가능성이 있으니 정보 제공을 해 둬야겠지.

"그리고 하나 더 여쭤보고 싶은 게 있는데요. 세바리아에 오는 길에 원통처럼 가늘고 길게 생겨서 빠르게 날아다니는 작은 마물과 마주쳤는데 혹시 아시나요?"

"으음, 원통형에 날아다니는 마물? 내가 아는 바로는 그런 마물은 들어본 적이 없다네. 일단 나중에 알아볼 테니 좀 더 자세한 특징을 알려 주겠나? 협회에 자세한 내용을 내붙여서 다른 모험가에게도 물어보지."

협회에도 정보가 없군. 역시 괴생물체라고 할 만해. 이세계에서도 스카이피시는 미확인생물인가 보다. 우린 스카이피시의 능력 등을 자세히 설명하고 디아볼루스 목격 위치 등을 전달받은 뒤 협회를 뒤로 했다.

세바리아 주변 사냥터에는 캔서나 프리모, 인간형 마물인 머포크 등 해양계 마물이 많다고 한다. 곳에는 썰물시간에 맞춰 나타나는 동굴 등도 있어서 그런 곳을 탐색하는 모험가가 많다는 것 같다.

로망 넘치지만 썰물에만 들어갈 수 있는 동굴이라니 들어가기 무서운데.

"지부장은 협회장보다 인상이 강한 사람이었습니다."

"맞아. 꽤 재밌는 할아버지였어. 여유가 있다면 더 대화해보고 싶네."

확실히 재밌는 얘기를 많이 해줄 듯한 사람이지만 말상대 한번 했다간 몇 시간이나 붙잡힐 거다. 좋은 사람인 듯하니 나중에 무슨 일이 있으면 상담하기 편할 것 같지만.

"그보다 이렇게 발견 보고가 많았을 줄은 상상도 못 했어. 퀘레스 땐 은밀하게 활동했으면서 여기에선 사람들 눈에 너무 많이 띄잖아."

"그만큼 대담하게 큰일을 꾸미고 있다는 걸까……?"

"애초에 그 마물은 무슨 목적으로 이렇게 넓은 지역에서 활동하는 겁니까? 이렇게 광범위하게 나타나는 것을 보면 어쩌면 한 마리가 아닐지도 모르겠습니다."

오호라, 그럴 수도 있겠군. 만일 다른 디아볼루스가 있다면 폭스 화산에 나타난 것에 이어서 두 마리째.

두 마리뿐이라고 생각해도 이만큼 목격 정보가 많으면 여러 마리여도 이상하지 않다. ……우와, 한 마리도 그렇게 강한데 여러 마리 있으면 정말 큰일인데.

조사를 의뢰받고 사흘 후, 우리는 디아볼루스가 목격되었다는 곳으로 찾아왔다.

"이곳이 목격 장소 중 한 곳입니까?"

"이런 곳에 있었다니, 대체 목적이 뭐였을까?"

이번에 우리가 찾아온 곳은 세바리아에서 조금 떨어진 해안. 모래사장에는 마물이 어슬렁거리고 있고 근처에 깎아지른 절벽엔 동굴이 나 있었다. 저기에서 마물이 나오는 건가?

마법의 양탄자로 3일이 걸렸으니 말을 타고 이동했으면 편도로 5, 6일은 걸릴 정도의 거리다. 다른 발견 장소에 비하면 가까운 편인데도 이 정도로 멀면 목격 정보가 있었던 곳을 전부 도는 것만으로도 고생할 것 같다.

바로 비컨을 설치해 집에 있던 대기조에게 연락을 넣어 이곳으로 불러왔다.

"우후후, 오랜만에 새로운 사냥터네요! 오늘은 의욕을 좀 내보겠어요!"

시스하는 손 관절을 우두둑거리며 환한 웃음과 함께 전부 해치우겠다는 듯한 발언을 했다. 여전히 호전적인 녀석이군.

"이번엔 조사 목적으로 온 거 잊지 마. 마물 처리보단 탐색이 우선이야."

"에이, 모처럼 새로운 사냥터에 왔으니까 희소종은 한번 잡아봐요. 게다가 조사라곤 하지만 오쿠라 씨도 마석 효율이 좋은 새로운 사냥터 후보지를 찾을 생각이시잖아요."

"잘 알고 있네. 그 말대로야!"

"엑, 그런 생각 하고 계셨습니까?!"

"정말이지, 오빠는 그런 점은 정말 치밀하다니까."

놀은 크게 놀랐고 에스텔도 뺨에 손을 대고 곤란하다는 시선으로 나를 쳐다보았다. 모처럼 세바리아 주변 사냥터를 돌면서 조사하는데, 새로운 마석 채취 장소를 찾는 건 당연한 일이지.

그런 대화를 하고 있는데 우리의 대화를 묵묵히 듣고 있던 루나가 입을 열었다.

"수다는 그만하고 조사를 시작하지. 빨리 끝내고 집에 가고 싶어."

"앗, 미안 미안."

조사뿐이라면 나, 놀, 에스텔, 시스하만으로도 충분하지만 이번 목적은 디아볼루스를 찾는 것이다. 저번엔 큰 피해 없이 쓰러트렸지만 그래도 강한 것은 틀림없다. 그래서 만일의 상황에 대비하여 루나와 프리지아도 데리고 왔다.

디아볼루스 목격 보고가 있었던 곳은 협회에서 주의 권고가 내려져서 지금은 다른 모험가가 찾아오는 빈도도 상당히 줄었다고 한다.

덕분에 안심하고 이 두 사람을 데리고 올 수 있어서 편하다. 뭐, 혹시 몰라 지도 어플로 주위 경계도 하고 있지만.

"조사라곤 해도 뭘 하면 좋을지 모르겠습니다. 그 마물을 잡아서 쓰러트리면 됩니까?"

"우선 여기서 뭘 했는지 알아보는 편이 좋지 않을까? 그리고 지금은 프리지아도 있으니깐, 만약 디아볼루스가 나타난다면 포획하고 싶어."

확실히 해안가에 와서 대체 뭘 한 걸까. 에스텔의 말대로 궁사인 프리지아라면 하늘을 나는 상대로는 전문가라고 할 수 있다.

전투를 하게 되더라도 저번보다 쉽게 잡을 수 있을 테고 여유가 된다면 포획할 수도 있을 것이다. 사정을 캐묻기는 힘들겠지만 뭔가 알아낼 수 있을지도 모른다.

정작 그런 활약을 기대받고 있는 프리지아는 말없이 모래사장을 바라보고 있었다.

"프리지아. 뭘 보고 있습니까?"

"에헤헤, 저기 있는 마물 구경하고 있었어. 계속 옆으로 움직여서 재밌어!"

"아―, 게가 있네."

우리 앞에 있는 모래사장에 사람보다 커 보이는 게 여러 마리가 걸어 다니고 있다. 온몸이 새빨간 갑각으로 뒤덮여 있고 길고 가느다란 다리엔 오른쪽에만 특히 큰 집게가 달려 있었다. 겉모습은 킹크랩에 가까웠다.

여기 있는 건 분명 캔서란 이름의 마물이었지? 꽤나 튼실하게 생긴 게군.

"겉보기엔 북쪽 동굴에 있는 전갈 정도로 단단해 보여."

"벤스 씨도 딱딱하다고 했었지. 우선 스테이터스부터 확인하자."

지부장에게 듣기론 캔서는 물리 공격에 내성이 있다고 한다. 그렇다면 갑옷 전갈처럼 에스텔에게 사냥을 부탁해야 할 텐데 과연 어떨까…….

종족 : 캔서

레벨▶50 HP▶2500 MP▶0

공격력▶500 방어력▶2000 민첩▶50 마법내성▶0

고유능력 〈없음〉 스킬 〈혼신의 구타〉

"이 정도면 에스텔의 마법이 아니더라도 평범하게 잡을 수 있겠어. 나라도 잡을 수 있겠는데?"

"어머, 아쉽네. 모처럼 내가 나설 차례라고 생각했는데."

레벨 자체도 낮고 방어력도 2000정도다. 지금 우리 수준이라면 물리 공격으로 쉽게 뚫을 수 있다. 프리지아의 화살도 여유롭게 관통할 것이다.

에스텔은 나설 차례가 없어졌다고 말했지만 북쪽 동굴에서도 고생했으니 이런 곳에선 편히 쉬게 하고 싶다.

"그래서 디아볼루스는 대체 어느 부근에서 목격된 겁니까?"

"으음, 메모에 의하면 이 해안가 근처인데. 여기 희귀한 해초가 있어서 모험가가 한창 채취하는 중에 발견했대. 어디에서 왔는지는 모르지만 바다를 향해 날아갔다네."

"그 보고로는 밖에 있었는지 동굴 안에 있었는지 알 수가 없네요."

"우으, 귀찮군. 헤이하치의 지도 어플로 바로 찾을 순 없나?"

"으음, 지도 어플에서 확인할 수 있는 범위 내엔 딱히 의심 가는 게 안 보여."

얼핏 확인해보니 이 해안가에 이상한 점은 보이지 않는다. 수상한 마물이 보이지도 않고 위화감이 느껴지는 물체도 없다. 지도 어플을 봐도 바닷가를 배회하는 캔서의 반응뿐이고 디아볼루스로 보이는 것은 없다.

어쩌면 해안가에서 멀리 떨어진 곳에 있었을 가능성도 있지만, 역시 가장 의심이 가는 곳은 저 동굴 안이다. 어쨌든 우선은 바깥을 먼저 살펴볼까. 그래도 아무것도 발견되지 않는다면 저 동굴 안에 들어가자.

그렇게 방침을 정했는데 매우 신난 듯이 웃는 놀의 목소리가 들려왔다.

"우후후, 저 개를 잡으면 전갈처럼 갑주가 나오는 겁니까? 잡으면 그대로 남아 있으면 좋겠습니다. 저 크기면 속살이 꽉 차서 배부를 것 같습니다! ……츄릅, 입니다!"

"넌 보자마자 먹을 생각이냐…… 먹보 녀석 같으니라고."

"아하하…… 그래도 확실히 저렇게 큰 게 그대로 남는다면 배부르게 먹을 수 있겠네요. 술안주로 먹어보고 싶어요."

이 엉터리 기사와 술고래 신관은 머리에 먹고 마시는 것밖에 없나. 나도 그대로 남았으면 좋겠단 생각을 잠깐 했지만.

마물을 먹는 건 여전히 조금 찝찝하지만, 오크 고기와 마물에게서 나온 버섯을 지금껏 잘 먹어놓고 할 생각은 아니지. 저 크기의 게면 대체 몇 인분일까…… 게 무제한 리필이잖아. 로망인걸.

"옆으로만 움직이니까 맞추기 쉬워─. 게다가 껍질로 덮여 있는데도 무르네. 내 화살로도 한방이야─."

"음. 내 창으로도 쉽게 뚫을 수 있겠군."

"프리지아랑 루나만으로도 충분하겠네."

"그러게. 원거리 공격 전문이 있으니까 든든해."

다가갈 것도 없이 루나의 창 투척과 프리지아의 화살로 캔서가 사라져간다. 두 사람의 공격이 닿자마자 캔서의 몸은 가볍게 절반 가까이 날아가 빛의 입자로 변했다.

루나는 평소에 밖에 잘 나가지 않고, 프리지아는 말괄량이라 힘들 때도 있지만 함께 탐색을 나서면 정말 든든하다. 갱도 탐색 때도 굉장히 도움을 많이 받았다. 덕분에 우리 파티도 꽤 밸런스가 좋아졌다. 두 사람을 정식 모험가로 등록해서 항상 동행하면 좋겠지만 그건 천천히 하자.

"에스텔 씨, 원거리 공격도 대단하잖아요─. 하아, 저도 원거리 공격이 가능한 무기가 있었으면 좋겠어요."

"시스하는 대체 얼마나 전투력을 향상할 셈입니까……."

"최대한이요!"

자신만만한 표정으로 검지를 세우며 말하는 시스하에게 놀은 할 말을 잃었다.

이 녀석, 이미 매직블레이드에 프로미넌스핑거까지 가지고 있어서 거의 버서커 상태인데 원거리 공격까지 탐내잖아. 동시에 유능한 신관이라는 점이 정말 악질이다.

그 후로도 우리는 당분간 캔서와 싸우면서 탐색을 계속했다.

"이얍!"

캔서가 큰 집게발을 치켜드는 타이밍에 맞춰 재빨리 파고들어가 엑스칼리빠루를 꽂았다. 그 일격에 몸이 절반은커녕 8할 정도가 날아가 캔서는 빛의 입자로 변해 사라졌다.

"후우, 이 녀석들 움직임이 굼떠서 공격을 읽기 쉬워."

"처음 상대하는 마물인데도 타이밍 좋게 공격하다니 오빠도 제법 발전했네."

"나도 나름 사냥에 익숙해졌으니까. 뭐…… 다른 애들에 비하면 부족하지."

지금 내 수준이면 캔서의 공격을 받아도 전혀 대미지가 없지만, 그렇다고 방심했다간 발목을 잡힐 것이다. 그래서 일단 회피 연습도 겸해서 요즘엔 공격을 제대로 피하는 것을 의식하며 싸우고 있다.

예전에 시스하가 해준 교훈이 꽤 도움이 됐단 말이지. 상대의 움직임을 보고 다음 움직임을 예측함으로써 내가 공격하기 쉬워지고 상대방의 공격을 막기 쉬워진다.

이렇게 나 스스로가 성장했다는 걸 실감하자 자신감도 생겨났다. 하지만 기다랗고 빛나는 봉을 들고 모래사장을 폭주하는 신관님을 보자마자 생겨났던 자신감이 급격히 하락했다.

시스하가 다가오는 것을 눈치챈 캔서가 커다란 집게발을 들어올리자 시스하는 눈 깜짝할 새에 접근하여 매직블레이드로 집게발을 뿌리부터 절단했다. 그 공격으로 다른 다리까지 베어낸 후,

마지막은 지팡이로 몸통에 풀스윙을 날려 피니시. 캔서는 순식
간에 빛의 입자가 되어 드롭 아이템을 떨어트리고 사라졌다.

캔서를 해치운 시스하는 조금 불만스러운 듯이 눈썹을 찌푸리
며 돌아왔다.

"고블린처럼 잡는 맛이 없네요. 저 커다란 집게발은 장식인가요?"

"제일 먼저 집게발부터 잘라냈으면서 무슨 소리야."

"시스하는 여전하다니까."

공격하기도 전에 잘라놓고 그런 말을 하다니 마물이 불쌍해지
기 시작했다. 내가 황당해하고 있는데 이번엔 멀리 있던 놀이 외
치면서 돌아왔다.

"오쿠라 님―! 살, 속살이 꽉 찼습니다―!"

"엣, 진짜냐…… 그건 뭐야?"

"다리입니다!"

놀은 빨갛고 기다란 물체를 내밀었다. 관절이 있고 껍질로 쌓
인 꼿꼿한 게의 다리. 길이는 2미터나 될까. 먹을 순 있겠지만 다
리만 있다니 웃기네.

그러자 이번엔 루나와 프리지아도 뭔가를 들고 돌아왔다.

"헤이하치, 집게발을 떨어트리더군. 여기도 속살이 꽉 차있어."

"이거 봐! 몸통 부분 껍질도 나왔어! 엄청 크지!"

"우후후, 오쿠라 님! 이 사냥터에 꼭 비컨해주십시오! 게가 무
제한입니다!"

역시 집게발도 나오는구나. 게 마물은 대체 무슨 맛일까. 나도
조금 기대되기 시작했다.

그 후로도 흥분을 감추지 못하는 놀과 함께 탐색을 계속했다. 하지만 계속 주변을 살펴보기만 하면 효율이 좋지 않은 듯해서 2인조 그룹으로 나누어 해변을 탐색하기로 했다. 마침 6명이니 두 사람씩 짝을 지어도 한 사람만 남는 비극적인 상황은 벌어지지 않아서 다행이다.

놀은 프리지아와, 시스하는 루나와 조를 짰고, 나는 에스텔과 짝을 지었다. 에스텔은 '흠흠' 하고 콧노래를 부르며 매우 기분이 좋아보였다.

"바다에 오는 건 수영복 가챠 후로 처음이네. 도시에서 보는 바다도 좋지만 해변을 걸으면서 보는 바다도 좋아. 조금 걷기 힘들지만."

"도시에서 보는 것보다 좀 더 가까이 느껴지니까. 힘들면 쉴 테니까 꼭 말해."

내 옆에서 뒷짐을 지고 걷는 에스텔은 바다에 시선을 고정하고 있다. 눈을 반짝이며 보는 소녀다운 모습이 상당히 귀엽다.

수영복 가챠 때 브루너 근처 바다에서 물놀이를 했었지. 그 바다도 좋았지만

세바리아의 바다는 물이 맑아서 굉장히 아름답다. 나조차도 시선을 빼앗길 정도다.

조사 의뢰로 왔지만 마치 소풍 온 기분으로 산책하고 있자 에스텔은 파도가 밀려오는 곳에 쪼그려 앉아 뭔가를 가리켰다.

"앗, 이것 봐 오빠. 이 조개 재밌게 생겼다. 덤으로 마물도 처리하고, 에잇."

"어, 으응⋯⋯."

미소를 띠며 쪼그려 앉은 채로 바다에서 나타난 캔서에게 불덩 어리를 쏴 폭발시켰다. ⋯⋯귀여운 모습으로 아무렇지 않게 흉악 한 공격 날리는 건 그만 둬.

그 후로도 계속 주변을 걷고 있자 에스텔이 문득 신경 쓰이는 이야기를 꺼냈다.

"해변가라고 하면 역시 노을을 등지고 '나 잡아봐라' 하는 거 아 냐? 모처럼 기회니까 해보자."

"그, 그건⋯⋯."

해질녘 해변가에서 나 잡아봐라, 라니. 흔히 말하는 상투적인 커플 이벤트잖아! 그걸 나랑 해보자니⋯⋯ 에스텔도 그런 것을 동경할 나이인가.

어떻게 대답하면 좋을지 고민하고 있자 에스텔이 '쿡' 하고 웃 었다.

"후후, 농담이야. 그냥 말해본 거야. 게다가 마물이 돌아다니는 해변가에서 그런 건 좀 그렇지. 다 같이 하면 좀 재밌을지도 모르 겠다."

"그것만큼은 참아줘. 그 녀석들이랑 그런 짓 했다간 죽일 듯이 쫓아와서 필사적으로 도망가야 할걸."

시스하, 놀과 해변가에서 나 잡아봐라를 했다간 분명 마음속에 그리던 풋풋한 장면은 나오지 않을 것이다. '으아아아악!' 하고 비 명을 지르며 쫓겨 다닐 내 모습이 눈에 선하다.

실제로 예전에 내가 아무 생각 없이 내뱉은 말 때문에 집에서 시스하한테 쫓겨 다니곤 했었지. 그 녀석도 북쪽 동굴에서 사냥할 때 쫓기는 것보단 쫓는 게 좋다고 했었고.

이런 여유로운 대화를 나누며 한나절동안 해변가를 탐색했지만 디아볼루스의 흔적은 전혀 보이지 않았다.

"후우, 실마리가 전혀 안 보이네."

"다른 장소에 있다가 돌아가는 길에 우연히 이곳을 지나갔던 것뿐일지도 몰라."

"으엑. 그러면 찾긴 어렵겠는데."

바다 방면으로 사라졌다고 하니 그쪽으로 쫓아갈 수도 없고, 흔적을 찾으려면 내륙 방면을 살펴볼 수밖에 없다. 며칠 더 찾아보고 아무것도 못 찾으면 다른 곳으로 이동하는 편이 좋을 것 같다. 아무리 우리에게 가챠 아이템이 있다곤 해도, 큰 실마리가 없는 상태에서 넓은 내륙을 뒤지는 건 어렵다.

어떻게 할지 고민하고 있는데 당장이라도 쓰러질 것처럼 비틀거리는 루나가 창으로 땅을 짚으며 다가왔다.

"헤, 헤이하치…… 힘들어…… 윽, 바다가 햇빛을 반사해서 컨디션이……."

"조금만 더 참아. 끝나면 마음껏…… 아니, 2~3일은 자게 해줄게."

"우으, 왜 말을 바꾸는 거냐. 고생한 만큼 좀 더 자게 해줘."

루나는 창에 기대던 몸을 펴고 뺨을 부풀리며 나를 째려보았다. 아까까지 아무렇지 않게 햇빛 아래서 돌아다녀놓고 지금 와서 웬 엄살이야…… 그보다 완전 멀쩡하잖아!

그렇게 나태한 소녀를 상대하고 있는데 이번엔 놀과 프리지아가 게 다리를 잔뜩 끌어안고 돌아왔다.

"우후후—, 오늘 조사는 매우 보람찹니다! 이 정도면 하루는 배부르게 먹을 수 있을 겁니다!"

"이것 봐, 헤이하치! 게가 잔뜩 있어!"

"너희…… 식재료 모으는 건 좋지만 제대로 조사하는 것도 잊지 마."

"물론 제대로 하고 있습니다! 딱히 이상한 점은 없——어이쿠."

놀은 한 손으로 경례를 하다가 게 다리를 떨어트릴 뻔하여 서둘러 붙잡았다. 정말 괜찮은 건가. 뭐, 놀이라면 일처리는 확실하니까 믿자. 허당이긴 해도 일단 믿음직한 아이니까.

"프리지아는 뭔가 느껴지는 거 없었어?"

"에헤헤, 바닷바람이 기분 좋아! 바다에 온 건 처음이라 즐거워!"

"그런 감상 물어본 거 아냐."

"이 주변에 수상한 점은 없단 뜻으로 받아들이면 되겠지."

프리지아가 뭔가 발견했다면 바로 소란을 피웠을 테니, 이 반응을 봐선 정말 아무것도 없는 모양이다. 하아, 몇 시간을 살펴봤는데 헛수고였나…… 그렇게 생각했으나 묵묵히 이야기를 듣고 있던 신관님이 대화에 끼어들었다.

"아뇨. 하나 신경 쓰이는 점이 있었어요."

"……정말로? 너 제대로 살펴보지도 않고 게만 사냥하고 있었잖아."

"홋. 제가 그저 마물만 사냥한다고 생각하셨나요? 뭘 모르시네요."

검지를 세우며 말하는 시스하는 입꼬리를 올리고 쯧쯧 혀를 차며 당당한 표정을 지었다.

뭐……라고? 누가 봐도 게만 사냥한 것처럼 보였는데 뭘 알아냈다는 거야! 항상 그래 왔듯이 그럴싸한 태도를 취하는 건 아니겠지?

내가 의심스러운 눈으로 바라보자 시스하는 자신만만한 얼굴로 입을 열었다.

"캔서를 그만큼 잡았는데도 희소종은 코빼기도 안 보이잖아요? 평소 같았으면 이만큼 잡으면 상위 마물이 몇 마리나 나올 텐데 말이죠. 즉, 저 동굴 안에 뭔가 있다는 뜻이죠!"

"그, 그렇군…… 일리 있어."

동굴에서 캔서가 나오는 것은 봤지만 희소종은 한 마리도 나오지 않았다. 다들 섬멸할 기세로 잡아댔으니 평소 같으면 이미 나오고도 남았을 터. 어쩌면 여긴 희소종이 더 희소할 가능성도 있지만…… 조금 위화감이 있다.

"좋았어. 주변 탐색은 일단 여기까지 하고 동굴 안으로 들어가 보자."

더 이상 바깥을 뒤져봐도 뭔가 찾아낼 수 있을 것 같지가 않다. 수상해 보이는 동굴을 먼저 확인해보자. 동굴에도 별게 없다면 내일부턴 범위를 정해서 이 잡듯이 샅샅이 뒤질 수밖에.

이럴 땐 여섯 명밖에 없단 게 아쉽네. 전투뿐만 아니라 탐색도 머릿수가 중요하다. 좀 더 가챠로 동료를 늘리고 싶다.

바로 동굴 안으로 들어가려니 슈트갈 광산의 갱도처럼 내부가 깜깜했다. 에스텔에게 빛 마법으로 내부를 비추도록 부탁한 후 안에 발을 들였다.

　다른 동굴과는 다르게 바다와 가까운 탓인지 이끼 때문에 미끄러워 자칫하면 넘어질 것 같았다.

　"바닥이 미끄러우니까 발 디딜 때 조심해."

　"응, 알았—— 꺄악?!"

　뒤를 보며 조심하라고 하자마자 내가 미끄럽다고 생각한 곳에서 에스텔이 비명을 지르며 앞으로 고꾸라졌다. 다행히 내가 바로 받아준 덕분에 아슬아슬하게 넘어지지 않고 넘어갈 수 있었다.

　휴우, 미끄러워서 넘어질 것 같긴 했는데 진짜 넘어지다니. 미리 위험을 대비하는 건 중요하지.

　"괜찮아?"

　"……응. 오빠 고마워."

　"어. 적응될 때까진 나를 잡고 걸어도 괜찮아."

　"응. 그러면 손잡고 걸을게."

　그렇게 말하며 손을 내밀기에 잡아 주었다. 그러자 헤죽거리며 웃는 시스하가 시야에 들어왔다.

　"오오—, 오쿠라 씨도 제법 듬직해졌네요—. 자신감이라고 할지, 여유가 생기셨어요."

　"맞습니다. 예전엔 강가에 내놓은 아이 같았는데 말입니다."

　"너희……."

　불만을 표현하고 싶었지만 실제로 옛날의 나는 모두에게 신세를 지기만 했다. 사냥터에서 내가 앞서 걸은 적도 없었고. 이것도 가챠산 장비를 갖춘 덕분이겠지. ……사냥을 너무 많이 해서 점점 감각이 무뎌지는 것도 같지만.

"내가 소환됐을 땐 여러모로 믿음직한 녀석이었는데 말이야. 전엔 그랬었군."

"에헤헤, 헤이하치도 놀한테 보살핌받았었구나! 나랑 똑같네!"

"같은 취급 하지 마!"

시끄럽게 날뛰는 프리지아랑 같은 취급받고 싶지 않아! 아무리 나라도 그런 식으로 민폐 끼친 적은…… 적은…… 없었지? 루나의 평가가 의외로 좋았다는 사실이 그나마 위안이다.

지금까지의 내 행동을 돌이켜보다 자신감이 사라질 뻔했지만 다시 현실로 돌아왔다. 놀을 앞에 세워 나타나는 캔서를 해치워가며 동굴 안의 내리막길을 내려갔다.

그러자 좁은 통로 끝에 넓은 공간이 나타났다.

종유동처럼 천장에 고드름 같은 바위가 달려 있고, 내부엔 침식되어 생긴 여러 개의 커다란 물웅덩이가 있었다. 마치 지저호 같았다.

"동굴 안에도 물이 고여 있네. 이동하기 어렵겠어."

"바다와 지하로 이어져 있는 거 아닐까? 마물이 있을지도 모르니까 너무 가까이 가지 않는 편이 좋겠어."

지도 어플로 확인해보자 지저호에 빨간 점 여러 개가 있었다. 어떤 마물이 있을지 모르니 다가가진 말자.

"프리지아, 왜 그럽니까?"

"이 동굴 안에서 불쾌한 느낌이 들어…….."

두 사람의 목소리에 돌아보자 프리지아가 주변을 두리번거리며 뭔가를 찾고 있었다. 이렇게 반응한다는 것은…… 역시 동굴이 정답인가? 이곳에 디아볼루스와 관련된 뭔가가 있을지도 모르겠다.

"어둡고 스산한 게 난 괜찮다만."

"그건 그냥 어두운 게 루나랑 상성이 좋은 것뿐이잖아. 시스하는 어때?"

"으음, 뭔가 고여 있는 느낌이긴 한데 그렇게 신경 쓰이진 않아요. 다른 사냥터랑 별반 차이가 없네요."

프리지아의 반응은 믿지만 루나와 시스하의 반응이 미적지근한걸. 그래도 우리 중에선 프리지아가 가장 감각이 예민하니 지금은 프리지아의 판단에 맡기자.

동굴 안에 들어와 드디어 나타난 반응에 기대를 품고 물가를 피해가며 안쪽으로 나아갔다. 그리고 캔서를 잡아가며 내부를 탐색하던 중에 커다란 조개와 마주쳤다.

"응? 이건 뭐지?"

"조개 아닙니까?"

내 두 배 정도 되는 크기에, 부채처럼 곡선을 그리고 있는 껍질이 마치 대왕조개를 닮았다. 지도 어플을 보니 빨간 점으로 표시되어 있다.

"엄청 큰 조개잖아. 오빠, 저것도 마물이야?"

"응. 마물인가 봐."

"……저 조개도 잡으면 살이 나오는 겁니까? 조개구이 맛있었지 말입니다."

좋았어. 옆에서 웬 먹보가 얘기하는 건 무시하고 일단 스테이터스를 확인해 보자.

종족 : 셸피시

레벨▶55 HP▶5000 MP▶0

공격력▶100 방어력▶6500 민첩▶10 마법내성▶0

고유능력 〈없음〉 스킬 〈경화〉

방어에 특화됐군. 그래도 마법 내성이 없으니 에스텔의 먹잇감이다.

"게가 나오는 곳에 뜬금없이 조개가 있네요."

"고블린 숲에도 오크가 나오니까 이런 사냥터도 있는 거지."

"커다란 조개군. 저것도 단단해 보이는걸."

"일단 공격해보자!"

"앗, 잠깐!"

프리지아가 대뜸 활을 꺼내더니 화살을 쏘았다. 하지만 화살이 셸피시에 닿자마자 조개가 어렴풋이 빛나더니 화살을 튕겨냈다. 껍질 표면엔 금이 가는 정도로 그쳤다.

스킬을 사용하면 프리지아의 공격도 통하지 않을 정도로 단단해지는 모양이다. 이렇게 방어력 높은 마물에게 금을 내는 것만으로도 대단하다.

"우우, 이 조개 딱딱해!"

"단단한 마물이라면 내가 나설 차례겠네. 마법 저항은 높아?"

"마법 저항은 거의 없어. 해치워버려, 에스텔!"

"나한테 맡겨. 에이!"

이번엔 에스텔이 앞으로 나서서 지팡이를 휘둘렀다. 마법진이 지팡이 끝에 나타나더니 화염이 분사되어 조개는 순식간에 불길에 휩싸였다. 그 공격에 불길이 지나간 자리에 있던 캔서들도 더불어 화염에 휘말렸다.

그리고 화염 분사가 끝나자 '치이익' 하는 소리와 함께 셸피시는 빛의 입자가 되어 사라지면서 둥글고 하얀 물체를 떨어트렸다.

저, 저건 설마?! 서둘러 달려가 주워 보니 그것은 야구공 크기만 한 진주였다.

"어머, 예쁜 게 나왔어."

"음, 저건 뭐지?"

"진주네요. 설마 바다에서도 보석을 얻을 줄은 몰랐어요."

"엄청 예쁘다! 나도 갖고 싶어!"

"……못 먹는 거지 않습니까."

우와, 조개형 마물이라고 설마 이런 것까지 나올 줄이야. 혹시 이게 희소종인가?! 그렇게 생각하며 스마트폰을 확인했지만 마석은 늘지 않았다.

희소종이었으면 좀 더 기뻤을 텐데. 한 명을 제외하고 모두는 조금 흥분된 기분으로 동굴 탐색을 이어나갔다.

"잡아도 잡아도 희소종으로 보이는 마물이 안 나타나네요."

"음. 게다가 수상한 점도 없군. 여기엔 아무 것도 없는 거 아닌가?"

"으음, 글쎄다."

"아직 조사 시작한 지 얼마 안 됐으니까 성과가 없는 건 어쩔 수 없지."

캔서와 셸피시를 잡으며 나아갔지만 아직 이상한 점은 찾지 못했다. 하지만 시스하가 들어올 때 말한 것처럼 희소종이 있을지가 궁금하네. 설마 물 안에 숨어 있는 녀석이 희소종인 건 아니겠지……?

그런 불안이 스쳐지나갔지만 프리지아가 갑자기 주변을 두리번거리기 시작했다.

"프리지아, 또 뭔가 신경 쓰이는 게 있습니까?"

"으으음. 그런 느낌인데…… 그런 느낌이야."

여전히 의미를 알 수 없는 말을 하는데 정말로 뭔가가 있는 건가? 묵묵히 주위를 두리번거리는 프리지아를 지켜보고 있자 어느 한 곳을 보며 입을 열었다.

"앗, 저기다!"

"프리지아! 기다리십시오!"

갑자기 지저호를 향해 달려 나가는 프리지아의 뒤를 놀이 허둥대며 쫓았다. 우리도 서둘러 쫓아갔다.

그리고 지저호 근처에 도착하자 프리지아는 쪼그려 앉아 뭔가를 주워들었다.

"이것 봐—! 이거야 이거—!"

프리지아는 손을 들어 자신이 주운 것을 이쪽에 보여주었다. 하지만 그 직후, 지도 어플에 지저호에서 프리지아를 향해 엄청난 속도로 접근하는 빨간 점이 표시되었다.

서둘러 소리쳐 알려주려는 것보다 프리지아의 등 뒤로 물보라가 일며 거대한 붉은색 마물이 모습을 드러내는 것이 빨랐다.

겉모습은 캔서와 비슷했지만 등에 짊어진 커다란 소라가 몸의 절반 정도를 덮고 있었다. 통상 개체보다 몇 배 이상 크고 양쪽에 거대한 집게발이 달려 있었다.

모습을 드러낸 마물은 재빠르게 한쪽 다리를 들어 눈앞에 있는 프리지아를 내려치려고 했다. 나는 곧바로 한 아이템을 꺼내 프리지아를 보며 스위치를 눌렀다.

내가 사용한 아이템은 대상과 자신의 위치를 바꿀 수 있는 스파티움.

스위치를 누른 순간 프리지아가 있던 곳에 서게 된 내 눈앞에 거대한 집게발이 빠르게 다가왔다. 나는 미리 준비해둔 냄비 뚜껑을 들고 공격을 막았다.

"이야——압!"

집게발 공격을 받아내자 온몸에 큰 충격이 전해져왔지만 힘으로 버텨내다가 튕겨냈다. 공격이 가로막혀 마물이 균형을 잃고 비틀거리는 사이에 후퇴하여 프리지아를 쫓아온 놀과 합류했다.

그리고 틈이 생긴 사이에 스테이터스를 확인했다.

셸캔서 종족 : 캔서

레벨▶70 HP▶84000 MP▶3000

공격력▶2400 방어력▶4800 민첩▶65 마법내성▶10

고유능력〈잠수〉스킬〈혼신의 구타〉〈경화〉〈거품〉

"오쿠라 님! 괜찮으십니까!"

"어. 그보다 저 녀석이 나타났으니까 조심해!"

셸캔서는 자세를 바로잡고 지저호에서 빠져나왔다. 위협하듯이 집게발을 딱딱 부딪치며 입에선 힘차게 거품을 뿜었다. 놀과 함께 피하자 땅에 거품이 닿아 크게 파이는 것이 보였다.

거품이라 가벼운 공격일 줄 알았는데 생각보다 위험하잖아. 몸에 닿았다간 끔찍한 고통이 잇따를 것 같다.

그 후로 모두와 합류한 후, 나와 놀이 전방에 나서서 주의를 끌며 싸우기 시작했다. 놀이 단숨에 접근하여 다리를 베어내어 레기 엘리트라의 능력으로 움직임을 둔하게 만들었다.

거품 공격을 경계하면서 에스텔의 바람 마법으로 다리를 차례차례 베어냈다. 셸캔서가 거품을 뿜기 위해 입을 열자마자 프리지아의 화살과 루나의 창을 맞고 몸이 젖혀지더니 그대로 쓰러졌다.

에스텔이 뒤이어 셸피시에게 사용한 화염 마법을 분사시키자 쓰러져 있던 셸캔서는 화염에 휩싸였다. 움직이지도 못하고 제자리에서 고통스럽게 발버둥 쳤지만 가차 없이 뿜어져 나오는 불길에 점점 움직임이 둔해졌다.

그리고 힘이 다한 듯 들고 있던 집게발이 땅에 떨어지자 셸캔서의 몸은 가장자리부터 빛의 입자가 되어 사라졌다. 의외로 쉽게 잡았네.

"후우, 동굴 안에서 이런 마물이랑 마주칠 줄이야."

"역시 물가 근처엔 접근하지 않는 게 정답이었어요. 그게 이곳의 희소종인가요?"

"맞아. 어쩌면 물 아래에 잔뜩 있을지도 몰라. 번개를 날려 볼까?"

"우르르 튀어나오면 위험하니까 그건 참아줘……."

스마트폰을 확인하니 마석이 하나 추가되었다. 그게 이곳의 희소종이었나 보군. 우리는 쉽게 잡을 수 있는 수준이었지만 더 상대하고 싶진 않다. 마석 수집은 다른 데서 하자.

"사냥터는 위험하니까 멋대로 뛰어다니면 안 됩니다!"

"우우, 미안해……."

"많이 차분해지긴 했어도 무슨 일이 있을 때마다 반사적으로 움직인단 말이지."

전투는 무사히 끝났지만 프리지아는 멋대로 달려 나간 탓에 놀에게 혼나 어깨를 축 늘어뜨렸다. 전에 비하면 많이 나아졌지만 돌발 행동은 참아 줬으면 좋겠다.

"뭐, 무사히 끝났으니까 됐잖아."

"그렇긴 합니다만…… 좀 더 엄하게 말해두는 편이 좋을 것 같습니다."

"지금까지 혼내기만 하던 헤이하치치고 상냥하군."

루나가 팔짱을 끼고 나를 신기하다는 듯이 쳐다보았다. 큰소리로 꾸짖는다고 되는 일이 아니니까. 그런고로 이번엔 조금 다른 방식으로 반성하게 할 생각이다.

"프리지아. 이번엔 혼내지 않겠지만 앞으론 뭔가 발견하면 우리한테 제대로 이야기해줘. 넌 착한 아이니까 잘 이해했으리라 믿어. 헤이하치랑 약속이다? 자, 새끼손가락 걸고 약속."

"으, 으응......."

"손가락 걸고 약속했으니까 어기면 같이 마석 수집하러 다니는 거야."

고개를 푹 숙이고 반성하고 있던 프리지아가 창백한 얼굴로 나를 바라보며 떨었다. 모두가 기분 나빠하던 말투를 써봤는데...... 상상 이상으로 무서워하는걸.

주변에서 듣고 있던 모두가 눈썹을 찌푸리며 찜찜한 시선으로 나를 바라보았다.

"설교보다 훨씬 무섭습니다......."

"이거 보세요. 닭살 돋은 거 보이세요? 말만으로 이렇게 오한을 일으킬 수 있다니 오쿠라 씨 대단하네요."

"음. 내가 소환되었을 때와 같은 말투군. 기분 나빠."

응. 알고 있지만 그렇게 반응하면 나도 상처받는다고. 그나마 에스텔이라도 쓴웃음을 지으며 말없이 있어줘서 다행이다.

"그래서, 프리지아가 발견한 건 뭐였습니까?"

"그게 말이지, 이거야."

"엑, 그건⋯⋯."

프리지아가 쥐고 있던 손을 펴자 그 안엔 부서진 검은 보석 조각이 있었다. 엑, 이거 디아볼루스가 가지고 있던 거잖아⋯⋯ 왜 이런 데 있는 거야?!

그 후로도 검은 보석이 없는지 동굴 조사를 이어나갔지만 다른 실마리는 전혀 찾을 수 없었다. 셀캔서도 그 후로 한 마리도 나타나지 않았다.

다들 피곤해지기 시작한 것이 눈에 보여서 오늘 탐색은 여기까지 하고 일단 귀가하기로 했다. 동굴 밖으로 나오자 바깥은 이미 새카만 어둠으로 뒤덮여 있었다.

결국 게랑 조개만 잔뜩 잡고 성과라곤 콩알 크기의 검은 보석 조각 하나.

"바로 게 요리를 만들어야겠습니다!"

"와아―! 나도 도와줄게!"

"저 두 사람은 아직도 팔팔하네."

"팔팔한 게 장점이니까요."

놀이 부엌으로 뛰어 들어가자 프리지아도 그 뒤를 쫓았다. 에스텔은 식탁에 앉아 피곤한 듯이 턱을 괴고 오늘 발견한 검은 보석 조각을 손가락으로 굴렸다. 걷기 힘든 동굴이여서 상당히 지친 모양이다.

"그렇게 찾아다녀서 겨우 조각 하나 찾았네요."

"정말이지. 잘 시간까지 쪼개가면서 동행했는데 말이야."

루나는 시스하의 무릎 위에 앉아 품 안에 있는 모후토를 쓰다듬으며 입술을 삐죽였다. 이것도 대단한 성과라고 생각하는데 밖에서 고생한 루나는 불만인 모양이다.

그보다 원래 수면 과다니까 이 정도 쪼개봤자…… 앗, 내 생각이 얼굴에 그대로 드러났는지 루나가 째려보았다.

"아무것도 못 찾는 것보단 낫잖아. 이것도 충분한 성과야."

"맞아. 첫날부터 이걸 찾은 건 큰 수확이야. 이것도 프리지아 덕분인가?"

[뭐야, 뭐야! 나 칭찬하는 거야? 쑥스러워!]

"……이 거리에서 들리다니 청력이 대단하네."

에스텔이 아무 생각 없이 중얼거리자 프리지아의 커다란 대답이 돌아왔다. 모습은 보이지 않지만 목소리로 봐선 분명 헤죽대고 있을 것이다. 부엌에서 우리의 대화를 듣다니 귀가 얼마나 좋은 거야.

뭐 됐어. 그보다 이 검은 보석에 대해 얘기하는 것이 우선이다.

"이거 전의 그 검은 보석 맞지?"

"응. 아마 맞을 거야. 여전히 무슨 마법이 담겨 있었는지는 모르겠지만 말이야."

발견하자마자 에스텔에게 확인을 부탁했지만 역시 조각 상태로는 정체가 뭔지 알 수 없었다. 이것으로 디아볼루스가 있다는 것은 확실해졌지만 그 이상의 성과는 딱히 없었다.

오늘은 겨우 이 정도 성과였지만, 다른 곳에선 뭔가 더 발견되면 좋을 텐데……. 그런 생각을 하고 있자 루나가 대화에 참여했다.

"나한테도 보여줘."

루나가 웬일인지 검은 보석에 흥미를 보였다. 에스텔에게서 조각을 받아들자 루나는 손바닥 위에 올려놓고 바라보았다. 전에 발견했던 보석엔 딱히 관심을 가지지 않았는데 무슨 일이지?

"흠…… 가지고 있으니 기분이 좋아. 잘 때 가지고 있어도 괜찮나?"

"당연히 안 되지! 무슨 일이 일어날지 모른다고!"

"우으, 아쉽군. 푹 잘 수 있을 것 같은데."

루나는 삐진 듯이 또 입을 삐죽거리며 보석을 에스텔에게 돌려주었다. 가지고 있는 것만으로도 기분이 좋다니 아무리 생각해도 이상하잖아.

루나에게 집중하느라 몰랐지만 모후토도 귀를 쫑긋 세우고 흥미진진한 모습으로 검은 보석을 쳐다보고 있었다. 전에 얻은 보석엔 이런 반응 안 보였는데…… 혹시 효과가 다른 보석인가?

그러고 보니 루나는 그 동굴에 들어갔을 때 기분이 좋다고 했었지. 그건 혹시 이 보석의 영향이었나? 역시 그 안에서 뭔가가 일어났던 것일까.

"모후토도 흥미가 있나 보네. 그다지 안전한 물건은 아닌 것 같아. 이미 효력은 다 했겠지만 확실하게 보관해두는 게 좋겠어."

"그러면 저도 도와드릴게요. 루나 씨에게 해를 끼칠 수 있는 물건은 가만히 놔둘 수 없죠! 다시는 바깥 공기를 마시지 못하도록 강력한 봉인을 걸어둘게요!"

"모험가 협회에 가져다줘야 할지도 모르니까 그만 둬."

시스하가 손가락 관절을 우두둑거리며 당장이라도 때려 부술 것 같은 얼굴로 보석을 노려보았다. 봉인이란 이름의 물리 공격을 날릴 것 같은데?!

당장이라도 실행에 옮기려는 듯한 시스하를 막고 에스텔이 가져온 작은 상자에 검은 보석을 넣었다. 그리고 에스텔이 한 손에 하얀 책을 들고 지팡이를 가볍게 휘두르자 마법진이 나타나더니 상자가 눈부시게 빛났다.

잠시 후 빛이 잦아들자 에스텔은 만족스럽게 끄덕였다.

"응. 이걸로 이제 괜찮아. 안에서 마력이 흘러나오지 않도록 상자를 고정해 뒀어."

전에 발견했던 검은 보석도 에스텔에게 맡겼었는데, 우리가 보지 않는 곳에서 이런 식으로 보관했었구나. 정말 에스텔에겐 도움만 받아서 면목이 없다. 항상 신세지고 있습니다.

"그보다 왜 그런 곳에 이 조각이 있었을까요? 날아가는 걸 목격했다고 했으니 누군가가 쓰러트린 것도 아닐 테고요."

"그것도 그러네……."

이번에 발견한 검은 보석 조각은 발견한 시점부터 이미 저번처럼 부서진 상태였다. 디아볼루스가 날아가는 것은 목격되었으니 누군가가 해치운 것도 아닐 터.

하지만 그렇다면 의도적으로 그 녀석이 두고 간 것인가? 어쩌면 날아간 개체가 아닌 다른 개체가 있었을 가능성도…… 아, 진짜 하나도 모르겠다. 다들 각자 열심히 머리를 굴리고 있지만 나와 마찬가지로 전혀 예상가는 바가 없는지 미간을 찌푸리고 있다.

그러자 의외로 루나가 의견을 꺼냈다.

"함정이었을 가능성은?"

"함정?"

"응. 실제로 그 바보가 주워든 순간 갑자기 마물이 나타났지."

[루나! 바보라니 너무해! 난 바보가 아냐!]

"……시끄럽군."

함정이라. 생각해보니 프리지아가 조각을 줍자마자 셀캔서가 습격해 왔었다. 마치 누군가가 줍는 것을 기다렸다는 듯한 느낌이었는데…… 부비트랩이었나.

노리고 준비해둔 것이라면 다른 곳엔 더욱 강렬한 함정이 있을 수도 있다. 우연이었으면 좋겠네. 일단 그 가능성도 고려해두자.

"그게 정말이라면 그 셀캔서란 마물이 의심스럽네요. 이번에 만난 건 그 한 마리뿐이었고요."

"그건 일단 협회에 보고할 수밖에 없겠네. 어쩌면 콜로서스처럼 잘 나타나지 않는 마물일지도 몰라."

셀캔서는 그란디스나 라바 와이번처럼 검은 보석의 힘으로 발생된 마물일지도 모른다. 하지만 그때와 다르게 주변에 마물 이상 발생 보고가 없었으니 단순히 희소종이었을 가능성도 부정할 수 없다.

일단 며칠 더 그곳을 조사해보고 세바리아 모험가 협회에 물어보러 가야겠어.

"뭐, 이번 발견으로 디아볼루스 있는 것 자체는 확신하게 됐으니 그걸로 만족해야지."

"맞아. 우리가 직접 그 증거를 발견했단 게 크지."

"증거가 아니라 그 녀석을 직접 잡고 싶었어. 그러면 조사도 끝이지 않나. 푹 잘 수 있을 테고."

"아하하…… 그러면 루나 씨가 마음껏 잘 수 있도록 빠른 해결을 위해 노력해봐요."

눈을 반쯤 감고 나른하게 말하는 루나를 보며 쓴웃음을 지은 시스하가 상냥한 목소리로 대답했다. 여러모로 억측만 늘어놓다 보니 앞으로의 일이 불안하게 느껴졌지만, 언제나 변함없는 루나를 보니 그런 불안함도 가시는 것 같다.

그래. 지레짐작만 한다고 문제가 해결되는 건 아니니까. 루나의 수면을 위해서도 힘내자. 그렇게 결심하고 잠시 후, 저녁식사가 완성되었다.

"오래 기다리셨습니다아!"

"에헤헤, 빨리 먹고 싶다! 놀이 만들어주는 요리는 전부 맛있어!"

"우후후, 쑥스럽습니다. 다들 사양하지 말고 마음껏 드십시오!"

놀과 프리지아가 커다란 냄비를 하나씩 끌어안고 거실로 가져왔다. 여섯 명이나 되긴 하지만 양이 너무 많지 않아? 가볍게 10인분 이상은 할 것 같은데.

"엄청 많이 만들었네. 너무 많은 거 아냐?"

"재료가 잔뜩 생겨서 이것저것 만들고 싶었습니다! 모후토가 먹을 채소도 있습니다!"

뚜껑을 열어보자 두 냄비 전부 게 다리와 집게발이 들어 있었다. 다리는 통통한 속살이 드러나 있고 일부분만 껍질이 남아 있었다.

한 냄비엔 우리에겐 익숙한 알록달록한 버섯 등 채소까지 잔뜩 들어 있었다. 다른 냄비엔 조개와 새우, 흰살생선 등이 들어간 해산물 요리였다.

국물이 엄청 시원할 것 같네. 엄청 맛있는 냄새가 나. 와, 군침 나온다. 이거 놀이나 보일 만한 반응이잖아! ……그래도 정말로 맛있어 보인다. 다 먹고 나서 죽 만들어 먹고 싶어.

식기 꺼내는 것을 돕고 나서 기다리고 기다리던 식사 타임. 모후토도 식탁 아래에서 잎채소를 아삭거리며 씹고 있다.

그릇에서 삐져나올 정도로 큰 게 다리를 한 손에 잡고 반 정도 드러나 있는 속살을 빼냈다. 놀이 정성스레 조리해준 덕분에 간단히 껍질을 제거할 수 있었다. 항상 허당이니 뭐니 했지만 요리에 관해선 정말 감사할 뿐이다.

그나저나 게 엄청 크네. 원래 세계에선 물론이고 지금껏 이런 건 본 적이 없었다. 하지만 중요한 건 크기가 아니라 맛. 과연 어떨까…….

"완전 맛있잖아?!"

"우옷! 이거 대다남미다!"

입에 넣은 순간 농후한 게의 풍미가 입 안 가득 퍼져 나도 모르게 감탄을 내뱉었다. 믿기지 않을 정도로 탱글탱글하고 통통한 속살. 흠 잡을 데 없는 고급 게다. 놀도 먹자마자 뛰어오르며 외쳤다.

역시 마물에게서 나온 식재료는 맛이 다르다니까. 놀이 신나게 사냥하던 것도 충분히 이해가 갈 정도다. 맛있는 건 어쩔 수 없잖아.

　모두들 좋아하는 재료를 그릇에 옮겨 담아 식사를 즐겼다.

"채소에 게 맛이 베어서 맛있어."

"음. 조개도 맛있군."

"엄청 마히따!"

"먹으면서 말하지 마."

"네에!"

　루나가 째려보며 혼내자 프리지아는 묵묵히 입만 움직였다. 그 훈훈한 광경을 지켜보다가 아무 생각 없이 에스텔에게 시선을 돌렸더니…… 기쁜 얼굴로 회색 버섯을 잔뜩 입에 넣는 것이 보였다.

　……음, 뭐라고 할까. 게보다 버섯을 더 맛있게 먹어주는 건 고마운데 왠지 복잡한 기분이 드는걸.

　어쨌든 모두가 즐겁게 식사를 즐기고 있었으나 딱 한 명, 진지한 얼굴로 입을 다물고 있는 녀석이 있었다. ……그렇다. 시스하다.

"……놀 씨. 분명 몸통도 있지 않았나요? 그건 어떻게 하신 거예요?"

"아―, 게딱지 말입니까? 그건 껍질뿐이었습니다."

"네에?! 그, 그럴 수가…… 게딱지에 술 부어 마시면 얼마나 맛있는데……."

"정말 아쉽습니다…… 게 내장도 먹고 싶었지 말입니다."

　시스하는 바닥을 짚으며 좌절하고, 놀은 천장을 올려다보며 게

살을 크게 베어 물었다. 같이 아쉬워하곤 있지만 목적이 전혀 다르잖아…… 시스하는 술 좀 줄여!

황당해 하면서도 나는 계속해서 게 요리를 즐겼다. 남은 것은 놀이 맛있게 먹었다. 불안함에 조금 쳐져 있었는데 이렇게 맛있는 음식을 먹으면 기분도 좋아지는구나.

자, 내일부터 다시 힘내 볼까.

◆

며칠간, 우리는 검은 보석 조각을 발견한 동굴에 찾아갔다.

"역시 오늘도 아무것도 못 찾았어."

"결국 첫날에 찾은 조각이 끝인가 봐."

해변과 동굴 안을 샅샅이 뒤졌지만 성과가 없었다. 덕분에 루나가 불만을 터트렸지만, 애초에 매번 뭔가를 발견했다면 이렇게 고생하지도 않았을 것이다. 내 옆에서 걷고 있는 에스텔도 지쳤는지 뺨에 손을 대고 한숨을 쉬었다.

"에스텔, 피곤해?"

"어머, 걱정해주는 거야? 그러면 집에 가서 오빠한테 마사지 좀 받아볼까? 다리가 조금 아파."

"그거야 해줄 수 있지만…… 응, 알았어."

마사지라면 시스하에게 받는 게 좋지 않을까 생각했지만 굳이 입 밖으로 꺼내지 않았다. 전에 시스하가 마사지하는 것을 보고도 굳이 지명했다는 것은 내가 해줬으면 좋겠다는 뜻이겠지. 굳이 말해서 분위기를 깰 정도로 눈치가 없진 않다.

발 디디기 어려운 곳에서도 휙휙 잘 다니는 모두와는 달리, 에스텔은 항상 걷기 힘들어했었다. 그래도 투덜대지 않고 며칠이나 같이 다녀줬으니 감사한 마음을 담아 마사지 정도야 해줄 수 있다.

으음, 그보다 이렇게 며칠이나 같은 곳을 살펴봤는데 아무것도 못 찾다니. 여기엔 이제 아무것도 없는 걸까.

"일단 전에 찾은 게 있으니까 여기 조사는 이 정도로 끝내고 협회에 보고하러 갈까?"

"에에! 벌써 끝나는 겁니까?!"

"적어도 게장이 들어 있는 게딱지가 나올 때까진 계속해요!"

"목적이 바뀌었네⋯⋯."

놀과 시스하가 있던 곳엔 대량의 게딱지가 여기저기 널려 있었다. 조사하는 김에 캔서를 잡으며 게장이 든 게딱지가 없는지 아직도 찾고 있었던 모양이다.

어이없어하고 있자 동굴 내부를 탐색하던 루나와 프리지아가 돌아왔다. 얘네도 이렇게 진지하게 조사에 임하고 있는데 놀과 시스하는 대체 뭘 하고 있는 건지.

"드디어 끝인가. 빨리 돌아가고 싶군."

"다들 내가 소환되기 전부터 이렇게 고생했구나. 힘들었겠다—."

"으음, 익숙해지면 그렇게 힘들진 않아. 오히려 마석 모을 때가 더 힘들걸."

"협회 의뢰를 받는 게 훨씬 편합니다. 오쿠라 님의 마석 수집을 돕는 건 정말 힘듭니다……."

"으음? 전에 헤이하치가 약속 어기면 마석 수집을 도와달라고 했는데 난 무슨 뜻인지 잘 모르겠던걸—."

"모르는 편이 나을 겁니다……. 프리지아, 오쿠라 님과의 약속 반드시 지키십시오."

"응? 잘 모르겠지만 놀이 그렇게 말한다면 알겠어! 약속 꼭 지킬게!"

애잔한 얼굴로 말하는 놀의 모습에 뭔가를 느꼈는지, 프리지아는 고개를 갸웃하면서도 고분고분하게 말을 들었다. 반 협박으로 마석 수집을 약속 조건으로 내걸었는데 본인보다는 놀이 더 공포심을 느꼈던 모양이다.

이 조사가 잘 풀리면 시스하와 마석 수집하러 갈 때 프리지아도 데려가 볼까.

그 후로 시스하, 루나, 프리지아를 귀가시킨 후, 나는 놀, 에스텔을 데리고 세바리아 모험가 협회로 찾아갔다. 에스텔도 귀가시키려 했지만 검은 보석에 관해선 에스텔이 전문이니까 어쩔 수 없이 동행하게 되었다. 돌아가면 답례로 마사지 제대로 해 줘야겠어.

접수대에 조사에 진척이 있었다는 얘기를 하자 곧바로 벤스 씨가 대화 장소를 마련해주었다. 저번처럼 2층 방으로 이동하여 벤스 씨와 마주 앉았다.

그리고 이번 조사에서 발견한 검은 보석에 대해 먼저 얘기하기로 했다. 에스텔은 가방에서 보석 조각을 봉인한 상자를 꺼냈다.

"이게 캔서 동굴에서 발견한 것입니다."

보석 상자를 테이블에 두고 봉인 마법을 풀어 내용물을 보여주었다. 뭔가 알 수 없는 힘이라도 흘러나오면 어떡하지? 하지만 괜한 걱정이었는지 뚜껑을 열기 전에 에스텔은 상자에 손을 대 확인하고는 한 손으로 작게 동그라미를 그렸다.

"이게 협회장이 말하던 그 마물의 보석인가? 만져도 괜찮겠나?"

"응. 부서져서 이미 효과는 사라졌어. 일단 힘이 흘러나오지 않도록 봉인은 했지만 상자 안에서 딱히 다른 변화도 없었던 것 같아."

에스텔의 대답에 벤스 씨는 검지로 보석 조각을 몇 번 찔러본 후, 집어 들고 빤히 살펴보았다. 정체를 알 수 없는 물건이니 만지기 주저하는 것도 당연하겠지.

"으음, 나는 봐도 잘 모르겠군. 이런 작은 돌이 이변을 일으켰다니 믿겨지지가 않네."

"그건 조각일 뿐이니까 원래는 더 컸을 겁니다."

"그렇군…… 조사를 시작한지 얼마 되지도 않았는데 벌써 발견하다니 역시 협회장이 추천한 인물다워. 아주 든든하다네."

"운이 좋았을 뿐입니다. 그것 외엔 아무것도 찾지 못했어요."

"그렇게 겸손할 필요 없네. 자네들보다 먼저 조사에 나선 모험가들도 지금껏 아무 실마리도 찾지 못했으니까."

겸손 부릴 생각은 아니었는데 말이야. 디아볼루스가 뭔가를 했다는 증거라는 것 외에 아직 아무것도 알지 못한다. 그런데도 이렇게 칭찬받으니 면구스러운걸.

그런 생각을 하고 있는데 놀도 같은 이야기를 꺼냈다.

"그래도 어째서 그곳에 그 마물이 있었는지는 결국 밝혀내지 못했습니다."

"맞아. 할아버지, 그 사냥터에서 이변이 보고된 적은 없었어? 우린 그곳이 평소에 어떤지 모르니까 이상한 점이 있었더라도 알아채지 못했을지도 몰라."

"캔서 동굴 주변에선 딱히 별다른 보고가 없었다네. 그 마물이 목격된 후엔 출입도 제한하고 있어서 말이야."

검은 보석의 효과가 작용했다면 그 해변 부근에서 뭔가 이변이 일어났을 텐데. 디아볼루스를 발견하고 곧바로 출입을 제한한 탓에 평소에 드나들던 사람들이 가질 않으니 이변을 알아채지 못한 건가?

이상한 점이라곤 셸캔서가 있었단 것 정도인가…… 이 얘기를 꺼내기 전에 우선 질문부터 하자.

"평소에 동굴 내부는 어떤가요? 이 보석을 동굴 안에서 발견해서 평소 그곳 상황이 어떤지 알고 싶습니다."

"으음, 상황이라고 해도 말이지. 거긴 캔서가 있을 뿐이지, 별다른 건 없다네. 보통은 다들 동굴이 아니라 해안가에 있는 해초를 채집하러 가니까 말이야."

으으음. 별다른 건 없고…… 응? 캔서가 있을 뿐이라고? 조금 위화감이 느껴지는걸. 그곳엔 캔서뿐만 아니라 셸피시도 있다.

"캔서 외에 다른 마물은 없나요? 희소종 같은……."

"상위종인 블루 캔서라면 종종 나타난다네. 블루 캔서의 게딱지에서 얻을 수 있는 게장이 아주 별미라지."

"게장을 얻을 수 있습니까?! 그럼 빨리 찾아서 잡읍시다!"

"응. 지금은 진정해."

게장이란 소리에 자리에서 벌떡 일어난 놀의 어깨를 눌러 다시 앉혔다. 진지한 이야기 중에 식욕 폭발하지 말라고.

블루 캔서에게서 얻을 수 있다는 게장은 나도 좀 궁금하긴 하지만 지금은 그것을 신경 쓸 때가 아니다. 우리는 그 해안가에서 블루 캔서를 단 한 마리도 보지 못했다.

게다가 말을 들어보니 셸피시는 원래 없나 본데. 더 자세히 확인해볼까.

"조개형 마물은 없나요?"

"조개? 그곳에 그런 마물은 없었을 텐데······. 그 주변에 있는 조개형 마물이라면 솔럼곶에 있는 셸피시 정도라네."

역시 셸피시는 그곳에 있을 마물이 아니었다. 어떻게 된 거지? 원래 있던 마물이 사라지고 대신 다른 마물이 나타나다니. 원인을 예상해보자면······ 역시 우리 앞에 있는 이 검은 보석인가.

"소라를 짊어지고 있는 커다란 캔서도 있었는데 혹시 알아?"

"으음, 그런 마물은 들어본 적······ 앗, 오래전에 어딘가에서 그런 마물이 날뛰었단 보고가 있었던 것 같은데······."

아무래도 셸캔서도 평소에 나타나는 마물은 아닌 듯하다. 첫날에 나타난 후로 전혀 보지 못했으니 그곳에 있었던 것은 그 한 마리뿐이었을 터.

우리의 질문에 벤스 씨도 이상한 점을 눈치챘는지 눈을 크게 뜨고 덜덜 떨기 시작했다.

"서, 설마 그 보석의 영향으로 세바리아에서도 이번이 일어난 겐가?! 아아, 어쩌면 좋은가! 벌써 그런 이변이 일어났다니! 지금 당장 협회장에게 연락해서——."

"지, 진정하세요!"

"하, 하지만!"

상상 이상으로 동요하는 모습에 당황하고 있자, 벤스 씨는 벌떡 일어나 방 밖으로 나가려고 했다. 황급히 멈춰 세워도 벤스 씨는 여전히 창백한 표정으로 혼란에 빠져 있었다. 으아, 이 상태면 대화도 안 통할 것 같은데.

그런 벤스 씨를 보며 에스텔이 차분한 목소리로 입을 열었다.

"할아버지는 지부장이니까 차분하게 생각해보자. 그걸 조사하기 위해 우리가 온 거니까 이변은 어느 정도 대처할 수 있어. 정보를 모아서 판단해야 할 사람이 냉정하지 못하면 직접 움직여야 하는 우리까지 곤란해질 거야."

"웃…… 그렇지. 미안하네. 꼴사나운 모습을 보였군."

에스텔의 말을 듣고 진정했는지 벤스 씨는 주머니에서 손수건을 꺼내 식은땀을 닦으며 의자로 돌아와 앉았다. 휴, 설마 지부장이 이렇게까지 동요할 줄은 상상도 못 했어. 같은 지부장이어도 퀘레스 지부장인 엘레오노라 씨와는 완전 딴판이네.

퀘레스에서 일어난 이변도 알고 있을 테니 어느 정도 이변이 일어나는 것은 각오하고 있을 줄 알았건만. 정작 눈앞에 닥쳐오면 조급해지는 것도 어쩔 수 없나. 내가 같은 입장이었다면 지금쯤 화장실로 달려가 헛구역질을 했을지도 모른다.

그 후로 다시 차분함을 되찾은 벤스 씨와 대화를 나눠, 이번 일도 감안하여 조금이라도 수상한 점이 발견되면 우리가 바로 연락을 받아 현장에 나가기로 약속했다.

벤스 씨와 대화를 마치고 귀가한 우리는 저녁식사를 하며 나머지 세 사람에게도 오늘 일을 설명해주었다.

"기대하던 게장이 없었던 이유가…… 디아볼루스, 절대 용서치 않아! 용서치 않을 거예요!"

"응! 절대 용서 안 할 거야!"

"반드시 찾아내서 프로미넌스핑거를 크게 한방 먹여주겠어요!"

게장을 얻을 수 있는 블루 캔서가 사라졌단 것을 알게 된 시스하는 관자놀이에 핏줄을 세우며 격분했다. 프리지아도 편승하여 한 손을 들어 올리며 외쳤다. 아마 이해는 못 한채 그냥 맞장구만 치는 거겠지.

옆에서 화로에 구운 게 다리를 먹으며 놀도 한숨을 쉬었다.

"하아…… 아쉽습니다. 원래라면 지금쯤 맛있는 게장 요리를 먹고 있었을 텐데…… 실망스러워서 밥이 넘어가질 않습니다."

"완전 잘 먹고 있잖아!"

"그래도 기분 탓인지 평소보다 먹는 게 느린 것 같아. 정말로 낙심했나 봐."

얘기를 듣고 보니 먹는 속도가 조금 느린 것 같긴 하다. 그럼에도 나보다 빠르지만. 먹는 문제로 이렇게까지 실망을 하다니. 정말 못 말리는 녀석이다.

황당해하고 있는데, 나처럼 한심하단 표정을 짓고 있던 루나가 입을 열었다.

"그래서 앞으론 어떻게 할 거지? 조사를 계속할 건가? 난 이제 힘들어."

"조사는 계속하겠지만 다른 곳으로 가니까 당분간은 집에서 쉬어도 괜찮아."

"흠. 그럼 의욕을 내서 자야겠군. 덕분에 수면 부족이야. 못 잔 잠을 자야겠어."

"루나 방에 있는 침대, 폭신폭신해서 기분 좋아! 나도 같이 잘래!"

"싫어"

"에―! 왜! 같이 자자!"

프리지아가 시끄럽게 떠들며 루나의 주변을 어슬렁거렸지만 루나는 고개를 휙 돌려 무시했다. 이 대화만 봐도 프리지아가 얌전히 잘 것이라곤 생각되지 않는다. 루나도 어느 정도 포기했지만 성역인 침대에 침입하는 것까지는 봐주지 못하겠단 건가.

그렇게 소란스러운 식사를 마치고 나는 씻고 나서 방으로 돌아왔다. 그리고 똑같이 목욕을 마친 에스텔도 내 방으로 찾아왔다.

"일단은 하나 마무리됐네. 수수께끼는 늘어났지만."

"그러게. 그래도 아무것도 발견 못 한 것보다야 낫지. 조금씩이라도 문제 해결에 가까워지고 있단 거잖아."

"무사히 해결되면 좋겠는데 말이야."

확실히 아무 발견도 못 한 것보다는 낫지만 디아볼루스의 목적은 전혀 밝혀내지 못했다. 세바리아에 온 후로 디아볼루스와 마인, 수호신인 테스투도 님 등 수수께끼가 점점 늘어나기만 했다. 전부 관련되어 있을 것 같긴 한데 어떤 식으로 연관된 것일까.

그런 생각에 빠져있자 에스텔이 생글생글 웃으며 쳐다보는 것이 느껴졌다.

"그보다 오늘 약속, 까먹지 않았지?"

"응. 물론이지. 그것 때문에 여기 온 거잖아?"

"거실에서 해도 괜찮지만 오빠는 여기가 편하지?"

"네, 배려 감사합니다."

에스텔이 뺨에 손을 대고 고개를 갸웃하며 물어보았다. 모두 앞에서 하기엔 부끄러우니까 말이야. 배려해준 에스텔에겐 감사뿐이다.

"미리 말해두지만 난 마사지 잘 못 해. 너무 기대하진 마."

"응. 알고 부탁한 거니까 걱정 마. 게다가 피곤하다곤 했지만 심한 건 아니니까 괜찮아."

역시 알고 있었군. 으음, 그래도 마사지해본 적이 없는데⋯⋯ 일단 주무르면 되나?

바로 에스텔을 침대에 앉히고 나는 바닥에 앉아 에스텔의 발 한쪽을 들어 올렸다. 부드러운 촉감의 매끈한 발. 나도 모르게 발에 시선이 고정되었다.

항상 니삭스를 신고 있어서 몰랐는데 피부 좋네. ⋯⋯안 되지, 안 돼. 마사지를 해야지, 무슨 생각을 하는 거야 나는!

나는 머리를 휘둘러 정신을 차리고 에스텔의 발을 주무르기 시작했다. 혈자리 같은 건 모르니 적당히 발바닥을 주무르곤 있지만 제대로 하고 있는 건지 모르겠다.

으음, 그보다 부드럽네. 피로는 쌓였지만 근육이 뭉칠 정도는 아니었던 모양이다. ……이게 젊음인가.

"아프진 않아?"

"전혀. 오히려 기분 좋아. 오빠가 마사지해주는 것만으로도 이렇게 기분이 좋아지는구나."

"어, 으응……."

수줍게 웃는 에스텔에게 정면에서 그런 말을 듣고 나는 서둘러 고개를 돌렸다. 기쁘긴 하지만 이렇게 직설적인 얘기는 부끄럽다. 얼굴에 열 오르는 것 같아.

나는 쑥스러움을 숨기듯이 신경 쓰이던 화제를 꺼냈다.

"그러고 보니 이번 이변은 뭐였을까? 검은 보석도 회수하고, 원흉으로 추정되는 셸캔서도 잡았는데 사냥터가 원래대로 돌아오질 않았잖아."

퀘레스에선 그란디스를 잡은 후 트렌트 이상 발생 현상이 줄었지만, 이번엔 소규모라곤 해도 이변이 끝나지 않았다.

보석을 회수하고 나서도 조사란 이름의 사냥을 계속했지만 블루 캔서는 한 마리도 보지 못했고 셸피시도 여전히 나타났다.

에스텔은 내 마사지를 받으며 뺨에 손을 대고 생각에 빠졌다.

"그러게…… 예상해보자면 이번에 발견된 보석은 저번 것과 다른 게 아닐까? 아마 사냥터의 성질에 작용한 걸지도 몰라."

"성질?"

"원래 있던 마물이 사라지고 다른 곳의 마물이 나타나게 된 거 말이야. 마물을 만들어내는 그 빛에 교섭하면 그런 것도 가능할 법하지 않아?"

"진짜냐…… 점점 성가신 일이 되어가는 것 같아."

똑같이 생긴 검은 보석인데도 부가된 힘이 다른 것일까. 점점 이변의 형태가 다양해지는 기분이야. 이번에 발견한 보석은 그란디스나 라바 와이번처럼 마물을 나타나게 하는 것 외에 다른 힘까지 있었던 걸까. 하지만 사냥터의 마물을 바꾼다고 무슨 메리트가 있지?

그런 의문에 휩싸였는데 에스텔이 내 의문에 답하듯이 입을 열었다.

"계속 뭔가를 실험하고 있는 게 아닐까? 아니면 그냥 심술일 수도 있지."

"심술?"

"응. 지부장 할아버지가 블루 캔서의 게장이 별미라고 했었잖아. 그래서 비교적 도시와 가까이 있는 블루 캔서를 없애서 못 먹게 한다든지."

"겨우 그런 심술부리려고 그런 보석까지 사용했을까? ……상대가 놀이었다면 효과 직빵이었겠네."

"후후, 그러게. 아까도 시스하가 엄청 화냈으니까 심술부릴 목적이었다면 대성공이야."

시스하는 화내고, 놀은 실망했었지. 그러고 보니 벤스 씨에게 보고할 때도 블루 캔서가 사라졌단 얘기에 낙담하던데 설마 게장 때문은 아니겠지…… 정말 종잡을 수가 없는 사람이다.

그렇게 생각해보면 단순한 심술이라도 제법 효과가 좋다. 뭐, 그런 황당한 목적일 리는 없겠지만.

그 후로도 에스텔과 잡담을 나누며 발바닥, 종아리 순서로 위로 올라가며 다리를 주물렀다. 허벅지까진 건드릴 용기가 나지 않아서 어느 정도 위로 올라갔다가 아래로 내려오기를 반복했다.

"슬슬 끝낼까?"

"으음, 글쎄. 모처럼이니까 좀 더 해줘."

"……오늘은 적극적이네."

"가끔은 괜찮잖아. 요즘 오빠가 나랑 잘 놀아주질 않는걸. 질투난단 말이야."

에스텔은 뺨을 부풀리고 불만스러운 표정을 지었다. 밖에 있을 땐 항상 옆에 붙어 있고 집 안에서도 자주 내 방에 찾아오니 상대는 많이 해주고 있는데……. 게다가 질투라니 대체 뭐에 질투한다는 거야.

이, 일단 아직 부족한 듯하니 좀 더 마사지를…… 재개하려던 그때.

복도에서 쿵쾅거리는 발소리가 들려오더니 '쾅' 하며 문이 열리는 소리가 들렸다.

"아하하하, 이쪽이야 이쪽!"

"거기 서세요!"

뒤에서 프리지아의 웃음소리와 시스하의 위협적인 목소리가 들려왔다. ……이 녀석들이 들어온 건가. 대체 뭐하러 온──.

"으악?!"

마사지를 멈추고 뒤돌아보려던 순간, 뭔가가 거세게 등에 부딪혔다. 그에 떠밀려 나는 앞으로 몸이 튕겨나가고.

"꺅?!"

나는 저항도 못 하고 침대에 앉아 있던 에스텔 방향으로 넘어져 버렸다. 밀려나가면서도 순간적으로 에스텔을 깔아뭉개지 않도록 팔꿈치를 세워 침대를 짚은 덕분에 완전히 쓰러지지 않고 멈출 수 있었다.

……하지만 같이 쓰러진 에스텔을 덮치는 듯한 포즈가 되어 버렸다. 순간 상황 파악을 하지 못하고 서로 얼굴을 마주 보며 눈만 깜빡이고 있었는데…… 상황을 인식하자마자 나는 서둘러 일어났다.

"미, 미안해. 괜찮아?"

"으, 으응…… 괜찮아."

에스텔도 얼굴이 빨개져선 재빨리 일어났다. 그리고 엄청나게 어색한 분위기 속에서 말없이 서로 시선을 피했다.

어색함을 참지 못하고 나는 이 상황을 만든 원흉들을 상대하기로 했다.

"이 녀석들…… 남의 방에 뛰어들지 마!"

우리의 모습을 보고 굳어버린 프리지아에게 시선을 돌리자, 프리지아는 움찔하며 놀랐다. 이 반응을 보니 나랑 부딪힌 건 이 녀석이군.

"나, 나도 모르게…… 미안해!"

"정말 못 말리는 엘프네요. 정말이지, 쫓던 저도 곤란하게 됐잖아요."

"쫓아다니던 사람도 책임은 있는 것 같은데. 모처럼 좋은 분위기를……."

이 녀석들은 또 술래잡기를 하고 있었던 거냐. 엘프뿐만 아니라 쫓아다니던 신관님도 엄청난 민폐라구요.

에스텔도 똑같은 생각이었는지 작게 중얼거렸다. 그것을 들은 시스하가 턱을 괴고 나와 에스텔을 번갈아가며 바라보았다. 그리고 나와 눈이 마주치자 입꼬리를 올리고 히죽 웃었다.

뭐, 뭐야…… 엄청 재밌는 상황을 마주한 듯한 웃음인데.

"그렇군요. 단둘이서 즐기고 계셨군요. 방해해서 죄송했어요."

"아니, 방해라고 할 것까지는……."

"자, 우린 빨리 자리를 피해주죠, 망나니 엘프 씨."

"난 망나니가 아냐── 아웃?!"

분명 놀릴 거라고 생각했는데 시스하는 프리지아의 목덜미를 잡아 들어올리더니 인사를 하고 나가 버렸다.

"대체 뭐야……."

"프리지아를 소환한 후로 상당히 시끄러워진 것 같아."

"정말이지. 떠들썩한 건 좋지만 남의 방에 멋대로 들어오면 안되지."

"그러니까 말야…… 그래도 덕분에 좋은 추억이 생겼어. 후후."

에스텔은 상기된 뺨에 손을 대고 미소 지었다. 아까까지 나랑 같이 동요하던 모습은 온데간데없이 평소대로 돌아왔잖아.

좋은 추억이라니…… 음, 모르겠다. 그렇게 고민에 빠져 있는데 에스텔이 갑자기 눈을 크게 뜨고 놀라며 말했다.

"앗, 오빠. 내가 선물해준 목걸이 제대로 하고 있었구나?"

에스텔의 시선을 따라가 보니, 에스텔은 내가 걸고 있던 마광석 목걸이를 보고 있었다. 이건 전에 에스텔이 선물해준 목걸이로, 항상 목에 걸고 있었다.

흠집이 생기지 않도록 평소엔 옷 안에 집어넣지만 아까 프리지아와 부딪히면서 옷 밖으로 나온 모양이다.

"당연하지. 모처럼 에스텔이 선물해준 거잖아. 그리고 항상 지니고 있으라고 했으니까."

"그렇지. 그래도 진짜 걸고 있는 걸 보니까 기뻐. 정말, 오빠도 참……."

"그, 그래……?"

에스텔은 뺨에 손을 대고 다른 손으론 내 옆구리를 쿡쿡 찔렀다. 으, 으음. 기쁘다니 다행인데…….

"아―, 마사지 더 해줄까?"

"……아냐. 이제 피로도 다 풀렸어. 우리도 나가서 다 같이 놀까?"

"……그래. 또 필요하면 해줄 테니까 언제든 말해."

"응. 오빠, 고마워."

"그래. 그럼 가자."

◆

165

캔서 동굴이 있는 사냥터의 조사를 끝낸 후 십여 일이 지났다.

그 후로 디아볼루스 목격 현장 두 곳을 더 돌며 조사했다. 하지만 새로운 발견 없이 아무 성과도 얻지 못했다.

그리고 내일도 다른 현장을 찾아가려고 했으나.

"헤이하치! 나도 마석 수집에 데려가 줘!"

귀가하여 내일 일정을 정하고 있는데 프리지아가 그렇게 외치며 난입했다. 호오. 설마 스스로 마석 수집에 지원하다니 장래 유망한 친구군. 그런 녀석은 아주 맘에 들어.

"오, 마석 수집에 지망하는 거냐? 좋았어. 그러면 바로——."

기쁘게 받아들이려는데 나와 프리지아 사이에 은발의 허당 기사가 급히 끼어들었다.

"기다리십시오—! 프리지아, 제정신입니까?! 그런 말 하면 안 됩니다!"

"우왓?! 노, 놀! 흔들지 마!"

놀은 정신을 차리라는 듯이 프리지아의 양어깨를 붙잡고 앞뒤로 흔들었다. 그런 식으로 소란스러워지자 에스텔과 시스도 다가왔기에 사정을 설명했다.

"자기 입으로 가고 싶다고 했다고? 대체 무슨 생각이야?"

"다들 경험이 있는데 나만 못 해 봤잖아? 전에 이야기 들은 후로 계속 궁금해서 참을 수가 없었어! 그러니까 가고 싶어! 나만 못 끼는 건 싫어!"

"프리지아. 궁금한 마음은 이해합니다만, 굳이 체험하지 않아도 되는 일이 있습니다. 그 정도로 못 낀다고 생각하지 마십시오.

제 발로 지옥에 걸어 들어갈 필요는 없습니다!"

"흥! 흥흥이야!"

놀이 필사적으로 설득했지만 프리지아는 불만스럽게 입을 삐죽였다. 평소에 잘 따르는 놀이 말해도 포기할 것 같지가 않네. 내 입장에선 그 편이 훨씬 좋지만.

"뭐, 본인의 의사를 존중해주자. 세 번째 장소도 마침 조사가 끝났으니 숨 돌리기 딱 좋잖아? 마석 모으러 사냥 한번 돌고 오자! 시스하도 그렇게 생각하지?"

"네. 지당하신 말씀이네요. 요즘 착실하게 의뢰만 하느라 가챠나 마석 수집엔 소홀했으니 상기시키기 위해서라도 해야 해요!"

"의뢰를 착실하게 하는 건 좋은 거 아닙니까……."

"오빠랑 시스하 상대로 정론을 펼쳐봤자 소용없어. 포기해."

정론으로 이 헤이하치가 생각을 바꿀까 보냐…… 응, 착실하게 의뢰하는 건 좋긴 하지만. 그래도 실제로 마석이 여유롭다곤 해도 장기간 의뢰에 집중하느라 마석을 수집 못 했다. 이건 중대한 사태다.

게다가 의뢰라곤 해도 이동과 조사의 반복으로 정말 쉴 틈 없이 일해 왔다. 이 타이밍에 잠시 한숨 돌리는 것도 좋지 않을까.

"진지한 얘기를 하자면 요즘 여유가 없었잖아? 그러니까 휴식 겸 조금 기분 환기라도 하고 가자고. 그러니까 마석 수집을 나가더라도 늦은 밤까진 안 할 거야. 나도 갑자기 마석이 필요할 때를 위해 참고하고 싶으니까 프리지아와 한번 사냥해볼 필요가 있어."

"갑자기 필요한 일은 웬만하면 없었으면 좋겠습니다만……."

무슨 생각 중인 건지 놀은 자신의 팔을 껴안고 떨리는 목소리로 말했다. 나도 딱히 마석 수집 자체가 좋은 것은 아니다. 가챠를 위해 어쩔 수 없이 하는 것뿐. 시스하처럼 사냥을 즐기는 사람과 같은 취급하지 말아줬으면 한다.

게다가 프리지아가 얼마나 강한지는 이미 알지만 마석 수집에 어떻게 활용하면 좋을지 방법을 확립해두고 싶다. 그렇게 하면 만일의 상황에 바로 효율적인 마석 수집을 계획할 수 있을 테니까.

그래서 자발적으로 가고 싶다고 하는 지금이야말로 마석 수집에 데려갈 기회다. 뒷받침하듯이 프리지아가 놀에게 간곡히 부탁하고 있다. 좋았어. 그대로 밀고나가는 거야!

"놀! 부탁해! 나도 마석 수집해보고 싶어!"

"으음…… 프리지아가 그렇게까지 말하면 저도 말리진 않겠습니다……."

"신난다! 놀 고마워!"

양손을 맞대고 부탁하는 프리지아에게 씁쓸한 표정으로 허락한 놀. 좋았어. 이제 프리지아를 마석 수집에 데리고 갈 수 있겠어!

그런 일이 있고 다음 날. 바로 나는 시스하, 프리지아를 데리고 오랜만에 고블린 숲에 찾아왔다.

"좋았어. 이번엔 어떻게 사냥할까?"

"평소엔 팝존에 쳐들어가서 날뛰면 되었는데, 프리지아 씨는 궁사니까요."

"역시 숲속에선 활쏘기 힘들겠지?"

"으음, 글쎄요…… 고블린과 오크를 잡는 건 문제없겠지만, 나무가 차폐물이 되어서 화살이 날아가기 힘들 것 같네요. 일단 실제로 사냥하는 걸 보고 생각하죠."

마석 수집 단골 장소라서 이곳으로 찾아왔지만 활로는 근접 전투가 안 되니까 말이지. 애초에 활로 효율적인 사냥이 가능할지도 의문이지만.

으음, 그런 면에선 탁 트인 레플리 산에서 리저드맨을 잡는 편이 좋았으려나? 그래도 케플은 여덟 마리가 한꺼번에 몰려오는 탓에 저격만으론 전부 처리하기 어려우니 상대하고 싶지 않다.

나와 시스하가 사냥 전에 머리를 굴리고 있는 사이에 프리지아는 뭘 하고 있냐면.

"아하하하하! 역시 숲은 기분 좋아—!"

나무 위에서 웃으며 가지 사이를 폴짝폴짝 뛰어다니거나, 양손으로 나뭇가지를 잡고 빙글 돌면서 놀고 있다. 저 녀석 원숭이인가…… 아니. 엘프니까 숲이랑 상성이 좋은 건가?

내가 땅에서 평범하게 뛰는 것보다 빠르다. 타잔이냐. 바로 앞에 있다가도 잠깐 정신을 팔면 놓칠 정도로 빠르다.

그것을 보며 시스하는 턱을 괴고 감탄사를 내뱉었다.

"정말 활발한 엘프라니까요. 역시 저와 루나 씨가 질려서 도망칠 정도예요. 저도 지지 않겠어요!"

"진짜 지기 싫어하는구나 너……."

"우후후, 별말씀을요."

칭찬한 거 아니야. 아무거나 경쟁심을 불태우니 정말 곤란하다.

그렇게 어이없는 대화를 나누며 계속 지켜보고 있자 프리지아는 만족했는지 나무 위에서 우리 앞으로 뛰어내렸다.

"웃차차! 그래서, 여기서 사냥하는 거야?"

"응. 일정 장소에서 고블린이랑 오크가 생겨나니까 몇 군데를 정해서 나타나자마자 잡는 거야. 그러다 보면 블랙 오크가 나타나는데 그걸 잡으면 마석을 얻을 수 있지. 이해했어?"

"알았어!"

……정말 괜찮을까. 경례를 척 하며 대답하는 프리지아가 불안했지만 어떤 식으로 팝존을 도는지 알려주었다. 그리고 설명을 마친 후, 프리지아에게 혼자 사냥을 맡기고 나와 시스하는 조금 떨어져서 견학하기로.

우선 프리지아는 활을 꺼내……지는 않고 아까 놀던 것처럼 나무 위를 뛰어다녔다. 그리고 고블린들이 있는 방향을 보며 화살통에서 화살 여러 개를 꺼내 손에 들고 활에 메기며 가지 위를 이동했다.

놓치지 않도록 따라가자 프리지아는 점프와 동시에 화살을 차례차례 쏘며 배회하던 고블린과 오크를 맞혔다.

한 번에 여러 개를 동시에 쏘기도 하며 엄청난 수량의 화살이 허공을 갈랐다. 물론 한 발도 빗겨나가지 않고 정확히 머리 혹은 심장을 관통하여 몸의 절반을 날리며 순식간에 처리. 공중에서 빙글 회전하며 곡예를 펼치듯이 쏘는데도 목표물을 정확히 꿰뚫었다.

잘 안 보이는 곳에 있던 고블린도 화살의 궤도가 부자연스럽게 곡선을 그리며 명중. 대체 저게 어떻게 가능한 거야.

프리지아는 그대로 멈추지도 않고 나무 위를 이동하며 팝존을 돌아 눈 깜짝할 새에 마물을 괴멸시켰다. 이거, 그냥 뛰어다니면서 사냥하는 나보다도 빠르잖아…….

사냥을 한차례 마친 프리지아가 돌아와서 득의양양하게 콧김을 내쉬며 가슴을 쭉 폈다.

"흐흥, 이 정도면 됐지?"

"어, 으응…… 충분해. 이거라면 여기서 프리지아도 마석 수집할 수 있겠어."

"이걸로 프리지아 씨도 저희와 같이 마석 수집 그룹 일원이네요."

"와아—! 나도 이제 두 사람이랑 같아!"

활로는 효율적인 사냥이 어려울 것이라 생각했는데 내 생각이 틀렸다. 역시 UR 유닛은 실망시키지 않는군. 좀 더 얌전하기만 하면 완벽한데 말이야. 적어도 주의 준 것을 까먹지만 않으면 좋겠다.

"좋았어. 그러면 오늘은 바로 해가 저물 때까지 사냥하자!"

"우후후, 오랜만에 고블린 사냥이네요! 마음껏 즐기겠어요! 프리지아 씨도 힘내요!"

"응! 힘낼게! ……어라? 해는 방금 떴는데 해가 질 때까지면…….."

"자, 쓸데없는 소린 그만하고 바로 사냥 개시!"

"으, 응! 알겠어!"

프리지아가 쓸데없는 사실에 눈치채려 했으나 기합으로 넘어가고 다 같이 마석 수집을 시작했다. 그리고 몇 시간이 지나 놀이 만들어준 점심 도시락을 먹으며 휴식을 취하기로 했다.

"우—, 헤이하치! 이제 사냥 지겨워! 해가 저물 때까지 계속해야 된다니 말도 안 돼! 놀이 만들어준 점심 맛있다!"

프리지아가 샌드위치를 오물거리며 한 손을 들고 항의했다. 아까는 기합으로 넘어갔는데 사냥하는 사이에 냉정해진 모양이다. 그래도 너무 빨리 싫증내잖아!

"프리지아, 아직 반나절도 안 지났어. 묘미는 지금부터라고."

"맞아요. 이제야 몸이 풀렸는걸요. 오고 싶다고 한 건 프리지아 씨잖아요."

"그래도 같은 곳만 계속 돌아다니면서 고블린이랑 오크만 잡아야 하잖아? 놀이 그렇게 싫어하던 이유를 알았어…… 이건 말도 안 돼!"

프리지아는 어제 놀의 말을 떠올렸는지 고개를 숙이고 어두운 표정을 지었다. 으음, 프리지아는 상당히 기분파니까 예상한 대로 같은 작업을 오랫동안 하는 건 맞지 않는 모양이다.

"뭐, 그럼 프리지아는 이제 돌아가도 괜찮아."

"에에?! 오쿠라 씨라면 '안 돼! 네 발로 따라왔으니까 마지막까지 해!'라고 할 줄 알았는데 웬일로 상냥하시네요."

"나도 그렇게까지 냉혈한은 아니라고. 원래 프리지아가 마석 수집이 가능할지 확인하러 온 거고, 본인이 이제 그만하고 싶다고 하니까 들어줘야지. 억지로 시켰다가 놀처럼 트라우마가 생기면 안 되니까 말이야."

"호오, 그것도 그러네요. 오쿠라 씨치고 제대로 된 사고방식이군요."

"그러니까 한 마디 덧붙이지 말라고!"

이 녀석은 대체 나를 어떻게 생각하는 거야. 약속을 깬 벌로 데리고 온 것도 아니고 오늘은 이 정도면 됐잖아. 이제 약속을 어기면 어떻게 되는지 충분히 이해했을 것이다. 이번엔 체험판 같은 거야.

그래서 점심식사를 마치고 프리지아를 집으로 돌려보내려 했는데⋯⋯ 그 전에 프리지아가 제안을 하나 했다.

"앗. 근데 가기 전에 해보고 싶은 게 있어! 스킬 써봐도 돼?"

"응? 스킬?"

"프리지아 씨의 스킬은 어떤 건가요?"

"광범위 공격이 계속되는 거야."

"활로 광범위 공격이요? 어떤 식으로 발동하는지 상상이 안 가네요."

으음, 프리지아의 스킬은 인버사기터라고 하던가? GC에선 하늘에서 대량의 화살이 쏟아지는 스킬이었던 걸로 기억하는데⋯⋯ 이 세계에선 대체 어떻게 쓸까?

"나도 보고 싶기도 하고, 프리지아의 반동도 확인해두는 편이 좋을 테니 한번 써봐."

"와아—!"

어떤 스킬인지 모르면 정작 써야 할 때 곤란하니까 말이야. 특히 전투 직업인 프리지아의 스킬은 전세를 크게 뒤집는 것이 가능하다.

……아, 그러고 보니 GC를 플레이할 때, 프리지아를 갖고 있는 유저가 스킬을 사용한 탓에 내 군단이 증발했던 아픈 기억이…… 크윽!

프리지아가 스킬을 사용하기 전에 지도 어플로 주위를 확인했다.

"좋았어. 숲속이나 주변엔 사람이 없으니까 사용해도 괜찮아. 가라, 프리지아!"

"그럼 간다—!"

내 신호를 시작으로 프리지아가 활에 화살을 메겼다. 그리고 활기차게 외치자 녹색 화살에 빛이 모여들어 눈부시게 빛나기 시작했다. 하늘을 향해 화살을 조준하고 빠드득 소리가 날 때까지 시위를 당긴 후 화살을 발사했다. 화살은 상공으로 날아가더니 어느 정도 높이에서 급정지.

무슨 일인가 하고 나와 시스가 고개를 갸웃하고 있자…… 다음 순간, 공중에 정지한 화살이 파앗 하고 빛나며 뭔가가 튀어나오기 시작했다. 자세히 보니 화살 모양의 무언가가 점점 수를 늘려가더니 지상을 향해 무수히 쏟아졌다.

"이, 이건…….."

"우와…… 지도 어플에서 빨간 점이 점점 사라지고 있어요."

"내 필살기야! 어때?"

지도 어플엔 표시되어 있던 상당히 많은 수의 빨간 점이 순식간에 사라져갔다. 새롭게 나타난 마물도 있었지만 나타나자마자 사라졌다.

지도 어플로 확인 가능한 범위 내에 있는 마물을 전부 처리했잖아……. 대체 범위가 얼마나 넓은 거야. 게다가 순식간에 마석이 10개 이상 들어왔다. 함께 스마트폰 화면을 보고 있던 시스하도 경악했다.

그렇게 감탄하고 있는데 시스하가 위를 보며 비명을 질렀다.

"잠깐, 이쪽으로도 쏟아지는데요?! 저희도 휘말리겠어요!"

"으아아아악?! 뭐 하는 짓이야아—! 도망쳐어—!"

"아하하하하! 내 스킬 엄청나지!"

서둘러 뒤돌아 도망치자, 방금까지 우리가 있던 장소엔 녹색 화살이 연달아 꽂혔다가 사라졌다. 지도 어플로 확인한 바로는 블랙 오크조차 즉사할 정도의 위력……. 만일 프리지아의 공격력에 비례한다면 저거 한 발의 위력이 5천 가까이 되는 건가? 이건 거의 자연재해잖아! 놀과 에스텔보다 흉악해!

우리는 계속 달려 숲을 빠져나가 겨우 인버사기터의 범위 밖까지 도망칠 수 있었다.

"후우…… 미리 시켜보는 게 정답이었어."

"설마 무차별 광범위 공격일 줄은 몰랐네요……. 모르고 썼다간 오히려 저희가 전멸했겠어요."

멀리 떨어져서 숲 방향을 보니 아직도 프리지아의 인버사기터는 끝나지 않고 땅을 향해 녹색빛이 쏟아지고 있었다. 스마트폰을 보니 마석 10개가 더 늘었다. 스킬을 사용하고 획득한 마석이 합계 20개 이상. 스킬 한 방으로 이렇게나 많이 얻다니…… 프리지아 엄청나잖아!

그렇게 기뻐하고 있는데 프리지아에게 이변이 일어났다.

"어라라…… 흐에?"

갑자기 비틀거리던 프리지아가 풀썩 쓰러지고 말았다. 그리고 그대로 미동도 없었다.

"프리지아?! 왜 그래?!"

"……기절했네요. 이게 프리지아 씨의 스킬 반동인가 봐요."

서둘러 다가가 안아들자 프리지아는 기절해서 의식을 잃은 상태였다. 뭐야…… 스킬 반동으로 기절까지 한다고? 놀의 근육통도 문제지만 사용하자마자 기절하면 전투 중엔 거의 못 쓰잖아!

쓰러진 프리지아를 돌보며 우리는 그 후로도 멀리 쏟아지는 녹색빛을 바라보아야 했다. 저 스킬, 대체 언제 끝나는 거야…….

3장   사당 습격

프리지아 마석 수집 첫 체험을 마친 후 또다시 십여 일이 지났다.

"휴우, 이제야 다섯 곳 조사가 끝났네."

"맞습니다. 그런데 전혀 새로운 발견이 없었습니다."

"며칠이나 걸려서 찾아와서 빈손으로 돌아가는 게 반복되니까 정신적으로 지치는 것 같아."

다섯 번째 목격 현장 조사를 끝냈지만 검은 보석은커녕 사냥터의 이변조차 발견되지 않았다. 디아볼루스가 발견되었다고 그 장소에서 무언가를 한 것은 아닌 모양이다. 애초에 목격 정보의 절반 정도는 정말 디아볼루스가 맞는지 의심된다.

만일 정말 디아볼루스였다고 해도 아무것도 하지 않고 그냥 지나간 곳이 많은 것 같다. 딱 마주칠 기미도 보이지 않고, 이대로는 목적을 전혀 밝혀낼 수 없을 것 같다.

진척이 전혀 없는 조사에 불안감만 늘어갔지만, 뭔가 보고라도 더 들어오지 않았는지 확인하기 위해 나는 놀, 에스텔과 함께 세바리아 지부에 찾아왔다. 협회에 들어가기 위해 문을 연 순간, 안에서 중년 여성의 외침이 들려왔다.

"──그러니까! 지금 당장 가야 한다고요!"

우리는 의아한 표정으로 서로 얼굴을 마주 보고 안으로 들어섰다. 안엔 예복 차림의 사람들과 벤스 씨를 포함한 협회 직원들이 대화를 나누고 있었다.

그 중에서도 가장 크게 목소리를 내는 사람은 낯익은 무녀복 차림의 여성. 무녀복을 닮은 파란 옷에 보라색 머리카락…… 테스투도 신전에서 우리를 안내해준 일리나 씨다.

왜 모험가 협회에 있는지 궁금했지만 우리가 끼어들 분위기가 아니었다. 일단 대화가 끝날 때까지 귀를 기울여볼까. 입구 근처에서 우리 세 사람은 눈에 띄지 않게 기다리기로 했다.

일리나 씨가 무언가를 필사적으로 호소했으나 벤스 씨는 심각한 표정으로 모호한 대답을 하고 있었다.

"중대한 사항인 건 저희도 알고 있습니다. 하지만 바로 호위를 맡길 수 있는 분이 없어서……."

"테스투도 님을 모시는 몸으로서 한시라도 빨리 가야 합니다! 저희도 회복 마법을 사용할 수 있으니 부디 부탁드립니다!"

"그렇게 말씀하셔도…… 신전 분들을 호위하려면 저희도 C랭크 파티 여럿이나 B랭크 이상 모험가에게 부탁해야 해서……."

대화를 들어보니 호위를 맡을 모험가를 찾고 있는 건가? 게다가 B랭크 이상이어야 한다니. 으음. 대충 들어도 귀찮은 일인 것 같군.

우리가 나설 차례인가, 아니면…… 하고 고민하고 있는데 벤스 씨의 옆에 있던 접수 직원과 눈이 마주치고 말았다. 그리고 피할 새도 없이 접수 직원에게 귀띔을 받은 벤스 씨가 이쪽으로 고개를 홱 돌렸다.

"앗…… 오, 오쿠라 씨! 오쿠라 씨 아니십니까! 마침 잘 오셨습니다!"

쿵쿵 발소리를 내며 달려온 벤스 씨는 내 양손을 잡고 위아래로 흔들었다.

"지, 진정하세요!"

"엄청 기쁜 얼굴입니다⋯⋯."

"잡혔네. 꼼짝도 못 하고 이야기를 들어줘야겠는걸."

벤스 씨는 방금 전까지 곤란한 표정이던 것이 무색하게 활짝 웃었고, 주변에 있던 직원들도 안도한 듯이 한숨을 내쉬었다. 하아⋯⋯ 이제 도망칠 수도 없겠네.

갑작스러운 협회 직원들의 모습에 예복 차림의 사람들도 놀란 듯했다. 그리고 일리나 씨가 이쪽으로 다가오더니 우리를 보고 눈을 크게 떴다.

"당신들은⋯⋯."

"언니, 저번엔 신전에서 신세 졌어. 안내 고마웠어."

"감사 인사를 받을 정도는 아니에요. 여러분, 모험가셨군요."

신전에 갔을 땐 사복이었으니 우리가 모험가란 것을 지금 알고 놀란 모양이다. 벤스 씨에게 손을 붙잡힌 나 대신 에스텔이 일리나 씨를 상대했다.

"그래서, 신전에 있어야 할 언니가 여긴 왜 온 거야?"

"그게⋯⋯."

일리나 씨는 작게 고개를 숙이고 심각한 표정으로 입을 열었다. 세바리아 주변엔 테스투도 님의 사당이 여러 개 존재한다. 그 사실은 우리가 실제로 보기도 했고, 어부들에게도 들어서 알고 있다.

지금 일리나 씨와 일행들이 이렇게 초조해하는 것은, 각지에 퍼져 있는 사당 중 하나가 힘을 잃었기 때문이라고 한다. 원인은 모르겠지만 사당에 뭔가 문제가 생긴 것은 틀림없다는 듯하다.

평소엔 결계가 지키고 있기 때문에 웬만해선 이런 일이 생기지 않는다고 일리나 씨가 설명을 덧붙였다. 사당은 세바리아 내에 있는 신전의 신체와 이어져 있어서, 덕분에 테스투도 님의 가호가 주변 지역에도 미치는 거라나.

이대로 방치하면 지금까지 테스투도 님을 두려워하여 다가오지 않았던 마물들이 도시로 접근할지도 모른다고 한다. 그래서 신전 사람들은 사당으로 가 무슨 일이 일어났는지 확인하고 다시 사당과 신체를 연결해야 한다는 것.

"한시라도 빨리 가야 해요! 하지만 저희의 호위를 맡아주실 모험가가 없다고 해서……."

"그래서 옥신각신하고 있었구나? 오빠, 어떻게 할까?"

으음, 나한테 물어봐도 말이지. 아무리 조사해도 새로운 발견이 없었던 참에 이상 사태. 게다가 수호신의 가호를 퍼트리는 사당에서.

우리는 건드리질 않아서 몰랐지만 결계도 있다고 하니, 사당에 피해를 줄 만한 존재라고 하면 꽤 범위가 좁혀진다.

그리고 그게 가능한 녀석이라면…… 우리가 찾고 있는 디아볼루스. 확실하진 않지만 그 녀석이 연관되어 있을 가능성이 높다.

만일 디아볼루스가 있다면 신전 사람들도 위험할 테니 지금은 조사의 일환으로 우리가 호위를 맡을 때인가?

그런 생각을 하고 있는데 내 손을 계속 잡고 있던 벤스 씨가 양

팔을 위아래로 흔들며 외쳤다.

"오쿠라 씨! 부디 이번 호위를 받아주시면 안 되겠습니까! 이렇게 간곡히 부탁드립니다아아아아!"

"아, 알겠으니까 흔들지 말아주세요오오오오!"

"오쿠라 님이 저렇게 휘둘리다니…… 지부장은 힘이 장사였나 봅니다."

"받아줄 때까지 계속할 셈인가 봐. 대답은 하나뿐이네."

잠깐, 떠 있잖아! 나 공중에 떠 있잖아?!

내가 호위를 맡겠다고 하자 벤스 씨는 그제야 진정하고 손을 놓아주었다. 후우, 날 공중에 띄울 정도로 힘이 셌다니…… 자, 해방되었으니 일리나 씨한테 확인해야지.

"일리나 씨였죠? 저흰 B랭크 모험가입니다만 괜찮다면 저희가 맡겠습니다."

"부디 부탁드리겠습니다!"

일리나 씨는 즉답하며 우리를 향해 깊이 머리 숙여 인사했다.

직원들이 의뢰서를 작성하고 정식으로 신전 사람들의 호위를 맡게 되었다. 지금 당장이라도 출발하고 싶은 듯했지만 우리도 협회에 막 온 참이라, 어찌어찌 준비 시간을 받고 협회를 나왔다.

"준비 시간은 받았는데 어떻게 할까. 시스하는 부르는 편이 좋겠지?"

"호위잖아. 시스하는 꼭 데려가는 게 좋을 거야. 그렇게 되면 프리지아 감시 역할이 비는 게 불안하네."

목적지인 사당은 세바리아에서 말로 5일 정도 걸리는 위치에 있다고 한다. 호위 의뢰라면 마법의 양탄자는 사용할 수 없으니 우리도 말로 이동해야 할 테고, 그렇게 되면 왕복 10일인가.

프리지아는 당연히 데려갈 수 없으니 집에 둬야 하는데…… 너무나도 불안하다. 시스하까지 데려가면 그 녀석을 감시할 수 있는 건…… 루나뿐인데.

"루나한테 감시를 부탁할 수밖에 없겠네. 프리지아도 전에 마석 수집으로 어느 정도 정신을 차렸으니 멋대로 돌아다니진 않을 거야."

"맞습니다. 프리지아가 마석 수집의 위험성을 깨달아서 다행입니다. 설마 오쿠라 님이나 시스하처럼 되는 게 아닌가 하고 얼마나 걱정이었는지……."

전에 마석 수집 때 스킬을 사용하고 기절한 결과, 프리지아는 마석 수집을 완전히 두려워하게 되었다. 하루 꼬박 기절했던 것이 상당히 충격이었던 모양이다.

그 덕분에 그 후로 멋대로 행동하는 빈도도 줄어들고, 집안에서도 제법 얌전해졌다.

얌전할 것이라 믿고 우리는 일단 집으로 귀가하여 모두에게 이 이야기를 전했다.

"에—! 그렇게 오랫동안 밖에 못 나가는 거야?!"

마치 세상이 끝나기라도 하는 듯한 표정으로 프리지아가 외쳤다.

"어쩔 수 없잖아. 바깥을 내다보는 것 정돈 괜찮지만 우리가 없을 때 나가면 안 돼."

"이의 있습니다! 이제 혼자서도 밖에 잘 나갈 수 있어!"

"전혀 설득력이 없네요……."

프리지아가 테이블을 쾅쾅 두드리며 격렬하게 항의했다. 역시 이렇게 되는군. 우리가 호위로 자리를 비우면 집엔 프리지아와 루나 둘뿐이니까 말이지.

루나가 프리지아를 데리고 밖에 나갈 일은 일단 없을 테고, 그렇다고 해서 프리지아를 혼자 밖에 내보낼 수도 없다. 우리가 없을 때 집에서 얌전히 기다리게 해야 하는데…… 이 상태론 어렵겠네.

그것을 증명하듯이 이야기를 들은 루나의 눈이 완전히 활기를 잃었다. ……아니, 평소랑 다름없는 것 같기도 하고.

"싫어. 프리지아랑 둘만 남는 건 싫어. 죽을지도 몰라."

"루나 너무해! 그렇게 말하면 내가 무슨 문제아 같잖아!"

"제 입으로 말하는군. 이렇게 된 바에 스킬을 쓰고 계속 기절해 있으면 되겠어."

"너무해! 말이 심하잖아아!"

루나가 팔짱을 끼고 고개를 돌려 외면하자 프리지아가 울먹이면서 루나의 다리에 매달렸다. 이거 안 되겠는데. 이대로 둘만 집에 뒀다간 큰일 나겠어.

하지만 호위 의뢰에 누군가를 뺄 순 없다. 신전 사람들도 회복 마법은 사용할 수 있다고 하지만 시스하는 꼭 데려가고 싶다.

호위 대상을 전투에 끌어들이는 것은 위험하니 그런 상황은 피하고 싶다. 게다가 항상 신관답지 않은 모습을 보이지만 시스하가 있으면 믿음직스럽다. 놀과 에스텔은 주력 멤버이기 때문에 당연히 데려가야 하고.

대체 어쩌면 좋지? 내가 머리를 싸매고 고민하고 있자 놀이 손을 맞대고 루나에게 부탁하기 시작했다.

"루나, 부탁입니다. 프리지아랑 같이 있어주십시오."

"우으…… 이 바보 녀석이 얌전히만 있으면 되는 일이야."

"물론 프리지아도 약속을 지킬 거라고 믿습니다. 하지만 혼자선 외롭지 않겠습니까? 그러니 부탁입니다. 같이 있어주십시오."

놀이 그렇게 말하며 머리를 숙이자 루나는 난처하다는 듯이 입을 삐죽이며 미간을 찌푸렸다. 이렇게 간절히 부탁하면 아무리 게으른 흡혈귀라도 고려는 해줄 것이다.

부담스러워졌는지 루나는 자리를 벗어나려 했지만 다리에는 프리지아가 매달려 있었다. 얼굴을 손으로 밀어내 떼어내려고 했지만 착 달라붙어있는지 전혀 떨어질 기미가 안 보였다.

그 후로 당분간 말없이 고개를 숙인 놀과 대치하더니…… 루나는 포기한 듯이 어깨를 늘어트렸다.

"……하아, 알았어. 너희가 없는 동안 내가 상대하지."

"신난다! 루나 정말 좋아!"

"크으, 껴안지 마! 에이, 성가신 녀석……."

"우후후, 루나. 감사합니다!"

프리지아에게 안긴 루나는 매우 힘없는 표정으로 한숨을 쉬었다. 루나는 항상 의욕은 없지만 한번 받아들인 일은 제대로 해 주니 이것으로 집은 안심하고 맡길 수 있겠다.

……하지만 잘 생각해보면 루나에게 이런 고생을 시키게 된 원

흉은 프리지아잖아? 이 녀석이 얌전히만 있으면 고민할 필요도 없었을 텐데.

루나의 부담을 조금이나마 줄이기 위해서라도 상기시켜둘까.

"기뻐하는 건 좋은데, 전처럼 잠도 안 자고 괴롭히면 안 돼. 만약 그러면 마석 수집에 강제 연행이야. ……아, 사냥을 어느 정도 시킨 다음에 스킬까지 쓰게 하면 효율 좋겠네."

프리지아의 스킬은 엄청났으니까 말이지. 지속 시간은 약 5분 정도였지만 30개에 가까운 마석을 얻었다. 파격적인 효율.

현재 마석 단위로 변환해 보면 마석 30개가 1프리지아군. 2프리지아면 마석 60개. 최고잖아. ……뭐, 본인은 하루 꼬박 기절해야 하니 분명 쓰기 싫어하겠지만.

내 생각을 뒷받침하듯이 웃으며 기뻐하던 프리지아는 굳은 표정으로 허리를 꼿꼿이 펴고 경례했다.

"지킬게. 약속 지키겠습니다! 마석 수집은 이제 싫어요!"

"오빠 지금 엄청 악당 같은 표정 짓고 있는 거 알아?"

"이 정도로 무서워하는 걸 보면 프리지아 씨가 약속 어길 일은 없겠네요."

응. 이 정도면 제대로 약속 지키겠지. 이번엔 사당의 결계를 뚫을 정도로 강한 상대와 싸울 가능성이 있다. 내심으로는 프리지아와 루나도 데리고 가고 싶다. 하지만 신전 사람들이 함께 있으니 그럴 수는 없지.

하지만 최악의 경우, 디아볼루스가 아니라 마인이 나타날 가능성도 있다. 그렇게 되면 들키는 것을 각오하고서라도 루나와 프리지아를 불러오는 것도 고려해야겠다.

일단 문제가 생기면 부를 수도 있다는 것을 루나와 프리지아에게 얘기해두고, 호위 준비를 마친 후 신전 사람들과 만나기로 한 테스투도 신전으로 향했다. 협회 근처에 마구간이 있으니 협회에서 합류하는 편이 좋을 것이라 생각했으나 출발 전에 할 일이 있는 모양이었다.

신전에 도착하자 일리나 씨와 신전 사람 세 명이 입구에 모여 기다리고 있었다. 이미 준비가 끝난 모양이다. 기다리게 했군.

"기다리게 해서 죄송합니다."

"아뇨. 괜찮습니다. 긴급이긴 하지만 저희도 너무 무리한 부탁을 했으니까요."

"이동은 어떻게 하나요? 여러분은 마차를 타고 가실 거죠?"

"아뇨. 이동은 저희에게 맡겨주세요. 이리 오렴, 다라."

일리나 씨가 이름으로 추정되는 단어를 입에 올리며 손뼉을 치자 신전 반대편에서 거대한 물체가 날아올랐다. 온몸이 파랗고, 넓적하게 긴 실루엣의 무언가가 기다랗고 예리한 꼬리를 위아래로 흔들며 이쪽으로 날아왔다.

저거…… 가오리 아냐?! 엄청나게 크잖아. 폭만 해도 8미터 이상인 것 같은데. 그보다 날아다니는 데 저게 뭐야. 스카이피시처럼 미확인생물체라고 해도 되겠어!

가오리는 천천히 날아 일리나 씨 옆에 내려앉았다.

"소개할게요. 이 아이는 저처럼 테스투도 님을 모시고 있는 카에룸라이아인 다라라고 해요."

일리나 씨가 신호하듯이 손으로 가리키자, 가오리는 대답하듯이 공중제비를 돌았다. 그 후에도 땅에 완전히 내려앉지 않고 공중에 떠 있었다.

어떻게 된 거지…… 하고 내가 놀라워하고 있자.

"이, 이 아이는 뭡니까?! 귀엽습니다!"

놀이 큰소리로 외치며 가오리에게 다가가 몸을 만지며 떠들썩하게 반응했다.

"거기에 먼저 반응하는 군요. 공중에 떠 있는 걸 놀라워하자구요."

"굉장히 크고 세 보인다. 마물이야?"

"마물은 아닙니다. 테스투도 님의 사자죠."

"……마물이죠?"

"그러니까, 마물이 아니라 사자입니다! 다라는 옛날부터 신전에 사는 테스투도 님의 사자예요!"

"그, 그런가요."

내 말에 일리나 씨는 얼굴을 들이밀며 화냈다.

어, 엄청난 기세다. 수호신의 사자를 마물이라고 부르는 것을 못 참는 건가? 아무리 봐도 마물로 보이는데 더 이상 말했다간 기분만 상하게 할 뿐이니 그만두자.

그보다 이 타이밍에 불렀단 것은 즉.

"어, 그래서 이 사자님을 타고 목적지까지 가는 건가요?"

"네. 평소에도 저희가 이동할 땐 다라에게 부탁하거든요. 정기 사당 순회도 다라에게 신세를 지고 있어요."

일리나 씨가 상냥하게 쓰다듬자, 표정은 알 수 없지만 가오리는 가슴지느러미를 흔들며 기뻐하는 듯이 보였다. 역시 이 가오리를 타고 이동하는 거군.

아무리 봐도 마물이지만 얌전하고 일리나 씨의 말을 이해하고 있는 듯하다. 마물이라고 해도 평범한 마물은 아닌 모양이다. 모후토도 사람의 언어를 이해하는 무해한 마물이니까.

같은 생각을 했는지 놀도 모후토 이야기를 꺼냈다.

"모후토처럼 사람을 잘 따릅니다."

"테스투도 님이란 존재에 영향을 안 받는 모양이니까 권속 같은 게 아닐까?"

"이 아이를 타고 목적지로 가는 건가요? 꽤 강해 보이니 가는 길에 저희가 나설 일은 없겠어요."

도시에 들어오자마자 떨던 모후토와는 달리 평범하게 도시 안에서 활동하는 것을 봐선 이 가오리에겐 특별한 뭔가가 있는 듯하다.

게다가 시스하의 말대로 강해 보이니 일단 스테이터스를 확인해보자.

다라 종족 : 카에룰라이아

레벨▶85 HP▶186500 MP▶5600

공격력▶4800 방어력▶2600 민첩▶225 마법내성▶60

고유능력 〈부유〉 〈정신감응〉 스킬 〈테일스피어〉 〈포이즌테일〉

세다?! 어, 엄청 강하잖아? 디아볼루스보다 훨씬 세다. 정말 우리가 나설 일은 없을 것 같은데. 미궁 보스나 대토벌 핵심 마물급으로 강하다.

일단 이동 수단도 확인했으니 문제의 사당을 향해 출발하기 위해 가오리 등에 올라탔다.

"그럼 출발하겠습니다. 떨어지지 않도록 조심하세요. 다라, 부탁할게."

스테이터스로 알 수 있듯이 우리 네 명과 일리나 씨 일행 네 명, 총 여덟 명이 타도 다라는 꿈쩍도 안 했다. 우리를 태운 다라는 곧바로 신전 상공으로 날아올라 어느 정도 높이까지 올라가자 도시 밖으로 이동하기 시작했다.

"오, 오오…… 굉장히 높이 나네."

"그러게. 이 정도면 길가에 있는 마물이랑 싸울 필요 없이 끝나겠어."

말로 이동할 것이라 생각했는데 설마 하늘을 나는 가오리를 타고 이동하게 될 줄이야. 그보다 이 주변 마물은 날아다니는 어류가 많나? 스카이피시도 있었고, 토네이도샤크란 것도 있다고 했었지.

뭐, 덕분에 생각보다 오가기에 편할 것 같으니 상관없다. 설마마법의 양탄자 이상의 이동 수단을 접할 줄은 몰랐다.

……앗, 비컨은 어떻게 설치하지? 센티터블라로 감싸서 일리나 씨 일행의 눈에 띄지 않게 떨어트릴 수밖에 없나?

"기분 좋습니다―. 프리지아도 같이 왔으면 좋아했을 텐데 말입니다."

"그 녀석은 없는 게 나아. 데려왔으면 분명 문제 하나 터트렸을걸."

"소란 피우다가 떨어지기라도 하면 큰일이니까요. 프리지아 씨는 확실히 안 타는 편이 나아요."

마법의 양탄자에서도 위험했는데 이 가오리를 탔다간 무슨 일이 일어날지 모른다. 속도는 양탄자보다 느리지만 고도가 높아서 떨어졌다간 중상이다.

그런 우리의 대화를 들었는지 일리나 씨가 말을 걸었다.

"프리지아란 분은 전에 함께 오셨던 분인가요? 어린 아이도 함께 있었죠."

"앗, 네. 아는 아이들이에요."

"그렇군요. 두 분 다 긴장하는 것 같았는데…… 뭔가 석연치 않은 점이라도 있었던 걸까요?"

"아, 아뇨. 신경 안 쓰셔도 돼요. 그런 분위기에 익숙하지 않을 뿐이에요."

그때 루나와 프리지아는 테스투도 님의 영향을 받아 신전에 들어가는 것을 경계했었지. 그것 때문에 뭔가 걸리는 게 있었는지 걱정했던 모양이다.

내 대답에 일리나 씨는 가슴을 쓸어내리며 안도의 한숨을 내쉬었다.

"그랬군요. 혹시 괜찮으면 나중에 그 아이들도 데리고 신전에 와주세요. 두 분께도 다라를 소개해 드릴게요."

"정말입니까! 꼭 데려가겠습니다!"

일리나 씨의 제안에 놀이 마치 자기 일이라도 되는 듯이 기뻐했다. 으음, 이 가오리에 타면 프리지아가 분명 기뻐하겠지. 하지만 그 신전에 가까이 가면 두 사람 모두 긴장할 것이다. 다라처럼 영향을 안 받는 방법이 있으면 좋을 텐데.

그 후로도 계속 일리나 씨가 다라에게 방향을 알려주면서 목적지를 향해 이동했다. 그런데 갑자기 일리나 씨가 시스하에게 말을 걸었다.

"저기, 시스하 씨. 여쭤보고 싶은 게 조금 있는데 괜찮으신가요?"

"네? 뭔가요?"

"보아하니 고위 신관 맞으시죠?"

"우후후, 들켰군요. 역시 제게서 흘러나오는 아우라는 감출 수 없는 모양이에요."

"네. 매우 신성한 힘이 느껴져서…… 시스하 씨 같은 분이 신전에 들러주셔서 정말 영광이었습니다."

일리나 씨의 말을 듣고 시스하는 히죽 웃으며 자랑스러운 표정으로 가슴을 쭉 폈다.

그렇게 반응한 시점에 전혀 고위 신관 같지가 않은데…… 오히려 일리나 씨가 더 고위 신관처럼 보인다. 이런 말을 한다는 것은 회복 마법을 사용하는 자들끼리 뭔가 통하는 게 있는 것일까.

"전에 신전을 들르셨을 때부터 혹시…… 하고 생각했어요. 대체 어느 정도 수행을 쌓으면 그 정도로…… 시스하 씨는 어느 신께 신앙을 바치고 계신가요?"

"……대상은 비밀이지만, 흔들리지 않는 신앙심으로 매일 기도를 올리고 있죠. **일일일살**이 모토예요."

"일일일살……이요? 무슨 의미인지는 잘 모르겠지만 시스하 씨도 깊은 신앙심을 가지고 계시는군요. 저도 본받아서 노력해야겠어요!"

"우후후, 저처럼 될 수 있도록 노력하세요!"

일리나 씨가 가슴에 손을 대고 눈을 반짝이며 시스하를 바라보았다.

멈춰. 순수한 사람을 이상한 방향으로 끌고 가지 마! 이런 녀석을 본받으면 안 돼! 그보다 아무렇지 않게 위험한 소리하지 않았어? 일일일살이라니…….

설마하며 시스하를 보자 내 시선을 눈치챘는지 고개를 갸웃하며 시선을 마주쳤다.

"왜 그러세요? 아항─, 혹시 제 신앙심의 대상이 궁금하신 건가요? 궁금하신 거죠?"

"……아니, 됐어. 들으면 안 될 것 같아."

"재미없게─. 조금은 흥미를 가져주세요. 뭐, 비밀이지만요."

"자기 입으로 말하고 알려줄 생각이 없는 겁니까……. 저는 궁금합니다만."

"나도 불안한 예감밖에 안 들지만 궁금하긴 해……."

들으면 안 될 것을 들은 기분이야. 그런 이상한 분위기에 휩싸여가며 목적지로 향했다.

그 후엔 중간중간 일리나 씨 일행과 소소한 잡담을 나누며 신전에서 어떻게 지내는지, 테스투도 님을 얼마나 믿는지에 대해 들었다. 신전에서 활동하는 테스투도 님의 신도는 하루에 여러 번 정해진 시간에 기도를 드린다고 한다.

금지 사항도 있다고 하지만 자세히는 듣지 못했다. 역시 성직자여서 그런지 그런 부분엔 엄격한가 보다.

그런 면에서 아무 제한도 없어 보이고 신앙심조차 의심되는 시스하가 고위 신관이라는 사실이 더욱 이해가 가지 않는다. 술도 마음껏 마시고 신관이 맞는지조차 의심될 정도인데. ……덕분에 항상 도움을 많이 받고 있으니 감사할 일이지만.

이번 이동 중에도 서두르는 탓에 짧긴 했지만 일리나 씨 일행은 몇 번이나 기도를 했다. 하지만 일반적인 신도들은 비교적 자유로워서 감사 기도를 올리는 정도로 충분하다고 한다.

평소에 마물의 접근을 막아주고 풍어를 불러주니 믿는 사람이 많아, 덕분에 신전도 세워졌다고 한다. 어부들도 아침부터 잡아 온 물고기를 바친다는 모양이다.

세바리아의 주민들도 신전에 자주 다니며, 종교적이긴 하지만 양호한 관계라고 한다. 이브리스 왕국에서도 수호신의 존재를 인정하고 후원자도 제법 많다고 한다.

이번처럼 돌발 상황이 아니였다면 군이나 기사단에게 요청할 수도 있었다고 한다. 테스투도 님은 생각보다 더 이 나라에서 인정받은 존재였다. 조사해보면 다른 지역에도 비슷한 수호신이 있는 거 아닐까?

이 기회에 우리도 신도가 되는 게 어떻겠냐며 제안을 받았지만 애매한 대답으로 얼버무렸다. 이전의 사당에 접근한 일 때문에 아직도 부정을 탄 게 아닐지 무섭긴 하지만 이렇게 협력했으니 용서해줬으면 한다.

특히 일리나 씨는 시스하에겐 욕심이 나는지 열변을 토했으나…… 시스하가 전부 애매한 답변만 남겨놓아 잘 되지는 않은 모양이다. 시스하라면 직접적으로 대답할 것 같았는데 자신도 믿는 신이 있다 보니 너무 깊이 관여되는 것을 바라지 않는 모양이다.

그런 식으로 커다란 가오리를 타고 이틀이 걸려 우리는 목적지에 도착했다.

"여러분 조심히 내려오세요."

다라가 천천히 강하하고 우리는 땅으로 내려왔다. 마물도 상대하지 않고, 산이나 길 없는 곳도 아무렇지 않게 날아왔다. 으음, 나도 이렇게 하늘을 나는 아이템이 있었으면 좋겠는데. 혹시 그런 게 있다면 역시 UR 등급이려나. 역시 가챠를 더 돌려야겠군!

"다라, 고마워. 또 나중에 부를 테니 기다려줘."

일리나 씨가 다라를 쓰다듬자, 다라는 대답하듯이 지느러미를 흔들고 하늘로 날아올랐다. 다른 신전 사람들은 그냥 보고만 있는 것을 봐선, 다라와 의사소통이 가능한 것은 일리나 씨뿐인가?

그런 궁금증을 품으며 우리는 사당이 있다는 곳을 확인했다. 지금 우리가 있는 곳은 전에 사당을 발견했던 그 절벽……이 아니라 해안가와 인접한 숲의 입구였다. 내려오기 전에 하늘에서 전체를 확인했는데, 높낮이차가 심하고 초목이 무성한 산. 정글 같은 느낌이었다.

"여기에 사당이 있나요?"

"처음 오는 사람은 찾기 힘들겠습니다."

"전에 발견한 사당은 바로 보이는 곳에 있었는데 여긴 꽤 다르네."

사당이라고 할 정도니까 우리가 전에 본 곳과 마찬가지로 잘 보이는 곳에 있을 것이라 생각했는데. 여기에 사당이 있다는 얘기를 들었지만 믿겨지지 않는다고 할까, 찾을 수 있을 것 같지가 않다. 찾기는커녕 찾다가 낭떠러지에서 바다로 떨어질 것 같아.

그런 우리의 물음에 일리나 씨가 대답했다.

"테스투도 님이 지켜보실 수 있도록 일부러 알기 쉬운 장소에 세운 사당도 있어요. 모든 사당의 정확한 위치를 알고 있는 건 테스투도 님을 모시는 저희 중에서도 매우 일부일 거예요."

"그렇군요. 도시 안에는 신전이 있지만 도시 밖으로 나왔을 때도 기도를 드리려는 사람이 있을지도 모르니까요."

"네, 그런 이유도 겸해서 사당을 지어두었다고 합니다."

시스하는 신관이라 그런 것에 지식이 있는지 고개를 끄덕였다. 세바리아 주변을 지키는 것뿐만 아니라 그런 역할도 겸해서 사당을 세운 거였군.

각지의 눈에 띄는 장소에 세워서 신앙심을 모을 수도 있을 것 같다. 일단 목적지에 도착했으니 바로 작전을 세워야…… 하고 생각했으나 에스텔이 뺨에 손을 대고 일리나 씨에게 갑자기 질문을 던졌다.

"저기 언니. 이번처럼 사당이 힘을 잃는 건 자주 있는 일이야?

누가 장난칠 수도 있잖아."

"아뇨. 그런 일은 없어요. 가끔 힘이 약해질 때는 있지만 완전히 힘을 잃는 건 제가 신전에 몸을 담은 이후로 한 번도 없었어요. 장난이라고 해도 호기심에 사당을 건드리려는 정도고요. 결계가 펼쳐져 있어서 굉장히 강력한 마법이라도 사용하지 않는 한 건드릴 수 없거든요."

"그러면 이번 소동은 이례적인 사태란 거지? 단순히 힘을 잃은 것도 아니고 여긴 숨어 있는 사당이잖아. 누군가가 계획한 일이라면 일부러 찾아냈단 거네."

"……그럴지도 모르겠네요."

에스텔이 미소 지으며 질문하자 일리나 씨는 시선을 돌리며 복잡한 표정을 지었다. 그 에스텔이 이렇게 일부러 확인한다는 것은 예삿일이 아니란 거겠지.

확실히 이야기를 듣다 보니, 만일 위해를 가하는 무리가 있다면 어째서 이렇게 깊숙한 곳에 있는 사당을 고른 것일까 의문이다. 사당의 힘을 잃게 만드는 것이 목적이라면 그 절벽에 있던 사당처럼 찾기 쉬운 곳에 있는 사당을 노려도 되었을 터.

장소를 생각하여 굳이 이곳에 있는 사당을 노렸을 가능성도 있지만…… 일리나 씨의 반응을 보면 그런 것은 아닌 모양이다.

에스텔은 이야기를 계속 이어나갔다.

"하나 더 묻고 싶은데, 혹시 이 사당은 특히 중요한 곳이야? 예를 들면…… 만일 사당이 완전히 기능을 잃게 되면 큰일이 일어난다거나."

귀엽게 웃으며 에스텔이 질문을 던지자 일리나 씨는 눈을 크게 뜨며 놀랐다.

에스텔, 설마 알고 질문한 건가…… 아니, 설마 그건 아니겠지. 아마도 아는 척하며 반응을 떠본 것이다. 하지만 지금 일리나 씨가 보이는 반응을 보고 확실히 알았다. 역시 이 사당엔 우리가 모르는 무언가가 있다.

묵묵히 에스텔과 일리나 씨의 모습을 지켜보고 있자 드디어 일리나 씨가 체념한 듯이 어깨를 늘어트렸다.

"……실은 지금 저희가 가는 사당은 세바리아 주변 사당 중에서도 중요한 역할을 하고 있어요."

"흐음. 그래서 협회에 그렇게 필사적으로 호위를 요청했던 거구나. 왜 말 안 해준 거야?"

"신전 입장에서 외부인에게 알려지는 건 꺼려지는지라……."

"어머. 우리를 못 믿는 거야? 슬퍼라."

"그, 그럴 생각은……!"

"후후, 농담이야. 아무리 신뢰하는 상대라도 전부 말할 수는 없지. 다른 사람에겐 절대 말 안 할 테니까 안심해."

에스텔은 대화 내내 웃는 얼굴이었지만 그게 오히려 무서웠는지 일리나 씨 일행은 얼굴이 창백해졌다. 에스텔 씨는 정말 감이 좋으시다니까.

나에 관해서도, 사실 알고 있으면서 일부러 모른 척해주는 것이 있는 듯해서 무섭다. 직접적으로 표현하진 않지만 평소에도 그런 태도를 보일 때가 있다. 앞으로 에스텔의 언동을 주의해야겠어. ……약간 무서워.

그보다 우선 이야기를 들어봐야겠어.

"그 중요한 역할이란 건 뭔가요?"

"여기 있는 사당은 신전과 다른 사당을 잇는 중계 지점이에요. 만일 이 사당이 완전히 힘을 잃을 경우, 세바리아 각지에 있는 사당도 힘을 잃고 말죠. 그래서 이 사당엔 특히 강력한 결계가 펼쳐져 있고, 테스투도 님의 신체 일부까지 보관되어 있어요."

"이 사당에도 신전에 있던 그 바위가 있는 겁니까!"

"바위가 아니라 신체입니다."

그 수호신의 몸 일부를 사용해서 신전에 있는 신체와 연결했다고?! 게다가 이 사당이 완전히 무력화되면 다른 사당도 한꺼번에 무력화되다니…… 완전 위험한 상황 아냐?

그렇게 되면 세바리아 주변에 수호신의 가호가 사라져서 마물이 점점 몰려들지도 모른다. 협회에서도 상당히 초조해하던 게 그런 이유 때문이었나.

그렇게 삼엄하게 보호되고 있는 사당이 자연적으로 힘을 잃었다고 생각하긴 어렵고, 디아볼루스가 연관되었을 가능성이 농후하다. 그리고 한 마리가 단독으로 그 결계를 깨트렸을 것 같지는 않다. 어쩌면 디아볼루스 여러 마리가 모여 있을지도 모른다.

"그걸 알고서 노린 거라면 상상 이상으로 성가신 상대일지도 모르겠네요. 저희도 전에 매복에 당한 적이 있었잖아요."

"그러게. 그러면 사당을 무력화시키고 우리가 오는 것을 기다리고 있었을 가능성도 있어. 지금부턴 신중하게 움직이는 편이 좋겠어."

원래부터 있을지도 모른다고 마음의 준비는 했지만, 상상 이상으로 위험한 냄새가 풍긴다. 폭스 화산에서도 라바 와이번을 배치해 두고 매복해 있었던 것도 그렇고, 지금 우리가 들어가려는 숲에도 그런 함정을 설치해뒀을 가능성이 충분히 있다.

비컨 등은 들키지 않도록 공중 투하하여 설치해 뒀으니 만일의 상황엔 루나와 프리지아를 부를 준비도 완벽히 해 뒀다. 일단 연락해서 언제쯤 도착할지 말해두었지만…… 루나가 설마 자고 있는 건 아니겠지?

그런 불안감을 안고 놀을 선두에 세워 일리나 씨 일행의 안내를 받아 사당으로 향하는 험난한 산길을 나아갔다. 원래 사당의 힘이 지키고 있던 곳이라 지도 어플에도 마물은 전혀 표시되지 않았다. 함정으로 보이는 것도 아직은 없는 듯했다.

"일리나 씨. 꽤 속도가 빠른데 괜찮으신가요?"

"네. 저희도 각지의 사당을 이동하느라 단련되어 있으니 걱정 마세요."

"흐에―, 신전 사람들도 체력이 좋네요."

우리가 사냥할 때보다 빠른 속도로 나아가고 있는데 일리나 씨 일행은 얼굴색 하나 변하지 않고 따라오고 있다. 이런 숲속에 있는 사당을 정기적으로 순회한 덕분인가. 신전에서 일하는 것도 편한 일은 아니구나.

그리고 일리나 씨와 함께 온 중년 남성도 대화에 참가하였다.

"다라가 협력해주기 전까지 사당 순회는 말 그대로 고생이었

죠. 이렇게 안전히 할 수 있는 것도 일리나 님이 다라와 소통할
수 있는 덕분입니다."

"처, 천만의 말씀을요. 저는 우연히 다라와 친해진 것뿐이에
요……."

일리나 씨는 뺨을 붉히며 부끄러운 듯이 고개를 숙였다. 그 가
오리는 전부터 신전 일을 도와준 게 아니었구나. 말을 타거나 걸
어서 세바리아 각지의 사당을 순회하려면 얼마나 오래 걸릴지 상
상도 안 간다.

그런 생각을 하고 있자 아까 대화가 신경 쓰였는지 에스텔이 질
문을 꺼냈다.

"그 수호신의 사자는 예전부터 신전에 있던 게 아니야?"

"예전부터 신전의 수호는 맡고 있었어요. 하지만 사람과 교류
하지 않고 테스투도 님의 신체를 지키는 데 전념했을 뿐이죠."

"그런데 일리나 님의 부탁은 들어준단 말이죠. 신전장도 불가
능한 일을……."

신전장은 굉장히 지위가 높은 사람일 텐데 그런 사라조차 다라
에게 협력을 구하지 못했다니. 이야기를 들어보니 다라는 단순히
수호신의 사자라기보다 테스투도 님의 부하란 느낌이다.

그런 다라에게서 협력을 구하다니, 신전 사람들이 일리나 씨를
일리나 님이라고 부르는 것도 이해가 간다.

시스하도 흥미가 생겼는지 대화에 끼어들었다.

"일리나 씨는 다라와 소통할 수 있는 특별한 분이란 거군요. 뭔
가 사자님과 소통을 할 수 있게 된 계기 같은 게 있나요?"

"아뇨. 저는 그리 특별하지 않아요. 다만 계기라고 하기엔 부족하지만, 어릴 적부터 다라와 함께 지냈던 것이 클지도요."

"어릴 적부터…… 언니는 그때부터 신전에서 지냈던 거야?"

"네. 사정이 있어서 신전에 신세를 지고 있죠."

"어머, 미안. 괜한 걸 물었나 보네."

에스텔의 질문에 일리나 씨는 조금 어두운 표정으로 얼굴을 돌리며 대답했다. 에스텔도 그런 일리나 씨의 반응을 보고 평소답지 않게 실수했다는 표정으로 미안하다는 듯이 눈썹을 찌푸렸다.

어릴 적부터 사정이 있어서 신전에 몸을 담았다고 했지. 별로 탐탁하지 않은 표정으로 말한 것을 봐선 좋은 이유는 아닌 듯하다. 궁금하지만 개인적인 사정을 묻는 것은 실례니까 넘어가자.

일리나 씨는 조금 어두워진 분위기를 환기시키기 위해 미소를 지으며 이야기를 이어나갔다.

"아니에요. 그래서 다라와 함께 있었던 건…… 그 당시 전 무서울 게 없어서 다라의 침실에 자주 만나러 가곤 했었죠. 항상 혼났지만 계속 다녔어요."

"호오, 그래서 다라와 마음이 통하게 된 겁니까? 좋은 이야기입니다."

"그 덕분인지는 모르겠어요. 하지만 제가 철들 때쯤엔 다라도 절 등에 태워주곤 했죠."

지금은 이렇게 정숙한 분위기를 풍기는데 예전엔 제법 장난꾸러기였던 모양이다. 어릴 적에 만나던 마물이, 어른이 되어서도 협력해주게 되었다고. 좋은 이야기네.

모후토가 처음에 놀을 따르던 것도 그런 순수함 때문일까. 행운의 상징인 탓에 접근하는 사람이 많겠지만, 그때 놀은 순수하게 다친 것을 걱정하며 도와줬었다. 상처를 치료해준 후엔 그대로 숲속으로 돌려보내려고도 했었다.

"우후후, 어릴 적부터 지녔던 신앙심이 수호신님에게 전해진 게 분명해요. 일리나 씨의 순수한 마음이 다라 씨에게도 통한 거죠."

"좋게 봐주시니 부끄럽네요……. 그래도 시스하 씨가 그렇게 말해주시니 정말 기뻐요."

시스하에게 칭찬받은 일리나 씨는 얼굴을 붉히며 부끄러워했다.

사정이 뭐였든 간에 그렇게 어릴 적부터 신전에서 지냈다면 신앙심은 상당하겠지. 그런 일리나 씨가 존경하는 눈빛으로 바라보는 우리의 신관님은 대체 정체가 뭘까. GC 내 설정이더라도 신관이 된 이유가 있을 거 아냐? 한번 물어볼까.

"그런 넌 어떤 경위로 신관이 된 거야?"

"네? 저요? 전 교회에 처박히기 전엔 스트리트 파이……가 아니라, 뭘 물어보시는 거예요! 당연히 청렴결백하고 올바른 신관의 삶을 살았죠!"

"지금 엄청 위험한 소릴 내뱉었던 것 같습니다만……."

"처박히다니…… 대체 뭘 했길래 그렇게 된 거야? 그래서 어떻게 그렇게 회복 마법이 뛰어난 우수한 신관이 된 거야?"

이 녀석, 대체 어떤 설정으로 신관이 된 거야? 스스로의 의지로 된 건 아닌 건가? 결국 이상한 소리를 하며 얼버무리고 있다. 돌아가면 자세히 물어봐도…… 안 말해줄 것 같네. 크으윽. 이렇게 되면 GC의 개인 시나리오가 굉장히 궁금해지는데.

여전히 이상한 소리만 하는 시스하는 일단 무시하고, 주위를 경계하며 우리는 사당을 향해 숲속을 나아갔다.

"함정이 있을 줄 알았는데 아직 아무것도 없네요."

"그러게. 눈에 안 보이는 마법을 설치해뒀는지 살펴봐도 그런 건 없는 것 같아."

"그런 함정까지 만들 수 있다니 마법은 정말 무섭습니다……."

"범위에 들어오면 포박하거나, 폭발시키는 정돈 간단해. 내가 매복하는 입장이었다면 잔뜩 설치해놨을 거야."

"에스텔이 적이 아니라서 다행입니다……."

같은 편이라 정말 다행이다……. 적이었으면 도망치지도 못할 위력의 폭파 마법을 설치했을 것 같다.

그보다 캔서 동굴처럼 간단한 함정이 아니라 눈에 안 보이는 함정까지도 주의해야 한다니 무섭네.

그 후로도 더 나아가자 그럴싸한 동굴이 시야에 들어왔다. 그러자 일리나 씨 일행은 비명을 질렀다.

"아아?! 여, 역시 사당 결계가……."

"저 커다란 동굴에 사당이 있는 겁니까?"

"숨겨둔 것치고는 잘 보이는 곳에 있네."

"아뇨. 원래는 동굴 입구가 보이지 않도록 결계가 펼쳐져 있어요!"

"그런데 대놓고 보인다는 건 결계가 깨졌다는 이야기입니까?"

정말 결계가 깨졌다니. 즉 누군가가 침입했다는 뜻이다. 지금까진 아무 일도 일어나지 않았지만 아무래도 저 동굴 안이 진짜

인 것 같다.

게다가 만일 저 안에서 전투를 하게 되면 프리지아와 루나를 비컨으로 부르기 어렵다. 안에서 비컨을 사용해 탈출할 수도 없다.

입구 부근에 설치해두고 위험하면 탈출 장치를 사용해 밖으로 도망쳐서 싸울 수밖에 없겠네.

이번엔 내가 앞장을 서고 맨 뒤를 놀에게 맡긴 후 동굴 안에 발을 들였다. 함정이라면 이 헤이하치에게 맡겨! ……내 입으로 직접 말하면 슬프지만 이 안에선 내가 제일 내구력이 강하니까 말이야.

에스텔의 빛 마법으로 비추고 있지만 동굴 안은 서늘하고 으스스했다.

"이런 동굴 안엔 보통 마물이 있는데 여긴 없는 것 같아."

"테스투도 님의 수호로 원래 이 주변엔 마물이 없죠. 그래서 결계가 깨졌더라도 그렇게 간단히 마물이 자리 잡지는 않았을 거예요."

지도 어플을 봐도 동굴 안엔 마물이 없었다. 숲 주변에도 마물이 없었으니 사당이 무력화된 지 얼마 안 된 지금은 마물이 아직 없는 듯하다.

그래도 신경을 곤두세우고 마물을 경계하며 나아가는데……에스텔이 소리쳤다.

"멈춰! 저기 함정이 있어!"

서둘러 이동을 멈추고 냄비 뚜껑을 든 나는 에스텔의 지시에 따라 함정이 있는 곳으로 다가갔다. 그리고 내 옆에서 에스텔이 고개를 내밀고 지팡이를 가볍게 내밀었다. 그러자 원형의 회색 마법진이 표면에 떠오르더니 서서히 옅어지다가 이내 사라졌다.

"와…… 진짜 함정이 있었잖아?"

"걸리기 전에 발견해서 다행입니다."

"대체 어떤 함정이었나요?"

"으음. 소환 계열 마법 같아. 일정범위 안에 사람이 들어오면 마물이 나오는 함정이었을지도 몰라."

에스텔이 가리킨 범위 안쪽에 발을 들이면 발동하는 구조였다. 에스텔이 발견하지 않았다면 큰일 났을 것이다.

"에스텔 덕분에 함정도 문제없겠습니다."

"숨겨진 마법진을 발견하다니 에스텔 씨 대단하시네요."

"마도사인걸. 이 정도야 당연하지. 게다가 그렇게 교묘하게 숨겨져 있지 않아. 술사의 실력이 별로였던 걸까?"

"그런 것까지 알 수 있어?"

"응. 그래도 일부러 알기 쉬운 곳에 미끼를 설치해서 다른 함정을 숨기는 경우도 있으니까 조심해. 나라면 분명 그렇게 했을걸."

잠깐 잠깐. 안심하고 있는데 그런 위험한 소리 하지 말아줘. 하지만 만약 상대가 에스텔 수준이었다면 그렇게 함정을 설치했을 수도 있다.

마법이라고 하면 에스텔이 사용하는 공격 마법의 인상이 강하게 남아 있는데 함정까지 만들 수 있다니 무섭네. 리스타리아 학원에서도 이런 사용법을 가르쳐줄까? 나중에 마이라에게 물어봐야지.

그런 우리의 불안과는 달리 에스텔도 발견하지 못한 함정은 전혀 없었다. 그렇게 에스텔이 함정을 해제하며 우리는 순조롭게 안쪽으로 나아갔다.

그리고 드디어 목적지에 도착했는데…… 눈앞의 광경을 보고 일리나 씨는 비명을 질렀다.

"아, 아아…… 테, 테스투도 님의 사당이!"

"앗?! 자, 잠시만요!"

"위험합니다!"

통로보다 넓은 공간. 그곳엔 중앙을 감싸듯이 동그랗게 바닷물이 흐르고 있었다. 그리고 그 가운데에 있는 것은…… 원형도 알수 없을 정도로 산산조각 난 돌 파편. 그것을 본 일리나 씨는 이성을 잃고 열에서 벗어나 달려 나갔다.

우리도 서둘러 뒤를 쫓아 사당의 잔해로 보이는 것으로 다가갔다. 중심부에 도착하니 일리나 씨는 사당의 잔해를 손에 들고 주저앉아 눈물을 흘렸다.

"아, 아아아아…… 이럴 수가…… 어떻게 이런 짓을……."

"일리나 씨. 멋대로 달려 나가면 위험…… 지금은 말해도 들리지 않겠군."

"이렇게 철저하게 박살 낸 것을 보면 이렇게 반응하는 것도 어쩔 수 없어요……."

"그럼 안에 있던 신체도 부서진 걸까?"

놀에게 적의 습격에 대비해 주위 경계를 부탁하고 우리는 일리나 씨 일행을 지켰다.

사당을 무력화시켰을 뿐만 아니라 이렇게 무참히 파괴하다니…… 잔해에 섞여 있을지도 모르지만 신체도 무사하진 않을 것 같다. 하지만 이대로 슬퍼만 하고 있어도 해결되는 것은 없다. 앞으로 어떻게 할지 생각해야 한다.

"우선 사당의 기능을 유지시킬 수 있을지가 문제네."

"만일의 상황에 대비해서 테스투도 님의 신체 일부를 가져왔습니다. 하지만 이 상태로는…… 모시기 위해선 제단이 필요합니다."

"어머. 그 정도라면 내가 마법으로 세워줄 수 있어. 임시긴 해도 멋지게 준비해줄게."

울고 있어서 도저히 대화가 불가능한 일리나 씨 대신, 옆에 있던 신전 사람이 대답해주었다. 신체를 다 보이게 설치할 순 없으니 에스텔에게 부탁할 수밖에 없겠군.

하지만 다시 사당을 만들더라도 다시 부서질 가능성도…… 흠, 어떻게 하지—— 하고 고민하고 있을 때였다.

"오쿠라 님! 뭔가 다가옵니다!"

주위를 경계하던 놀이 외치고, 우리는 바로 일리나 씨 일행을 지키기 위해 전투태세에 돌입했다. 곧바로 어디에선가 여섯 마리의 디아볼루스가 우리가 있는 공간으로 날아왔다.

그것만으로도 섬뜩해지는 광경이었으나, 거기에 더하여 동굴 내부가 크게 흔들리며 벽의 일부가 날아갔다. 그곳에서 천천히 모습을 드러낸 것은, 괴이한 모습의 거대한 보라색 괴물이었다.

신전에서 본 테스투도 님의 신체와 비슷할 정도의 크기에, 온

몸은 매끈해서 빛을 받아 번들거렸다. 머리로 추정되는 부분엔 두 개의 더듬이가 달려 있는 것이 마치 민달팽이를 연상시키는 연체동물이었다.

대체 이 마물은 뭐야? 설마 마인……은 아니겠지? 우선 스테이터스!

그랜도리스 종족 : 도리스

레벨▶80 HP▶256800 MP▶12000

공격력▶5800 방어력▶2000 민첩▶20 마법내성▶140

고유능력 〈상태이상 무효〉 〈능력저하 무효〉 〈도자포〉 스킬 〈맹독액〉 〈분무〉

앗, 큰일이다. 너무 강하잖아! ……아니, 진심으로 위험한데 이 녀석. 마인은 아니지만 터무니없이 강한 마물이다. 외형을 보고는 상상할 수 없을 정도로 스테이터스가 높다.

게다가 맹독액에 분무…… 앗, 이거 위험하겠는데. 이 동굴 안에서 안개 형태의 독을 분사하기라도 하면 도망칠 곳이 없어! 나와 놀은 괜찮지만, 지금은 에스텔이나 일리나 씨 일행이 함께 있으니 최대한 그런 상황은 피하고 싶다.

다행히 디아볼루스와 그랜도리스는 움직이지 않고 우리와 대치한 상태로 공격할 기미를 보이지 않았다.

"……공격하지 않네요. 왜일까요?"

"상황을 지켜보려는 걸까? 섣불리 움직이지 않는 편이 좋겠어."

"오쿠라 님. 어떻게 해야 합니까?"

"……도망치자."

일리나 씨 일행이 아니더라도, 지금 여기서 디아볼루스 여섯 마리와 싸우는 것은 너무나도 위험하다. 게다가 그랜도리스라는 강적까지 있는 상황. 사당의 기능도 복구시켜야 하고 이 녀석들도 전부 쓰러트려야 한다.

그러기 위해선 일단 밖으로 도망친 후 루나와 프리지아를 불러와야 한다. 지금 상황은 우리만으로는 버겁다.

"놀. 일리나 씨 일행을 데리고 먼저 도망쳐. 내가 시간을 벌 테니까 시스하와 에스텔도 같이 가."

"무, 무슨 소리를 하시는 겁니까! 남는다면 제가 남겠습니다!"

"안 돼. 너에게 일리나 씨 일행을 맡기는 편이 확실해. 미끼 역이라면 내가 적임이니까."

방어력과 상태이상 저항이 있는 나라면 미끼가 되어도 무사히 넘어갈 수 있을 것이다. ……죽을만큼 아프긴 하겠지만. 그랜도리스의 공격만 주의하면 디아볼루스의 공격은 막을 수 있다.

게다가 내가 앞장서는 것보다 놀이 일리나 씨 일행을 지키는 편이 낫다. 사당으로 오는 길은 일리나 씨 일행이 알고 있으니 에스텔과 시스하가 지원 마법을 걸어 전력으로 달리면 5분 정도로 밖에 나갈 수 있을 것이다.

하지만 납득이 가지 않는지 에스텔과 시스하가 외쳤다.

"그러면 나도 남을게. 오빠에게만 맡기기엔 걱정되는걸."

"아뇨. 제가 같이 남을게요. 전 오쿠라 씨에 비견될 만큼 끈질기니까요."

"너희…… 됐으니까 놀이랑 같이 도망쳐. 게다가 이게 있으니까 난 나중에 혼자서 도망칠 수 있어."

그렇게 말하며 나는 스마트폰에서 중앙에 빨간 버튼이 달려 있는 네모난 상자를 실체화시켜 보여주었다. 이것은 가챠 아이템인 탈출 장치.

전에 무너지는 앙고리 유적에서 사용하려고 했다가 사용자 한 명만 탈출한다고 하여 쓰지 못했던 아이템이다. 이번엔 모두를 먼저 도망치게 하고 나는 이것으로 밖으로 도망칠 생각이다. 나라면 지도 어플로 모두가 어디에 있는지 파악할 수 있으니 탈출 타이밍을 잡을 수 있다.

남겠다고 말해주는 것은 고맙지만, 시스하나 에스텔에겐 디아볼루스의 공격이 매우 위협적이므로 함께 남는다는 선택지는 없다. 두들겨 맞는 건 나 하나로 충분하다.

"그러니까 일리나 씨 일행은 이 세 사람을 따라서 도망치세요."

"하, 하지만 그러면 당신이……."

"괜찮아요. 도망칠 수단이 있어요. 여러분이 도망친 후에 저도 바로 가겠습니다."

"……알겠습니다. 당신들의 판단에 따를게요. 오쿠라 씨. 당신에게 테스투도 님의 가호가 함께하기를."

우리 뒤에서 이야기를 듣고 있던 일리나 씨 일행은 탈출 장치에 대해선 모르겠지만 도망치려는 것은 알아챈 모양이었다. 나만 남는 것에 뭔가 석연치 않아 했지만 현재 상황을 생각했는지 납득해주었다.

그 후로 내 양손을 잡은 일리나 씨는 눈을 감고 기도를 해주었다. 원래 이렇게 기도까지 받을 생각은 없었지만 이런 가련한 무녀가 기도해줬으니 힘내야겠는걸!

"그러면 내가 빈틈을 만들 테니 그때 다들 여기에서 벗어나."

"……정말 괜찮겠습니까? 다 같이 싸우는 것은…….."

"여기서 싸우는 건 힘들어. 자세한 건 탈출한 후에 말해줄게. 그러니까 내 말 들어."

나도 사실은 미끼 역할 따위 하고 싶지 않았지만…… 내가 위험을 무릅쓰고 모두를 무사히 구할 수 있다면 이 정도쯤이야. 적당한 타이밍에 강한 모습을 보여주는 것도 사나이의 의지다.

"……알겠습니다. 하지만 오쿠라 님도 반드시 무사히 도망치셔야 합니다!"

"안 그래도 그럴 생각이니까 안심하고 먼저 가 있어. 반드시 따라갈 테니까. 이 일이 끝나면 다 같이 맛있는 식사라도 하러 가자."

"오빠…… 디아볼루스 무리를 잡을 생각은 하지 마. 도망치는 것만 생각해."

"멋있는 척해도 하나도 안 어울려요. 한심하게 울고불고하면서 나와도 괜찮으니까 무사히 도망치는 것만 생각하세요."

"어, 으응."

잡는 것도 나쁘지 않은데……라고는 입이 찢어져도 못 말하겠다. 혼자서는 디아볼루스 한 마리조차 잡기 어려울 테고 오히려 당해버릴 것이다. 시스하의 말대로 울고불고할지도 모르지만 모두를 내보낸 뒤에 나도 바로 도망칠 수 있도록 노력하자.

일리나 씨 일행을 출구 쪽으로 이동시켜 내보낼 준비를 하고, 모두와 도망칠 타이밍을 보았다. 디아볼루스는 멀리서 포위한 채로 우리를 보고 있기만 할 뿐, 공격할 기색이 없었다. 그랜도리스도 움직이지 않고 디아볼루스 근처에 대기하고 있다.

그랜도리스는 역시 디아볼루스가 다루고 있는 건가? 아니, 지금 그건 아무래도 좋다. 우선 녀석들의 주의를 끌어서 빈틈을 만들어야 한다.

내가 혼자서 앞으로 나서자 디아볼루스들은 삼지창을 들고 경계했다. 모두와 거리가 약간 벌어졌을 때, 나는 등 뒤로 감추었던 물건을 떨어트렸다. 그것은 가챠에서 나온 섬광탄.

버튼을 누르고 아슬아슬할 때까지 들고 있다가 디아볼루스들이 내게 시선을 집중할 때 터트리는 작전이다.

"지금이야!"

내 외침과 함께 등 뒤에서 달려가는 소리가 들렸다. 그와 거의 동시에 발밑에 있던 섬광탄이 작렬. 나는 아슬아슬하게 괜찮았지만, 그럼에도 눈앞이 새하얗게 물들 정도로 강력한 섬광이었다. 똑바로 쳐다본 디아볼루스 몇 마리가 비명을 질렀다.

그 틈을 타 스마트폰을 터치해 미리 선택해둔 장비로 변경했다. 순간 시야에 위화감을 느꼈지만 곧바로 평소 감각대로 돌아왔다. 내가 장비한 것은 지금껏 한 번도 쓴 적 없었던 고져스헬름이다.

 방어력이 조금이라도 더 필요한 상황이기에 모두에게 좋지 않은 평을 받았던 장비를 꺼냈다. 이것은 적대심 증가 효과도 있으므로 미끼 역할엔 안성맞춤이다.

 그리고 니케의 신발도 앙고리 유적에서 사용한 강화 버전으로 변경해 이동 속도를 올렸다. 이것으로 준비는 완료.

 모두가 이 공간을 무사히 빠져나갔으므로 나는 센티터블라를 꺼내 넓게 늘린 후, 출입구를 막듯이 고정시켰다. 늘린 탓에 얇아지긴 했지만 이것으로 디아볼루스가 일행을 곧바로 쫓아가는 것은 불가능할 것이다. 시스하에게 부서진 후로 특훈을 거듭하여 센티터블라도 제법 강화되었으니까 말이지.

 모두가 이곳을 빠져나간 것에 안도하며 앞을 보자 섬광탄에 일시적으로 눈이 먼 디아볼루스들이 이미 회복되어 있었다. 여섯 마리가 나란히 공중에 서서, 그중 한 마리가 내게 삼지창을 던지려던 참이었다. 그 투척을 신호로 모든 디아볼루스가 차례차례 창을 던졌다.

 사방팔방에서 날아오는 창을 나는 화려한 몸놀림으로 회피——.

 "으아아아악?!"

 꼴사납게 옆으로 뛰어 피하며 데굴데굴 굴렀다.

 할 수 있을 리가 없잖아아! 눈으로 쫓기도 힘들어! 엑스칼리빠루의 효과로 보이는 것은 막거나 피할 수 있었지만 수가 너무 많다.

 디아볼루스의 공격에만 집중하고 있자 그랜도리스가 움직이기 시작하더니 보라색 액체가 휘익 하고 날아왔다. 속도는 그리 빠른 편이 아니라 피할 수 있었지만 그 액체가 닿은 바위가 녹아버리는 것이 시야에 들어왔다.

잠깐 잠깐, 바위를 녹이다니 이건 반칙이지! 상태이상 저항이 있다곤 해도 저건 필사적으로 피하지 않으면 위험할 것 같다.

그랜도리스에게 신경이 쏠린 탓에 몸 곳곳에 창이 날아와 닿았다. 고져스아머 덕분에 직접 꽂힐 일은 없었지만 충격을 줄이지는 못하고 나는 이곳저곳으로 핀볼처럼 날아가 굴렀다. 기어코는 고져스헬름에 창이 '카앙' 소리를 내며 충돌하자 목이 꺾일 정도의 충격이 머리에 전해졌다.

이젠 받아칠 생각도 못하고 나는 필사적으로 공격을 피하고 굴러다니며 엉거주춤하게 도망쳐 다니기만 했다. 이따금씩 방어구로 가리지 못한 부분에 창이 스쳐 통증이 전해지기도 했다. 이미 헬름 안은 눈물 콧물 범벅이야!

중간에 일행을 쫓기 위해 출구로 향하는 디아볼루스도 있었지만 다른 공격을 무시하고 디멘션브레이슬릿을 사용해 오른손만 뻗어 엑스칼리빠루로 갈겼다.

하지만 그 탓에 디아볼루스의 창 하나가 옆구리에 맞아 몸이 튕겨나갔다. 그리고 눈앞에 보라색 거구의 그랜도리스가 다가오는 것을 인식한 순간, 온몸에 엄청난 충격이 퍼져나갔다.

"으갸——푸헙?!"

무슨 일이 일어났는지도 모르고 나는 등 뒤에 강한 충격을 느끼며 그대로 땅을 굴렀다.

위험해…… 이건 힘들어…… 죽을 것 같아. 이 대미지, 그랜도리스가 몸통박치기라도 한 건가? 온몸이 산산조각 나는 줄 알았어…….

미끼 따위 자처하지 말걸…… 아니, 약해지지 말자! 모두 나를 믿고 맡긴 거잖아. 미끼 정도는 마지막까지 제대로 해내야지! 기도까지 한 일리나 씨에게 한심한 모습을 보여줄 순 없어!

주먹을 꽉 지고 고개를 들자 마침 디아볼루스가 나를 향해 창을 투척하려던 참이었다. 바로 도망치려 했지만 그랜도리스에게 받은 대미지가 아직 남아 있는지 다리가 꼼짝도 하지 않았다.

곧바로 두 번째 센티터블라를 전개해 세로로 긴 벽으로 변형시켰다. 그리고 디아볼루스가 창을 투척한 순간, 창이 날아오는 궤도 위에 센티터블라를 비스듬하게 배치했다. 그러자 센티터블라에서 '끼긱' 하는 마찰음이 들리더니 창이 내 머리위로 빗겨나갔다. 경사를 만들어 창을 빗겨나가게 만드는 것은 성공한 모양이다.

그런 공방 와중에도 지도 어플로 일행들의 움직임을 확인하다 보니 드디어 기다리던 순간이 찾아왔다. 모니터글라스에 표시된 지도 어플에서 일행들의 파란 점이 동굴 밖으로 나간 것이었다.

그것을 확인한 나는 준비해두었던 장치를 기동시켰다. 곳곳에서 폭발이 일어나며 색색의 연기가 방안을 가득 메웠다.

굴러다니면서 연막탄, 최루탄, 매직다이너마이트, 폭렬권을 뿌려두었다고! 이 헤이하치, 가만히 맞고 있기만 한 건 아니라고!

그 빈틈을 노려 나는 연기 속으로 기어들어가 탈출 장치 스위치를 눌렀다. 그러자 시야가 빛에 휩싸였다.

빛은 곧장 잦아들고, 나는 파란 하늘이 보이는 바깥으로 나와 있었다. 뒤돌아보니 사당이 있던 동굴 입구가 보였다.

살았다, 살았어! 이번엔 진짜 진심으로 죽는 줄 알았어! 그래도 난 해냈다고!

무사히 도망친 것에 안도의 한숨을 내쉬고 있을 때, 몸 곳곳에서 통증이 느껴졌다. 도망칠 때 정신이 팔려서 몰랐는데, 한 손은 안 움직이고 하반신에 격통이 몰려와 일어날 수가 없었다. 게다가 눈에도 피가 들어가 한쪽이 잘 보이지 않았다.

죽을 만큼 아플 것이라곤 예상했지만 진짜로 죽을 만큼 아파. 이제 어디가 아픈지도 모를 정도였다. 주로 온몸이 아프다. 너무 아파서 당장이라도 울고 싶어…… 이미 눈물이 헬름 안에서 뚝뚝 떨어지고 있지만.

포션을 마시고 싶었지만 한 손밖에 움직이지 않아서 꺼내기가 어려웠다. 그냥 근처에 있을 일행과 합류한 후에 시스하에게 치료를 부탁하자.

게다가 당장이라도 뒤에 있는 동굴에서 디아볼루스가 쫓아올까 봐 무서워…… 당장 합류하고 싶어.

고통을 참으며 한 팔로 기어서 지도 어플에 표시된 일행이 있는 곳으로 향하고 있는데 파란 점 하나가 이쪽으로 다가오는 것이 보였다. 그쪽 방향을 쳐다보니 시스하가 점점 가까이 다가오는 것이 보였다.

"오쿠라 씨! 괜찮으세요?!"

"어, 응……."

시스하가 쪼그려 앉아 내 몸에 손을 대자 온몸이 눈부신 빛에 휩싸였다. 따뜻한 무언가가 몸속으로 흘러들어오더니 순식간에 통증이 사라지고 기분이 좋아졌다. 하아—, 치유된다—. 이럴 때 야말로 신관의 감사함을 깨닫게 돼.

방금 전까지 지옥 체험을 하던 것도 금세 잊고 멍하니 치료를 받고 있자 시스하가 갑자기 내 부서진 헬름을 벗겼다. 그리고 똑바로 눕히더니 몸을 끌어당겼다.

윽, 뒤통수에 굉장히 부드러운 감촉이…… 아니, 시스하가 내려다보고 있는데?! 그, 그러니까 이건 무릎베개! 이 자세로 올려다보니 눈앞에 엄청나게 박력 있는 그것이…… 윽.

"오쿠라 씨. 저희가 도망칠 시간을 벌어주셔서 감사해요."

"흐어?! 아, 으응."

"그 웃긴 반응은 뭐죠…… 앗, 혹시…… 변태. 오쿠라 씨 변태—."

"따따라, 딱히 가슴 본 건 아니거든! 진짜거든!"

"네 네, 어딜 보든 상관없으니까 얌전히 계세요."

시스하는 피식 웃으며 그대로 나를 무릎에 뉘인 채로 회복 마법을 걸어 주었다. 그 시스하가 나를 놀리지 않고 상냥하게 대해 주다니…….

그 후 서로 말없이 바라보고 있다 보니 내 몸을 휘감고 있던 빛이 잦아들었다. 평소엔 순식간에 회복이 끝나는데 이번엔 제법 오래 걸렸네.

"휴우, 회복이 이렇게 오래 걸리다니. 오쿠라 씨 굉장히 심한 상태였나 봐요."

"하하하, 공처럼 데굴데굴 굴러다녔다고! 무사히 도망쳤지만! 꼴 좋지! 치료 고마워!"

"남 일처럼 말씀하시네요. 뭐, 무사히 도망쳤으니 됐어요. 여기저기 뼈가 부서져서 정말 위험할 뻔했어요. 한쪽 팔다리는 아주 아작이 나 있더라고요. 기어오긴 했지만 잘도 움직이셨네요."

엑, 내가 그렇게 심한 상태였어?! 그러니까 온몸이 그렇게 아팠지. 뼈에 금만 조금 가도 엄청 아픈데 잘도 참았네. 스스로가 놀라울 지경이다.

방어구 덕분인지, 아니면 다른 가챠 아이템을 장비한 덕분인지는 모르겠다. 지금도 공황 상태가 될 확률을 줄여주는 사자의 마음을 장비하고 있긴 한데. ……설마 이거 통증을 완화시키는 능력도 있는 건가?

통증을 참을 수 있는 건 큰 도움이 되지만 감각이 둔해지는 것 같아서 조금 무섭기도 하다.

"엄살 하나 안 부리시다니 오쿠라 씨 다시 봐야겠는걸요. 정말 할 땐 제대로 하시네요."

"아, 아하하하…… 다, 당연하지! 난 중요할 땐 제대로 할 줄 아는 남자라고!"

"우후후, 눈물 자국이 남아 있지만요."

우, 울었던 거 들켰잖아?! 앗, 헬름은 언제 벗겨진 거야! 크윽, 괜히 허세 부리면서 멋있는 척하지 말걸 그랬어……. 하지만 이렇게 쿡쿡 웃는 시스하를 보니 정말 무사히 도망친 걸 느낄 수 있어서 편안해졌다.

회복도 끝나고 일행들의 곁으로 향하자 이번엔 에스텔이 달려왔다. 그대로 달려와 안긴 에스텔이 고개를 들자 약간 눈가가 촉촉해져 있었다.

"오빠! 정말이지, 걱정했단 말야!"

"……미안해."

"……진짜로 걱정했어. 옷도 이렇게 너덜너덜해졌잖아."

설마 울 정도로 걱정을 끼쳤을 줄이야. 정말 면목이 없다.

얘기를 듣고 보니 갑옷에서 삐져나온 셔츠 등이 누더기가 되어 있었다. 성해포까지 땅을 구르느라 상당히 더러워진 상태다. 이래서야 옷만 봐도 어떤 고생을 하고 나왔는지 다 알겠어.

"오쿠라 님, 무사하셔서서 다행입니다. 애초에 제가 미끼 역할을 했어야 했는데……."

"신경 쓸 것 없어. 놀 덕분에 모두 무사히 도망칠 수 있었으니까 이게 맞아."

정말 위험한 상황이었지만 모두 무사히 도망쳐서 다행이야. 놀이라면 나처럼 얻어맞지 않고 끝났을 수도 있지만, 그래도 미끼 역할을 맡기고 싶진 않았다. 평소에 놀에게 많이 의존하고 있으니 이런 고생하는 역할은 내가 맡는 것이 옳다.

그런 생각을 하고 있는데, 일리나 씨 일행까지 면목이 없다는 듯이 말을 걸었다.

"저희 때문에 위험한 상황에 처하게 해서 죄송합니다. 오쿠라 씨가 무사해서 정말 다행이에요."

"아뇨. 여러분 탓이 아니에요. 게다가 원래 위험이 도사리고 있다는 건 알고 있었으니까요."

강한 마물이 있을 것이라고는 예상하고 있었지만, 설마 디아볼루스 6마리에 덤까지 있을 줄은 몰랐다. 그 보라색 민달팽이 같은 녀석은 대체 뭐였을까. 디아볼루스의 공격은 참을 만했지만 그 녀석의 몸통박치기엔 죽을 뻔했다. 곳곳의 뼈가 부서진 것도 그 공격 때문이었을 것이다.

"그래서, 앞으로 어떻게 합니까? 빨리 결정하지 않으면 그 마물 무리가 다가올 겁니다."

"아니, 그 걱정은 안 해도 돼. 그 녀석들, 동굴 안을 돌아다니며 날 찾고 있는 것 같아."

지도 어플로 동굴 안의 상황을 확인해보니 빨간 점 세 개가 흩어져서 돌아다니고 있었다. 바로 밖으로 쫓아 나올 줄 알았으나, 생각해 보니 디아볼루스 입장에선 내가 갑자기 사라진 것으로 보였겠지.

연기에 숨어 탈출 장치를 사용했으니 그곳에서 내가 순식간에 밖으로 나왔을 것이라곤 상상도 못 했을 것이다. 나는 누더기처럼 너덜너덜해져선 탈진한 상태였으니 지금도 근처에 있을 것이라 생각하고 찾고 있는 듯하다.

"그러면 이대로 밖으로 나올 때까지 기다릴까요? 그 머릿수를 동굴 안에서 상대하긴 힘드니까요."

"나도 그러고 싶은데 말이야. 그 녀석들이 나올지 모르겠어. 날 찾으러 돌아다니는 건 세 마리뿐이고, 커다란 녀석을 포함한 나머지는 전부 그 방에 그대로 남아 있어."

"에에…… 그건 귀찮게 됐네요. 그 마물들의 목적은 저흴 쓰러 트리는 거 아닌가요?"

남은 디아볼루스 세 마리와 그랜도리스는 사당이 있던 방에서 꼼짝하지 않고 있다. 도망친 우리를 쫓아 밖으로 나와 주면 좋으 련만…… 특히 그랜도리스는 스킬을 생각하면 안에서 싸우는 건 좋지 않은 판단이다.

그 녀석들도 같은 생각이라 나오지 않는 건가? 아니면 다른 이 유가 있는 걸까. 그런 의문을 떠올리자, 우리의 믿음직한 에스텔 이 그 의문에 대답해 주었다.

"언니한테 들은 이야기를 생각해보면, 그 마물들은 테스투도 님의 수호가 완전히 이곳에서 사라지는 것을 기다리고 있는 거 아닐까? 그래서 우리가 사당의 기능을 부활시키는 것만 막으면 되는 거지."

"으음, 그게 사실이라면 절대로 그곳을 벗어나지 않을 것 같습 니다. 어떻게 해야 좋습니까?"

어디까지나 목적은 사당의 수호를 없애는 것일 뿐, 우리를 쓰 러트리는 건 고려 대상이 아니란 것인가. 그렇다면 우리가 사당 을 보수하기 위해선, 그 녀석들이 목적을 달성하기 전에 어떻게 든 전부 해치워야 한다는 것이다.

……어렵지 않을까? 그곳으로 다시 가서 정면으로 싸우고 싶 진 않다. 하지만 그 방에서 싸운다면 대면이 불가피하다.

에스텔에게 부탁해 동굴 전부를 폭파시킬 순 없으려나…… 무 리한 부탁이겠지. 그런 짓을 저질렀다간 일리나 씨 일행도 화낼 것 같다. 게다가 그 커다란 녀석은 마법 내성이 높으니 이런저런 마법 공격을 날려도 여유롭게 버틸 것 같다.

……잠깐? 그 밀실에 흩어져 있는 디아볼루스…… 잡을 수 있을 것 같다. 잘하면 안전히 잡을 수 있을지도 모른다. 좋았어.

"기습하자."

"에?"

모두 내 말을 듣고는 만장일치로 '이 녀석 뭐라는 거야?'라는 듯한 표정을 지었다.

나는 떠올린 계획을 모두에게 설명하고, 일리나 씨 일행의 시선이 닿지 않는 곳으로 혼자 이동하였다. 그리고 비컨을 설치한 후 집에 있는 프리지아와 루나를 이곳으로 불러들였다.

"와아―! 헤이하치한테 불려왔어!"

"정말이지, 시끄러운 엘프군."

떠들썩하게 방방 뛰는 프리지아와 팔짱을 끼고 황당해하는 루나. 일리나 씨 일행에게 두 사람의 존재를 들키지 않도록 멀리 떨어져서 두 사람을 불러온 것이다.

성격이 정반대인 두 사람은 우리가 없는 사이에도 나름대로 잘 지냈던 모양이다.

"불러내서 미안해."

"흠, 상관없다. 그래도 우리를 불러내야 할 정도의 상황이 벌어졌나보군."

"응. 정면으로 싸웠다간 무사하지 못할 것 같아서 말이야. 그래서 두 사람을 부른 거야."

"그래서, 그래서? 우리는 뭘 하면 되는 거야?"

"지금부터 나랑 같이 동굴 안으로 들어가서 마물을 기습할 거야."

"기습?"

이 두 사람을 불러낸 것은 내 기습 작전에 빼놓을 수 없기 때문이다. 루나는 고개를 갸웃했지만 프리지아는 그 말을 듣고 가슴을 쭉 폈다.

"그런 거라면 맡겨! 암살은 특기거든!"

"엑…… 그, 그래? 혹시나 해서 물어보는 건데, 어두운 곳에서 기척을 읽는 것도 가능해?"

"응! 어두워도 문제없이 볼 수 있어! 그리고 보이지 않는 곳에 숨어도 어느 정도 알아챌 수 있는걸!"

이 녀석도 어두운 곳에서 활동이 가능했던 거냐. 우리 파티, 나랑 에스텔 외엔 전부 어두운 건 문제도 안 되잖아! 그보다 활짝 웃으며 활기차게 암살이 특기라고 말하는 거 같아서 굉장히 무섭게 들리는데.

숲속 이동이 특기, 활로 정밀한 장거리 사격, 게다가 어둠 속에서도 끄떡없다니…… 이 녀석 알고 보면 터무니없을 정도로 엄청난 녀석인 거 아냐? ……응, 그런 건 나중에 생각하자.

"나도 문제없다. 어둠은 내 독무대라고 할 수 있으니까."

"그래. 두 사람만 믿을게."

일단 불러낸 루나와 프리지아를 다른 장소에서 대기하도록 했다. 그리고 두 사람에게 지원 마법을 걸기 위해 나와 교대하듯이 에스텔과 시스하를 루나, 프리지아가 있는 곳으로 보냈다.

나는 일리나 씨 일행이 있는 곳으로 가서 동굴과 먼 곳으로 유
도하기 위해 설명했다.

"그래서 여러분은 안전이 확보될 때까지 놀, 시스하와 안전한
곳에 계세요."

"하지만…… 정말 오쿠라 씨 혼자서 괜찮으시겠어요? 방금도
저희가 도망칠 동안 굉장히 어렵게 버티셨던 게 아닌지……."

"그건 기습을 당하는 바람에 그랬던 거예요. 기습만 아니라면
괜찮아요."

"……알겠습니다. 아무래도 저희는 도움을 드리기 어려운 듯하
니 말씀대로 따르겠습니다."

일리나 씨처럼 좋은 사람을 속이는 기분이라 찜찜했지만, 이것
도 안전하게 작전을 실행하기 위해서다. 사실은 전부 데려가고
싶었지만 이번 작전은 소인원이 아니면 불가능하다.

어떻게든 일리나 씨와 신전 사람들을 납득시키고 녀석들을 해
치울 때까지 먼 곳에서 기다리게 했다. 시스하와 에스텔도 지원
마법을 다 걸고 돌아왔고, 이젠 다시 잠시 헤어질 시간이다.

"또 오쿠라 님과 개별 행동입니까…… 프리지아와 루나가 함께
라곤 하지만 걱정입니다."

"그러게. 그래도 오빠가 생각한 계획대로면 우린 도움이 안 될
테니 어쩔 수 없지."

"우으, 루나 씨가 왔는데도 같이 있을 수 없다니……. 오쿠라
씨! 루나 씨에게 무슨 일이라도 생기면 절대 용서 못 해요!"

"하하하…… 위험하면 또 도망칠 테니까 안심해."

이번 작전, 그것은 나와 루나, 프리지아, 이렇게 세 명이서 실행한다. 실은 일리나 씨 일행을 잠시 세바리아에 돌려보내고 다 같이 싸우러 가는 것이 맞지만 지금은 그러기엔 시간이 부족하다.

비컨을 사용하면 곧바로 돌려보낼 수 있지만, 간단히 사용 조건을 맞출 수 없으리라 판단했다. 그래서 놀, 시스하, 에스텔에게 일리나 씨 일행을 보호하게 하고, 우리끼리 그 마물 무리를 처리할 생각이다.

그랜도리스는 잡을 수 있을지 불확실하지만…… 디아볼루스의 머릿수만큼은 확실히 줄일 수 있을 것이다. 최악의 경우, 이 작전을 실행한 후에 대기하던 세 사람까지 데리고 돌격하면 어떻게든 되겠지.

모두와 헤어진 나는 사당 입구 근처에 대기하던 프리지아, 루나와 합류했다. 두 사람 모두 이미 무기를 들고 의욕을 불태우고 있었다.

"자, 가자. 너희만 믿어."

"나한테 맡겨! 빨리 끝내고 놀이랑 놀러가고 싶으니까 열심히 할게!"

"이제 이 바보 엘프를 상대하는 것도 지긋지긋해. 모두가 빨리 돌아와 주지 않으면 곤란하니 힘내보도록 하지."

"너무해! 우리 잘 지냈잖아!"

……정말 이 두 사람한테 의지해도 괜찮은 걸까.

마음 한구석에 그런 불안감을 남겨두고, 동굴 안으로 들어갈 준비를 하기 위해 루나를 불렀다.

"루나, 이걸 언제든 마실 수 있도록 들고 있어."

"응?"

미리 준비해둔 빨간 액체가 든 작은 병 여러 개를 루나에게 건넸다. 병을 받은 루나는 뚜껑을 열어 냄새를 맡았다.

"피인가. ……이 냄새는 헤이하치산이군."

"루나는 흡혈귀였지? 헤이하치 피는 맛있어?"

"평범해."

사람의 피 맛 감상은 하지 말아줬으면 좋겠다. 루나의 말대로 이 작은 병엔 내 피를 넣어두었다.

"이걸 줬다는 건, 스킬을 쓰란 의미인가?"

"그렇지."

이번 작전엔 루나에게 몇 번 스킬을 부탁할 예정이다. 그러므로 기습이 떠오른 시점에 피를 내서 작은 병에 채워 준비해두었다. ……주사기 같은 게 있을 리 만무하니, 시스하에게 회복 마법을 부탁하고 살을 베어서 억지로 피를 내야만 했지만.

"그리고 프리지아한테도 줄 게 있어."

"정말?! 뭔데, 뭔데?"

가방을 열어 뒤적거리자 프리지아가 어수선하게 내 주변을 빙빙 돌았다. 이 녀석은 정말 가만히 있질 못한다니까. 그런 생각을 하며 찾은 물건을 건넸다.

"어라? 이거 전에 썼던 문고리 아냐? 왜 나한테 이걸 주는데?"

"너한테도 스킬을 부탁하려고."

"으엑?! 그, 그런데 왜 이걸 준 거야?!"

"그게 말이지…….."

이번 작전엔 프리지아의 스킬인 인버사기터가 필수다. 이대로
는 싫어할 것 같아서 디멘션룸의 사용법을 자세히 설명해주었지
만…… 고개를 좌우로 붕붕 가로저으며 거부했다.

"싫어, 싫어! 스킬 쓰기 싫어!"

"그러지 말고. 이번 일 끝나면 마음껏 놀게 해줄게."

"으으음…… 알았어. 그러면 참을게. 약속이야!"

협력하는 조건으로 마음껏 놀게 해주는 것 정도는 아무것도 아
니다. 정말 아무것도 아닐지는 모르겠지만 나중에 놀에게 맡기면
되겠지.

자, 먼저 해야 할 것은 나를 쫓아 사당이 있던 방에서 나온 디
아볼루스 세 마리를 확실히 처리하는 것이다. 준비를 마쳤으므로
지도 어플을 확인해가며 돌아다니는 디아볼루스 한 마리로 목표
를 좁혀 우리는 동굴 안에 발을 들였다.

일리나 씨 일행과 들어갔을 땐 에스텔 덕분에 밝았던 동굴 안
도 지금은 새까맣기만 하다. 디아볼루스 무리에게 들키지 않도록
이번엔 램프 등을 사용하지 않고 조명이 없는 상태에서 이동했
다. 이런 새까만 어둠 속에서도 루나와 프리지아의 발걸음은 주
저가 없었다. 칠흑 같은 어둠도 두 사람에겐 문제가 되지 않았다.

나는 적외선 어플의 야간 모드를 사용하여 모니터글라스를 적
외선 렌즈처럼 만들어 이동 중이다. 에스텔 덕분에 조명 걱정이
없어 지금까지 한 번도 쓸 기회가 없었다.

원래는 주로 루나에게 길 안내를 부탁해서 이동할 생각이었지

만 어쩌다 보니 모두 조명 없는 어둠 속에서도 충분히 행동 가능한 멤버 조합이 되었다.

"그보다 기습이라니, 헤이하치도 참 위험한 일을 벌이는구나."

"암살 특기 선언한 너보단 낫다고 생각하는데……."

"흐흥! 사일런트 킬링? 은 나한테 맡겨!"

또 이상한 단어를 내뱉고 있는데 의미는 알고 말하는 건가? 분명 시스하가 재미로 이상한 걸 주입시킨 것이 틀림없다.

"이런 시끄러운 바보가 조용히 처리할 수 있다고는 믿을 수 없군."

"우우─, 못 믿는 거야? 그러면 내 실력을 보여줄게!"

프리지아는 그렇게 말하며 천천히 움직이기 시작하더니 어둠에 녹아들듯이 시야에서 모습을 감췄다.

사, 사라졌잖아?! 아까까지 느껴지던 기척이 전혀 느껴지지 않았다. 엄청 빠르다던가 그런 게 아니다. 존재 그 자체가 사라진 듯한 감각이다.

당황하여 주변을 둘러보며 찾아봤지만 전혀 찾을 수가 없었다. 그러자, 어디에선가 갑자기 들려오는 프리지아의 비명소리.

"으엑?! 우으, 아파……."

"흥. 내게 장난을 치려 하다니 배짱도 좋군. 하지만 확실히 기척은 어느 정도 지울 수 있다는 건 알았어. 암살이 특기란 것도 농담이 아니군."

목소리가 들린 쪽을 바라보니 그곳엔 황당하단 표정의 루나와 이마를 붙잡고 있는 프리지아의 모습이 있었다. 루나도 내가 모르는 새에 이동한 모양인지, 두 사람은 아까와는 전혀 다른 곳에서 있었다.

"자, 잘도 알아챘네. 난 어디로 갔는지 전혀 눈치채지 못했어."

"이 정도야 당연하다."

이 두 사람 장난 아니잖아. 적외선 렌즈로 보고 있는데도 전혀 이동하는 게 보이지 않았다. 제대로 지켜보고 있었는데도 놓치다니, 정말 프리지아는 암살이 특기가 맞는 건가? 그런 프리지아를 발견한 것뿐만 아니라 똑같이 모습을 감추던 루나도 마찬가지로 엄청났지만 말이야.

그런 잠깐의 소동이 지나고, 우리는 다시 진지 모드로 바뀌어 이동하기 시작했다. 프리지아도 분위기를 읽었는지 소란 피우던 것을 멈추고 진지한 얼굴로 바뀌어 있었다.

그러자 갑자기, 선두에서 걷고 있던 루나가 옆으로 팔을 뻗어 정지 신호를 보냈다.

"웃, 멈춰. 뭔가가 있군."

내겐 앞에 뭐가 있는지 보이지 않았지만 아무래도 루나에겐 보였던 모양이다.

"흠. 이게 헤이하치가 말한 함정인가?"

"나한텐 안 보여서 모르겠지만 아마 그럴 거야. 사당으로 가는 길엔 전부 에스텔이 해제했지만 아직 남아 있었나 봐."

우리는 최대한 에스텔이 함정을 해제한 주요 통로로 이동 중이었다. 하지만 디아볼루스를 쫓던 사이에 다른 길로 빠진 모양이었다. 루나도 어느 정도의 마법은 알고 있다고 해서 선두를 맡겼는데 그게 옳은 선택이었다.

"마법 함정도 만들 수 있구나! 발동하면 무슨 일이 생기는 걸까?"

"건들지 마! 절대 건들지 마!"

"에―, 궁금한데에―."

프리지아가 팔을 들썩거리며 당장이라도 튀어나갈 것 같은 기세였다.

내가 프리지아를 자제시키고 있자 루나가 전방을 향해 창을 휘둘렀다. 에스텔이 함정을 해제할 때와는 다르게 마법진이 떠오르지 않고 무언가가 부서지는 소리만 들렸다.

"좋았어. 가지."

"엑, 루나도 마법 해제할 수 있어?"

"해제가 아냐. 부순 거다."

"앗, 그랬군요."

무슨 차이인지는 모르겠지만 함정이 사라진 거라면 뭐 됐나. 역시 루나는 항상 게으른 이미지지만 필요할 땐 상당히 믿음직하다.

그 후로도 루나가 몇 개의 함정을 부수면서 나아갔고 드디어 목표 대상인 디아볼루스 근처까지 다가왔다.

"슬슬 가까워졌어. 준비할 테니까 잠시 멈춰줘."

바로 디아볼루스를 잡으러 가는 것이 아니라, 일단 멈춰 서서 가방에서 아이템을 꺼냈다. 내가 꺼낸 아이템은 투명망토.

그리고 우리 세 사람은 길모퉁이로 이동하여 다 함께 투명망토를 쓰고 모습을 감췄다. 망토가 그리 크지 않았기 때문에 셋이서 숨기엔 조금 벅찼지만 루나의 몸집이 작았던 덕분에 아슬아슬하게 세이프다.

"우으…… 헤이하치, 좁아—."

"어, 어쩔 수 없잖아. 그 녀석이 올 때까지만 참아."

"크윽, 답답하군."

오도 가도 못하고 중간에 낀 루나가 괴로워했지만 지금은 참을 수밖에 없다. 지도 어플로 확인한 디아볼루스의 진행 방향을 생각하면 곧 이곳을 지날 것이다. 우리는 투명망토를 쓰고 잠복하고 있다가 단번에 기습할 속셈이다.

우리가 잠복 중인 곳은 훤히 트여 있는 외길. 디아볼루스는 이 어둠 속에서도 아무렇지 않게 활동하니 아마 암시 능력을 지니고 있을 것이다. 그러니 어둠 속에 숨을 수도 없으니 있을 곳이 한정된다.

그런 상황에 일부러 탁 트인 곳을 골라 투명망토로 허점을 찌르는 것이다.

숨죽이고 지도 어플을 보고 있자 예상대로 디아볼루스는 우리 쪽으로 다가왔다. 동굴 안에서 날개를 펄럭이며 낮게 비행 중이었다. 크헤헤, 완전히 경계심이 풀어졌구만.

우리는 서로 시선을 마주 보고 끄덕이고는 행동에 나섰다. 투명망토로 모습을 숨긴 채로 디멘션브레이슬릿을 사용해 디아볼루스의 머리를 덥석 움켜쥐었다.

시야를 가리며 꽉 붙잡은 탓에 디아볼루스는 상황을 파악하지 못하고 혼란에 빠졌는지 날갯짓을 멈추고 지면에 내려앉아 내 손을 떼어내기 위해 필사적으로 발버둥 쳤다.

내가 반대쪽 손으로 투명망토 일부를 걷어내자 내 생각을 눈치 챘는지 프리지아가 말없이 화살을 쏘았다. 디아볼루스의 머리를 잡고 있는 내 손을 완벽히 피해서 헤드샷 한 방, 몸통에 세 발이 동시에 꽂혔다.

디아볼루스는 비명을 질렀지만, 이어서 루나가 우리 사이에 낀 채로 창을 투척. 불편한 자세에서 던졌는데도 평소와 다름없는 위력으로 날아간 창은 디아볼루스의 가슴 중앙을 꿰뚫었다.

그리고 마무리하듯이 프리지아의 화살이 날아가, 디아볼루스는 내 구속에서 벗어나지 못한 채 그대로 빛의 입자가 되어 소멸했다.

"한 마리 처리했다! 싱거웠네!"

"음. 전에 상대했을 때보다 쉽군."

"기뻐하긴 일러. 다시 숨어야 하니까 모여줘."

우리는 자리를 조금 옮겨 다시 투명망토를 뒤집어썼다.

"우우―, 왜 또 숨는 거야? 남은 마물 잡으러 안 가?"

"아니. 디아볼루스가 어떻게 움직일지 확인하고 싶어서. 잠시만 기다려줘."

"헤이하치는 가끔 예리할 때가 있군. 얌전히 따르도록 하지."

지도 어플을 주시하여 남은 디아볼루스 두 마리의 움직임을 살폈다. 그러자 멀리 있던 디아볼루스들은 갑자기 가던 길을 멈추고 되돌아가 서로 합류했다. 그리고 우리가 있는 곳을 향해 다가오기 시작했다.

"으음, 한번 확인해 본 거였는데 역시 예상대로야."

"헤이하치, 뭔가 알아낸 건가?"

"아직 확실한 건 아니고 예상 단계지만, 이 녀석들은 다른 개체와 서로 연결고리로 이어져 있는 것 같아."

"연결고리? 그게 뭔데?"

"디아볼루스 한 마리를 잡자마자 다른 두 마리가 합류해서 이쪽으로 오고 있어. 즉, 다른 디아볼루스가 쓰러진 것을 감지하고 위치까지 파악하고 있단 거야."

굳이 동굴 안에서 흩어져 다니는 것을 보고, 뭔가 동료에게 정보를 전달하는 수단이 있는 게 아닐까 의심했었다. 그래서 최대한 들키지 않도록 투명망토를 사용하여 몰래 기습을 한 것이다.

"흠. 그래서 일부러 이런 걸 쓰면서까지 숨은 건가. 붙잡을 때도 눈을 가렸었지."

"잘 알아챘네. 어쩌면 시야까지 공유할지도 모르니까 말이야. 최대한 그 녀석들에게 정보를 제공하지 않도록 조심해야지."

"난 잘 모르겠지만 머리 잘 썼네! 역시 헤이하치야!"

단순히 처치되어서 위치만 전달됐을 가능성도 있지만, 어디까지 정보가 전달 가능한지는 아직 모른다. 그래서 우리의 인원과 정체를 파악할 수 없도록 눈을 가리고 한 번에 쓰러트린 것이다.

마지막 목표인 그랜도리스를 잡을 때까지 최대한 정보를 주지 않고 처리하고 싶다.

확인을 마친 시점에, 이쪽으로 다가오는 디아볼루스 두 마리를 상대할 준비를 했다. 이번엔 나만 투명망토를 쓰지 않고 길 중앙에 당당히 우뚝 서 있기로 했다.

이곳으로 날아온 디아볼루스 두 마리는 나를 본 순간 손에 들고 있던 삼지창을 던졌다. 나는 곧바로 들고 있던 냄비 뚜껑으로 창 두 개를 전부 튕겨냈다.

하하. 앞에서 창 두 개가 날아오는 것쯤이야 가볍게 막을 수 있다고! 방금 전까지만 해도 이 녀석들한테 두들겨 맞았으니까 말이지.

나는 공격을 막자마자 천장에 넓게 붙여 놓은 센티터블라를 조종하여 디아볼루스 한 마리에게 액체 상태의 센티터블라를 끼얹은 후 바로 굳혔다.

상반신 전체가 은색 물체로 뒤덮인 디아볼루스는 지면으로 추락하여 발버둥 쳤다. 뭐야, 구속도 쓸 만하잖아. 역시 시스하가 이상한 거였어.

다른 한 마리가 센티터블라에 정신이 팔린 순간, 머리에 화살 세 발, 몸통에 두 발을 맞고 땅으로 떨어졌다. 나는 그 자리에서 디멘션브레이슬릿을 발동시켜 거리를 유지한 채로 엑스칼리빠루를 연이어 박아넣었다.

프리지아의 화살 공격을 맞은 쪽은 이미 빈사 상태였는지 곧바로 빛의 입자가 되었고, 센티터블라로 구속된 쪽도 루나의 창에 꿰뚫려 땅에 고정되고, 하반신에 프리지아의 화살을 집중적으로 맞아 소멸했다.

"좋았어! 마물을 또 해치웠어!"

"……바보 엘프 주제에 꽤 하는군. 조금은 다시 봤어."

"그치, 그치? 에헤헤, 루나가 칭찬해주니까 부끄러운걸!"

그게 칭찬이었나…… 본인이 만족하니 넘어가자. 그보다 돌아다니던 디아볼루스 두 마리가 여기로 와준 건 운이 좋았다. 한 마리를 잡은 시점에서 그 상황을 경계하여 그랜도리스가 있는 곳으로 돌아갔으면 성가셨을 것이다.

이제 남은 것은 방에 있는 그랜도리스와 디아볼루스 세 마리. 지금부터가 시작이다.

디아볼루스 세 마리를 처치한 후, 그랜도리스가 있는 방으로 돌아왔다. 처음 도착했을 때에 비하면 벽 곳곳이 무너져 어지러운 상태였다. 내가 도망칠 때 매직다이너마이트 등으로 폭파한 탓인가.

중앙에 그랜도리스가 자리 잡았고, 그 주변을 디아볼루스 세 마리가 날아다니며 입구를 지키고 있었다.

"역시 경계하고 있네."

"동료가 당했으니 당연하다."

"저게 헤이하치가 말한 마물이구나. 엄청 크다."

우리는 투명망토로 모습을 숨기고 상황을 지켜보았다. 예상대로 밖에 있던 디아볼루스가 당한 것을 눈치챈 모양이었다. 밖의 녀석들이 당했으니 이곳으로 적이 올 것이란 건 당연히 예상할 수 있겠지.

"헤이하치, 어떻게 할 거지? 이래서는 공격하기도 전에 들킬 것 같군."

"이대로 공격할까?"

"웃기는 소리 하지 마. 뭘 위해 여기까지 몰래 왔다고 생각하는 거야.”

조심에 조심을 거듭하여 먼 곳에서부터 투명망토를 쓰고 힘들게 여기까지 왔다. 기습으로 첫 한 방만 제대로 날리면 될 텐데. 뭔가 주의를 끌 만한 물건 없을까?

섬광탄 등은 우리가 도망칠 때 전부 써버렸고, 그 외에 주의를 끌 만한 물건이…… 앗, 그건 어떨까?!

곧바로 배낭에서 내가 떠올린 물건을 꺼냈다.

“이걸 사용하자.”

“그건…….”

“놀 방에 잔뜩 있던 인형?”

가챠에서 나온 R 아이템 인형. 내가 지금 꺼낸 것은 약 50센티미터 사이즈의 동그란 분홍색 인형이었다.

“그런 걸로 주의를 끌 수 있나?”

“어쩔 수 없잖아. 매직다이너마이트 같은 건 전부 써버렸어.”

“만일 실패하면 어떻게 하려구?”

“그땐…… 후퇴해서 생각해보자.”

잠깐이라도 좋으니 주의만 끌 수 있다면 성공이다. 그 틈을 노려 공격하면 이 작전은 성공이나 마찬가지다.

디아볼루스들의 시선을 주의하며 디멘션브레이슬릿을 사용해 그랜도리스의 발치에 인형을 놓았다. 그랜도리스가 눈으로 확인했을 수도 있지만, 더듬이가 향하는 방향을 피해 뒀더니 들키지는 않은 것 같다.

이번 작전만 해도 이 디멘션브레이슬릿, 대단한 활약을 하고

237

있다. 먼 곳에서 공격도 할 수 있고 물건까지 배치시킬 수 있으니 굉장히 편리하다.

디아볼루스들은 입구를 경계하고 있는 탓에 인형을 바로 눈치채지 못했다. 당분간 상황을 지켜보고 있자 디아볼루스 한 마리가 드디어 인형의 존재를 눈치챘는지 큰소리를 내며 다가갔다.

디아볼루스는 모르는 새에 나타난 인형에 고개를 갸웃하며 삼지창으로 쿡쿡 찔렀다. 다른 두 마리도 눈치챘는지 옆으로 다가가 마찬가지로 삼지창으로 인형을 찌르며 굴리기 시작했다.

"주의는 끌었군. 꽤 하잖아, 헤이하치."

"의외로 마물이랑 마음이 통하나 봐."

갑자기 인형이 나타나 경계를 더 강화하는 것도 예상했지만 이렇게 잘 풀릴 줄이야. 전에도 인형을 사용해 앙고리 유적에서 스마이터를 유도했었는데, 의외로 마물의 주의를 끌기 좋은 물건인 것 같다. 모후토도 놀의 방에 있는 인형을 가지고 자주 놀곤 했었다.

좋았어. 저 녀석들이 인형에 정신이 팔린 사이에 해치워버리자.

"프리지아, 지금이야!"

"이대로 공격하면 인형도 휘말릴 텐데?"

"작전 수행을 위해선 어쩔 수 없는 희생이니까 망설이지 말고 쏴 버려. ……놀한테는 비밀이야."

"알았어. 우우—, 기절하는 건 싫은데……."

프리지아는 눈썹을 찌푸리며 내키지 않은 표정을 지으면서도 활에 화살을 메겼다. 그리고 녹색 화살이 빛나기 시작하고, 내가 투명망토를 걷는 것과 동시에 화살을 쏘았다.

곧바로 프리지아는 달려 나가 벽에 문고리를 꽂아 문을 열고 안으로 들어갔다. 동굴 안으로 들어오기 전에 디멘션룸을 건넨 것은 스킬을 사용한 후 피난시키기 위함이었다. 이제 프리지아는 안전한 곳에서 기절할 테니 우리도 걱정없이 싸울 수 있다.

프리지아가 도망치는 사이에도 화살은 직진하여 날아가 그랜도리스에 닿기 직전에 직각으로 궤도를 꺾어 천장을 향해 날아갔다. 인형에 정신이 팔려 있던 디아볼루스들도 눈치챘지만 이미 늦었다.

파앗 하고 초록색 빛이 뿜어져 나온 순간, 엄청난 굉음을 내며 눈앞에 펼쳐진 공간 전체가 쏟아져 내리는 초록색 빛으로 가득 찼다. 빛은 전부 화살 모양이었지만 양이 너무 많은 탓에 하나의 두꺼운 레이저 광선으로밖에 보이지 않았다.

위를 쳐다보며 입을 떡 벌리고 놀라던 디아볼루스들의 모습은 순식간에 사라지고, 동굴 내부가 '쿠구궁' 하고 금방이라도 무너질 듯한 소리와 함께 흔들렸다.

우와아, 예상했지만 정말 엄청나잖아. 전에 넓은 숲에서 사용했던 인버사기터를 이번엔 좁은 동굴 안에서 사용했다. 그 양이 전부 이 공간 안에 쏟아져 내리고 있다고 생각하면, 그 위력이 얼마나 될지 상상이 안 간다.

아무리 스테이터스가 높다곤 해도 한 발의 공격력이 5천을 넘는 저 화살을 맞으면 그랜도리스라도 버티지 못하겠지.

지도 어플을 보니 그 위력을 증명하듯, 이미 디아볼루스 세 마리의 반응이 사라져 있었다. 도망칠 새도 없이 순식간에 증발했겠지. 옆에서 그 광경을 지켜보고 있던 루나도 입을 떡 벌리고 할 말을 잃었다.

"……그 바보 엘프의 스킬이 이렇게 대단했나."

"흐하하, 해냈어! 우리의 승리야!"

기습이라 함은 반격할 틈도 주지 않고 첫 공격에 확실히 처리하는 게 진리지! 일방적으로 당하는 고통과 공포를 알게 해 줬어! 꼴좋다! ……사당이 있던 곳은 어느 정도 박살이 나겠지만 그건 에스텔에게 부탁해서 고쳐달라고 하자.

이젠 그랜도리스가 쓰러지는 것만 기다릴 뿐. 그렇게 느긋하게 뒤처리를 생각하고 있는데 루나가 외쳤다.

"잠깐, 기다려. 저 커다란 마물 움직이고 있어. 도망칠지도 모른다."

"뭐?! 젠장! 절대 살려 보내진 않을 거야! 여기서 처리해야 해!"

지도 어플을 보자, 이 비현실적인 화살의 빗속에서도 그랜도리스가 움직이고 있었다. 쿵 하고 벽에 부딪히는 소리가 몇 번 들리는 것을 보면 도망치려고 하는 모양이었다.

웃기지 마! 이 공격 속에서 움직이다니 괴물이냐!

"마구 날뛰기 시작했어!"

"게다가 뭔가 내뿜고 있다. 안개에 닿기만 해도 피부가 아파."

쏟아져 내리는 초록색 빛 사이로 보라색 안개가 주변에 퍼지기 시작했다. 루나는 들이마시지 않도록 망토로 입을 가리고 있었다.

으윽, 이게 스킬인 분무인가? 이야기를 듣고 보니 아까부터 코와 목이 근질거리는 듯한……. 독은 무효화할 수 있었지만 몸속이 녹아내리고 있을지도 모른다.

"우선 마시지 않도록── 으어어억?!"

안개를 눈치챈 직후, 그랜도리스가 우리가 있는 입구를 향해 몸통박치기를 시전했다. 땅이 크게 흔들리더니, 그랜도리스는 벽을 부수면서 돌진했다. 그리고 어느 정도 이동한 후 멈춰서 통로를 향해 보라색 액체를 쏘아댔다.

나는 서둘러 루나를 끌어안고 성해포로 몸을 감싸 막았다. 치이익 하고 녹아내리는 듯한 소리와 함께 연기가 피어오르고, 질척한 것이 엉겨 붙는 느낌이 들었다.

"으억…… 루나!"

"내가 맡지!"

신호와 함께 루나는 내 품에서 벗어나 진홍의 창을 투척했다. 빨간 섬광을 내뿜으며 날아간 창은 그랜도리스의 몸통에 깊숙이 꽂혀 들어가서 인버사기터가 계속되고 있는 공간에 다시 밀어넣었다.

앙고리 유적에서도 도움을 많이 받았지만, 루나의 스킬인 카지클은 적을 뒤로 밀어내는 데 아주 효과적이었다. 지금처럼 그랜도리스가 돌격했을 때 뒤로 밀어내기 위해 루나의 스킬을 쓸 수 있도록 대비해두었다.

"헤이하치, 괜찮나?"

"응. 덕분에. 이 틈에 회복해두자."

성해포로 막았는데도 팔이 조금 쓰라렸다. 안개도 조금 마셨으니 지금 회복해두자. 나는 포션을, 루나는 피를 마셨다.

"역시 피는 바로 마시는 게 좋아. 이건 온기가 없군."

"참아 줘. 그보다 반동은 괜찮겠어?"

"음. 문제없다."

루나의 흡혈 충동을 이것으로 억제할 수 있다면, 나중엔 미리 피를 담은 작은 병을 준비해서 스킬을 훨씬 쉽게 사용하도록 할 수 있다. 미궁 같은 곳에 들어갈 땐 미리 준비하는 편이 좋겠어.

회복을 마친 후, 그랜도리스의 모습을 확인하니 아직도 건재했다. 루나의 스킬 덕분에 반대편 벽으로 날아간 모양이지만 다시 움직이며 날뛰고 있었다.

인버사기터가 끝나기 전에 처리하기 위해서 나는 디멘션브레이슬릿으로 엑스칼리빠루를 그랜도리스의 몸에 꽂아 넣고, 루나도 창을 투척하며 착실하게 대미지를 쌓아갔다. 프리지아의 인버사기터가 발동하는 사이엔 안에 들어갈 수 없으니 이렇게 밖에서 조금씩 공격하는 수밖에 없다.

방금과 마찬가지로 그랜도리스가 2번째 공격으로 밀어붙이려고 했지만, 루나가 다시 카지클을 먹여 다시 후방으로 날렸다.

그 일격으로 드디어 HP가 다했는지, 그랜도리스는 점점 줄어들더니 결국 빛의 입자로 변했다.

"후우, 드디어 잡았다. 프리지아의 스킬만으로 잡을 수 있지 않을까 기대했는데 안일한 생각이었어."

"그 바보의 스킬을 맞으면서 내 스킬도 두 번이나 버렸지. 평범하게 상대하지 않고 끝나서 다행이군."

인버사기터를 맞으면서 그 정도로 반격까지 하다니 정면 싸움이었다면 무사히 끝낼 수 없었을 것이다. 동굴 내에서 상대한 게 오히려 다행인가.

그랜도리스와 디아볼루스 무리를 전부 해치우고 혹시 몰라 사당이 있는 방에 들어가 보았는데, 그곳엔 처참한 광경이 펼쳐져 있었다.

인버사기터 때문에 땅은 구멍투성이였고, 그랜도리스가 날뛰어 곳곳에 몸통박치기를 한 탓에 벽도 무너지고, 처음 왔을 때의 모습은 거의 남아 있지 않았다. 무사한 것은 천장뿐. 천장도 금이 가서 파스스 소리를 내며 모래가 떨어지고 있긴 하지만.

당장이라도 무너질 것 같은 그곳에 다른 마물이 없는지 마지막 확인을 한 후, 우리는 동굴에서 나왔다.

"후우, 피곤하군."

"고마워. 집에 돌아가서 푹 쉬어."

"응. 그렇게 하지."

루나는 평소보다도 나른하게 풀린 눈으로 대답했다. 이번엔 기습뿐이라 전투 시간이 상대적으로 짧았지만 그랜도리스와의 전투에선 고전을 면치 못했다.

스킬을 두 번이나 사용했으니, 흡혈 충동은 잦아들었지만 루나가 피곤해하는 것도 당연하다. 집에 돌아가서 기력을 보충하게 하자.

동굴 밖으로 나온 후, 회수한 디멘션룸의 문고리를 근처 암벽에 꽂았다. 문을 열자 문 바로 앞에 프리지아가 엎어져 있었다.

완전히 정신을 잃고 기절한 상태였다.

"정말로 기절하는군."

"미안하지만 같이 데려가서 침대에 눕혀줄래? 아마 내일까진 안 일어날 거야."

"그러지. 마음 같아선 그대로 바닥에 버려두고 싶지만 이번엔 이 녀석 스킬 덕분에 살았으니까. 제대로 옮겨두겠다."

"……단둘이 집에 있는 동안 그렇게 시끄러웠어?"

"시끄럽다는 말로 표현할 수 있는 게 아니야. 한 시도 쉬지 않고 소란스럽게 여기저기 왔다갔다…… 이 녀석은 가만히 있으면 죽기라도 하는 건가? 욕실까지 따라오고 자는데 침대까지 파고 들어와선…… 큭."

"이제 조금만 더 참으면 되니까 부탁할게……."

루나는 프리지아를 업고 집에서 있었던 일을 떠올렸는지 이를 갈며 표정이 어두워졌다. 역시 놀이나 시스하가 상대해주지 않으면 얌전히 있질 않는 모양이다. 방 안을 돌아다니면서 치근덕대는 모습이 눈에 선해…… 우리도 빨리 일을 끝내고 돌아가야겠어.

프리지아를 디멘션룸에서 꺼내 에스텔의 무전기로 전화를 걸었다. 일리나 씨 일행에겐 끝나면 마법으로 연락하겠다고 미리 말해 두었으니 수상하게 여기지 않을 것이다.

잠시 후 에스텔은 전화를 받자마자 큰소리로 외쳤다.

[오빠! 괜찮아?! 무슨 일이 있으면 당장 나를──.]

"무, 무사하니까 진정해!"

[······다행이다. 정말 걱정했어.]

무전기 너머로도 안도의 한숨 소리가 들려왔다. 루나와 프리지아가 함께라곤 하지만 굉장히 걱정했던 모양이다.

[그래서, 무사히 끝났단 건 이번 작전은 성공한 거야?]

"응. 프리지아랑 루나 덕분에 한 마리도 놓치지 않고 해치웠어."

[겨우 셋이서 그렇게 잘 해내다니 대단하잖아. 그럼 우리는 지금 동굴로 가면 될까? 지금은 조금 멀리 있으니까 다라를 타고 돌아가려면 조금 시간이 걸릴 거야.]

"알았어. 이제 안전한 것 같지만 어쩌면 다른 디아볼루스가 더 남아 있을지도 모르니까 서두르지 말고 경계하면서 천천히 와."

[응. 모두한테 그렇게 말해둘게. 우리가 갈 때까지 오빠도 조심해.]

그렇게 말하며 에스텔은 전화를 끊었다.

휴우, 이걸로 한숨 돌릴 수 있겠어. 이제 일리나 씨 일행과 합류한 후 사당의 힘을 부활시키기만 하면 된다. 디아볼루스가 주변에 더 있을 것 같지는 않지만 혹시 모르니 주의하고 있자.

하지만 그 녀석들 입장에선 상황 파악도 안 된 채로 일방적으로 당한 것이니, 만일 다른 디아볼루스가 있더라도 습격해올 가능성은 낮을 것이다. 그 녀석들도 괜한 희생을 늘리고 싶진 않을 테니까.

"너흰 아직 돌아가지 않는 건가?"

"응. 다시 동굴에 들어가서 할 일이 있어."

"모험가란 건 힘들겠군. 또 무슨 일이 있으면 불러. 오늘은 바로 나올 수 있도록 준비하고 있지."

"응. 부탁해. 괜찮으면 따로 연락할게."

루나는 항상 게으르지만 이럴 땐 적극적으로 협력해주니 정말 큰 도움이 된다. ……좀 더 욕심을 내자면 평소에도 적극적인 편이 좋겠지만 그건 어쩔 수 없지.

그 후로 잠시 기다리고 있다가 일리나 씨 일행이 근처까지 온 것을 지도 어플로 확인하고 루나와 프리지아를 집으로 돌려보냈다.

모두가 오는 방향으로 시선을 돌리자 비행 물체가 이쪽을 향해 다가오는 것이 보였다. 그것은 모두를 등에 태운 다라였다. 고도를 서서히 낮추고 내가 있는 동굴 입구로 내려오려는 듯했다. 처음 왔을 땐 좀 더 먼 곳에서 내렸는데, 서두르는 상황이라 바로 앞에 내리는 건가?

다라가 바로 앞까지 다가오자 위에서 뭔가가 뛰어내려 달려들었다. 그것은 놀랍게도 일리나 씨였다.

"오쿠라 씨!"

"네, 넷?!"

달려온 일리나 씨는 그대로 내 양손을 잡았다. 설마 일리나 씨가 달려올 줄이야. 게다가 갑자기 손을 잡아서 놀랐어.

"정말 무사해서 다행이에요. 다친 곳은 없으신가요?"

"네, 네. 포션도 마셨으니 괜찮습니다."

"그렇군요……. 그래도 혹시 모르니 회복 마법을 걸어드릴게요."

"아뇨. 그렇게 신경 쓰지 않으셔도……."

"테스투도 님을 위해 위험을 감수하셨으니까요. 이렇게라도 감사의 마음을 전할 수 없을까요?"

"그, 그럼 부탁드리겠습니다."

"네! 감사합니다! 그러면…… 우리의 주인이시여, 그의 몸에 은혜가 깃들게 하시길."

내 대답을 듣고 표정이 확 밝아진 일리나 씨는 주문 같은 것을 외기 시작했다. 그러자 일리나 씨에게 붙잡힌 내 손이 빛나기 시작하더니 온몸에 따뜻한 무언가가 맴돌았다.

오오, 시스하가 회복 마법 걸어줄 때와 같은 느낌이야. 이런 귀여운 여성분이 손을 잡아주다니…… 어이쿠, 표정 관리가 안 될 뻔했어. 지금은 마지막까지 멋있게 마무리하고 싶으니 참자!

업계포상이라고 내심 기쁜 마음으로 얌전히 회복을 받고 있자 일리나 씨가 예상치 못한 말을 꺼냈다.

"오쿠라 씨는 정말 용감하신 분이에요."

"에?"

"그런 마물들이 있는 곳으로 자진해서 돌아가시다니, 게다가 혼자서 쫓아버리시기까지…… 정말 대단해요."

"아, 아뇨……."

내 양손을 꼭 쥐고 반짝이는 눈동자로 올려다보며 일리나 씨가 그렇게 말했다.

잠깐, 설마 존경의 눈빛으로 날 보고 있는 거야?! 사정을 모르는 일리나 씨 입장에선 디아볼루스와 그랜도리스를 나 혼자 격퇴한 것처럼 보이겠지.

그게 정말이었다면 대단한 거 맞지. 대체 어느 세계의 헤이하치가 그런 엄청난 일을 한 거야.

하지만 정정하려고 해도 뭐라고 변명해야 될지 모르겠다. 다행히 그 마물들이 얼마나 강했는지는 스테이터스를 확인한 우리밖에 모르니 그걸로 얼버무리자.

그래도 이렇게 존경받으니까 기분은 좋다. 그런 생각을 하고 있는데 뒤에서 섬뜩한 목소리가 들려왔다.

"오빠—."

"오쿠라 씨, 굉장히 기뻐 보이시네요."

뒤돌아보니 그곳엔 불만스러운 표정의 에스텔과 미소를 띤 시스하가 서 있었다.

"으엑?! 앗, 아니…… 그게, 응?"

"두 사람 왠지 무섭습니다……."

뒤늦게 다가온 놀이 엮이고 싶지 않다는 듯 뒷걸음질 쳤다.

대, 대체 언제부터 보고 있었던 거야…… 그보다 왜 무서운 분위기를 풍기고 있는 건데?! 눈앞에서 고개를 갸웃거리며 일리나 씨가 지켜보는 가운데 나는 필사적으로 얼버무렸다.

겨우 상황을 무마한 후, 모두와 함께 다시 동굴 안으로 들어가 사당이 있던 방으로 향했다. 경계는 풀지 않았지만, 처음 들어왔을 때와 다르게 이미 함정도 사라졌고 마물도 없었으므로 별문제 없이 이동할 수 있었다. 에스텔의 빛 마법으로 동굴 내부를 비추고 있었는데 역시 조명이 있으면 안심이 된다.

자, 사당이 있는 방으로 들어가기 전에 일리나 씨에게 먼저 말해야만 하는 것이 있다.

"어, 그게, 일리나 씨. 죄송하지만 먼저 사과드릴게요."

"갑자기 무슨 일이신가요? 사과하실 일은 전혀 없는데……."

"마물들을 상대하면서 좀 격하게 싸웠거든요. 사당이 있던 곳이 많이 부서졌어요."

"오쿠라 씨가 사과하실 일이 아니에요. 그렇게 강한 마물을 상대했으니 어쩔 수 없는 일이죠. 테스투도 님도 분명 이해해주실 겁니다."

일리나 씨는 나를 보며 온화한 미소를 지었다.

휴, 다행이다. 이제 그 방의 참상을 용서받을 수 있겠……지? 솔직히 상상 이상으로 처참해졌으니까 말이지. 실제로 보면 어떤 반응을 보일지 무섭다.

그렇게 불안한 마음으로 목적지인 방에 도착했다.

"이, 이건…… 난장판이 아닙니까."

"당장이라도 동굴이 무너질 것 같은데요……."

"그래도 그 마물을 상대해서 이 정도면 무난한 편이 아닐까?"

놀과 시스하조차 방을 보고 얼굴이 굳어버렸다. 그 정도로 이곳의 광경이 처참한 모양이다. 이건 전부 그랜도리스 탓이야!

주뼛거리며 일리나 씨의 표정을 살펴보니 일리나 씨뿐만 아니라 다른 신전 사람들도 모두 창백한 얼굴로 떨고 있었다. 다리가 휘청거리는 게 당장이라도 쓰러질 것 같았다.

"저기……."

"앗…… 꽤, 괜찮습니다, 오쿠라 씨! 조, 조금 놀라긴 했지만 정말 괜찮으니까요, 네, 괜찮아요."

창백한 얼굴로 그렇게 말하셔도 전혀 믿기지가 않는데요. 역시 이대로 둘 순 없으니 에스텔에게 부탁해야겠지.

"에스텔. 마법으로 조금이라도 고칠 수 없을까?"

"이 정도야 간단히 고칠 수 있지. 전투에선 활약 못 한 만큼 힘내볼게!"

에스텔은 내 말을 기다리기라도 한 듯이 곧바로 노란색 그리모 와르와 지팡이를 들고 작업에 나섰다.

"에잇" 하며 지팡이를 땅에 꽂아 넣자 순식간에 땅의 구멍들이 메워져 평평해지고, 무너지기 직전이었던 벽과 그 벽에 나 있던 금도 눈 깜짝할 새에 복원되었다. 그뿐만 아니라 원래 우둘투둘했던 곳까지 평평해져서 사당이 있던 방은 깔끔한 정방형 공간으로 탈바꿈했다.

고쳐준 것은 고맙지만 너무 힘쓴 거 아냐? 그런 생각도 들었지만 에스텔이 매우 자신만만한 웃음을 지으며 나를 쳐다보았기에 일단 머리를 쓰다듬으며 칭찬했다.

"언니, 이 정도면 돼?"

"대, 대단해…… 대단해요, 에스텔 씨! 감사합니다, 정말 감사합니다!"

"후후, 좀 더 화려하게 만들 걸 그랬나?"

"아, 아뇨! 이 정도면 과분해요! 조금 확인하고 싶은 게 있어서, 잠시만 기다려주세요!"

일리나 씨는 에스텔에게 깊이 머리를 숙여 인사하곤 사당의 잔해가 있던 곳으로 달려갔다. 그리고 쪼그리고 앉아 뭔가를 찾았다.

음? 뭔가 신경 쓰이는 점이라도 있나? 우리도 다가가 일리나 씨의 행동을 지켜봤지만 뭘 찾고 있는지 가늠이 되지 않았다.

일리나 씨 일행은 잔해를 살피며 돌아다녔지만, 잠시 후 포기 했는지 아쉬운 표정으로 일어섰다.

"역시 테스투도 님의 신체는 안 보이네요. 파편조차 남아있지 않다니……."

아아, 부서진 신체를 찾고 있었던 건가. 파편조차 안 남다니 설 마 프리지아의 인버사기터에 휩말려서 가루가 난 건……. 죄송합 니다, 테스투도 님! 용서해주세요!

"일리나 님, 어쩔 수 없습니다. 이번에 가져온 신체를 새로 모 시죠."

"……그래야겠네요."

내가 필사적으로 마음속에서 용서를 구하고 있는 와중에, 신전 사람이 등에 지고 있던 봇짐을 풀었다. 천으로 감싸져 있던 것은 양팔로 끌어안을 수 있을 만한 사이즈의 나무 상자로, 뚜껑을 열 자 윤기 나는 검은 물체가 들어 있었다.

"그건 신전에 모시고 있던 신체인가요?"

"네. 이걸 사당에 모셔두고 이 지역에 테스투도님의 가호를 불 러들이는 거죠."

그 후엔 에스텔에게 다시 바위로 사당을 짓도록 부탁하고 그 안 에 신체를 놓았다. 그리고 엘레나 씨 일행이 사당 앞으로 물러나 두 손을 모으고 작은 목소리로 기도를 올리자, 사당이 빛나기 시 작하더니 순식간에 빛이 퍼져나갔다.

"이게 테스투도 님의 가호인가."

"으음, 저도 뭔가가 일어나고 있단 게 느껴집니다!"

"이 힘으로 세바리아를 마물로부터 지키고 있었구나."

힘의 파동 같은 것이 피부로 저릿저릿하게 전해져 왔다. 신성한 힘인지는 알 수 없었지만 대단한 것은 알 수 있었다.

우리가 테스투도 님의 힘을 느끼고 놀라워하고 있는데, 시스하가 홀로 고개를 갸웃하며 복잡한 표정을 짓는 것이 시야에 들어왔다.

"시스하, 왜 그래?"

"아뇨…… 아무것도 아니에요. 신경 쓰지 않으셔도 돼요."

시스하는 쓴웃음을 지으며 입에 검지를 대고 내게 신호를 보냈다. 지금은 말하지 않는 편이 좋겠단 건가? 잘 모르겠지만 얌전히 말을 듣자.

"이걸로 의뢰 달성인 거야?"

"네. 이젠 결계를 다시 치기만 하면 끝입니다만…… 한나절 이상 걸리는데다, 나중에 마물이 또 나타날 경우엔…….."

일리나 씨가 곤란한 표정으로 눈썹을 찌푸렸다. 결계를 다시 치는데 그렇게 오래 걸리는 줄은 몰랐네.

게다가 다시 치더라도 디아볼루스 무리가 또 찾아온다면 결계가 파괴되고 같은 일이 반복될 것이다. 하지만 계속 지켜보고 있을 수도 없는데, 어떡하지?

그렇게 고민하고 있는데 시스하가 자신만만하게 웃기 시작했다.

"우후후, 어쩔 수 없죠. 제가 팔 걷고 나설 차례인가요!"

"오, 뭔가 좋은 생각이라도 있어? 설마 소매만 걷겠단 소린 아니겠지?"

"무슨 바보 같은 말씀을 하시는 거예요. 결계 치는 걸 돕겠다고요."

"시스하는 결계도 칠 수 있습니까?"

"저도 일단 신관이니까요. 진심을 다하면 두 번 다시 바깥 공기를 못 마시게 봉인해버릴 수도 있어요. 궁금하시면 오쿠라 씨도 한번 체험해보실래요?"

"농담하지 말고. 그런 게 가능하면 바로 해달라고."

"쳇. 재미없게—."

나를 봉인해서 어쩌려는 셈이야. 두 번 다시 바깥 공기를 못 마시게 만들어 버리겠다니 그런 말은 하지 마.

"일리나 씨, 괜찮다면 도와드릴 수 있는데 어떠신가요?"

"네! 부디 부탁드리겠습니다! 시스하 씨가 협력해주신다면 테스투도 님도 기뻐하실 거예요!"

일리나 씨가 주먹을 꼭 쥐고 다가오자 시스하는 조금 얼굴을 굳혔다. 이렇게까지 기뻐하다니, 그 정도로 기대하고 있단 건가.

하지만 정말로 시스하가 결계를 칠 수 있단 말이야? 일단 지켜보자.

시스하를 포함하여 일리나 씨와 신전 사람들이 흩어져서 각자 위치에 섰다.

"그러면 시작할게요. 여러분, 준비 되셨나요?"

일리나 씨의 신호에 두 손을 모으고 기도를 시작하자 지면에 마법진 같은 것이 떠오르더니 주위가 빛으로 가득 찼다.

"오오—, 아름다운 광경입니다."

"그러게. 저렇게 보니 시스하도 정말 신관처럼 보여."

"평소에도 저런 모습이면 좋을 텐데 말이야."

시스하도 눈을 감고 진지한 표정으로 기도를 올리고 있다. 으음, 외모만큼은 사기급으로 청순하니, 이럴 땐 정말 그럴싸한 신관으로 보인다.

그 광경을 지켜보며 몇 분이 지나자 사당 주변에 돔 형태의 빛이 형성되기 시작했다. 하나가 완성되고 끝이라고 생각했는데, 외벽을 감싸듯이 결계가 두 겹 세 겹 겹쳐지더니 결국 다섯 겹의 결계가 형성된 후 주변에 가득 차 있던 빛이 잦아들었다.

응? 한나절 정도 걸린다고 했는데 벌써 끝난 거야? 아직 10분도 안 지났잖아.

내가 의아하게 생각하고 있자 일리나 씨와 신전 사람들도 당황한 표정으로 두리번거리고 있었다.

"어라…… 결계가 벌써 완성되다니……."

그 와중에 시스하는 홀로 어깨를 풀면서 태연하게 이쪽으로 걸어왔다.

"휴우, 역시 결계 치는 건 지친다니까요—."

설마 시스하가 참가했다고 한나절 걸리는 작업이 벌써 끝난 거야? 일리나 씨도 같은 생각이었는지 다시 달려와서 시스하의 양손을 붙잡았다.

"시, 시스하 씨! 역시 대단한 신관님이셨어요!"

"우후후, 그 정돈 아니에요. 이제 이 사당이 간단히 부서질 일은 없을 거예요. 마물 방지는 물론이고 5중 결계에 자동 복원 기능까지 더했으니까요! 게다가 만일의 상황에 대비해서 동시에 5겹을 파괴하지 않으면 곧바로 결계가 재생되어서 공격 주체를 봉인하는 기능까지 보너스예요!"

야, 대체 결계에 얼마나 많은 기능을 넣은 거야?! 너무 과하다고 생각했지만 이번엔 에스텔까지 의기양양하게 제안하기 시작했다.

"결계가 부서져도 괜찮도록 나도 뭔가 설치해둘까? 결계에 위해를 가하는 상대에게 반응해서 자동 추격하는 폭파 마법 같은건 어때?"

"정말인가요?! 부디 부탁드리겠습니다!"

"후후, 나한테 맡겨."

감격하며 큰소리로 호응하는 일리나 씨 덕분에, 결계에 에스텔의 마법까지 더해지게 되었다.

으, 으음…… 이제 웬만한 마물은 여유롭게 격퇴 가능한 사당이 완성되었으니 괜찮은 거겠지?

무사히 사당 복원도 마쳤으므로 우리는 동굴을 나왔다. 그리고 왔을 때와 마찬가지로 다라의 등에 타서 세바리아를 향해 공중 이동을 시작했다.

비행 중에 디아볼루스가 습격해올 것을 경계하여 고도는 조금 낮춘 상태였다. 지도 어플로 빨간 점에 특히 주의하고, 야영 중에도 평소보다 긴장해야 했다.

그렇게 이틀에 걸쳐 세바리아를 향해 이동했으나 딱히 마물의 습격을 받지 않고 무사히 도착할 수 있었다. 만일 디아볼루스가 더 남아 있었다면 습격했을 텐데, 더 남아 있지는 않다는 의미인가. 어쨌든 무사히 돌아왔으니 한숨 돌릴 수 있겠다.

우리는 일리나 씨 일행과 헤어지고 곧바로 협회에 보고하러 갈 생각이었으나…… 일리나 씨 일행은 다라만 신전으로 돌려보낸 후 모험가 협회까지 우리를 따라왔다. 아마 이번 일을 직접 지부장에게 얘기하고 싶었던 모양이다.

우리 입장에선 우리끼리만 가는 게 편했기에 괜찮다고 몇 번이나 사양했으나, 어떻게든 같이 가고 싶다며 고집을 부리는 바람에 마지못해 승낙할 수밖에 없었다.

그리고 지금 우리는 모험가 협회에 도착해 벤스 씨와 대화를 나누는 중이다.

"네?! 그러면 오쿠라 씨 혼자서 그 마물 여섯 마리에 정체불명의 거대한 마물까지 해치웠단 말입니까!"

"네. 게다가 시스하 씨와 에스텔 씨가 결계 복원에 강화까지 도와주셨어요. 이처럼 훌륭한 모험가분들을 소개해 주신 벤스 씨에게 어떻게 감사 인사를 드려야 할지 모르겠네요."

"아뇨, 아뇨! 소개라니 무슨 말씀을! 이건 전부 마침 협회로 찾아오셔서 선뜻 의뢰를 받아주신 오쿠라 씨 덕택이지요!"

"아, 아하하…… 별말씀을요."

일리나 씨 일행이 사당에서 일어난 일을 설명했고, 우리는 습격한 마물이 우리가 찾고 있던 디아볼루스였단 이야기를 덧붙였다. 그 결과, 벤스 씨까지 나 혼자서 디아볼루스 여섯 마리를 격퇴했다고 생각한 모양이다.

잠깐 잠깐, 이러지 말라고. 이럴까봐 일리나 씨 일행이랑 같이 오기 싫었던 거야.

일리나 씨의 이야기를 들고 흥분한 벤스 씨는 입이 마르도록 우리의 칭찬을 늘어놓았다.

"오쿠라 씨! 이번 일은 정말 자랑스러워해도 좋아! 호위 대상을 무사히 도피시키고 그 마물을 여섯 마리나 혼자서 상대해서 사당을 탈환하다니. A랭크 모험가여도 어려운 업적을 해냈어! 크리스토프 씨가 인정한 모험가답군!"

어어, A랭크여도 어려운 업적이라고? 너무 얘기가 과장된 거 아냐? 벤스 씨를 이대로 두면 점점 이야기가 걷잡을 수 없이 나아갈 것 같다.

우리의 평판이 지금보다 과하게 높아져서 귀찮은 일에 휘말리면 안 되니까 변명으로 넘기자.

"그 정도는 아닙니다. 그건 운이 좋았다고 할까, 갖고 있던 마도구가 마침 도움이 되어서 그런 거예요."

"오오! 그런 대단한 마도구도 가지고 있었다고? 혹시 그 마도구를 만든 것도 이 마도사 아가씨인가?"

내 이야기를 들은 벤스 씨는 이번엔 에스텔을 보며 눈을 반짝였다.

젠장, 실패했다! 마도구를 언급하며 변명한 것은 어리석은 판단이었다. 아니, 하지만 달리 좋은 변명이 떠오르는 것도 아니고……. 잘 넘어가기만을 바라야겠다.

벤스 씨의 시선을 한 몸에 받은 에스텔은 곤란하다는 듯이 쓴 웃음을 지었다. 그리고 뺨에 한 손을 대고 조금 생각에 빠져 있더니 입을 열기 시작했다.

"응. 하지만 내가 처음부터 만든 건 아니고 그저 조금 손봤을 뿐이야."

"그래도 그 마물을 상대할만한 마도구를 만들어 내다니, 오쿠라 씨뿐만 아니라 파티원 모두 대단하구먼! 신관님도 사당을 복원할 정도의 힘을 지니고 계셨다니!"

"우후후, 별거 아니에요."

"정말 시스하 씨는 대단하신 분이에요! 저희도 본받아야겠어요."

벤스 씨와 일리나 씨의 칭찬을 들은 시스하는 아주 만족스럽다는 듯이 가슴을 쭉 펴고 우쭐한 표정이었다.

조금은 분위기 파악하고 겸손해지라고, 이 녀석아! 그리고 일리나 씨도 본받으려 하지 마세요!

벤스 씨를 겨우 진정시키고 이번 의뢰 보고를 마친 후 협회를 나섰다.

휴, 변명으로 겨우 넘겼지만 나 혼자서 사당에 가서 디아볼루스를 해치웠다는 식으로 오해받은 건 생각이 짧았다. 하지만 일리나 씨 일행의 호위를 소홀히 할 수 없었으니 어쩔 수 없다.

적어도 한 명만 더 모험가로 등록할 수 있다면…… 불평해도 소용없겠지. 크리스토프 씨에게 사정을 설명하면 루나도 등록할 수 있겠지만 본인이 싫어하니까 말이지. 프리지아는…… 여러모로 문제를 일으킬 것 같으니 고려 대상 외다.

호위도 끝났으니 일리나 씨 일행과는 여기서 헤어지기로 했다. 일리나 씨 일행은 협회 건물을 나와 우리에게 깊이 머리를 숙여 인사했다.

"이번에 호위를 맡아주셔서 정말 감사했습니다. 여러분의 수고에 테스투도 님도 기뻐하실 거예요."

"도움이 되었다면 다행입니다. 세바리아에는 더 체류할 예정이니까 혹시 무슨 일이 있으시다면 협력해드릴게요."

"네. 그땐 가장 먼저 부탁드리도록 할게요."

시스하와 에스텔이 말도 안 되는 수준의 결계를 쳐 놓았으니 그 사당이 습격당할 걱정은 이제 없을 테지만 말이지. 원흉이었던 디아볼루스를 한꺼번에 처리했으니 이것으로 세바리아 조사도 일단락되었다.

하지만 아직 완전히 해결되었다고 단정 지을 수는 없으므로 조금 더 상황을 지켜볼 생각이다.

이제 한숨 돌릴 수 있겠다며 우리도 돌아가려는데…… 일리나 씨가 갑자기 내 손을 꼭 붙잡았다.

"오쿠라 씨."

"네, 네?!"

"이건 제 개인적인 답례인데…… 주제넘은 일일지도 모르겠지만, 앞으로도 오쿠라 씨가 부디 무사하시도록 기도해드릴게요."

일리나 씨는 내 이름을 부르며 어렴풋이 뺨을 붉혔다.

개, 개인적인 답례라니…… 그 말은 신을 모시는 입장이 아니라, 일리나 씨 개인으로서 기도해준다는 건가? 잠깐 잠깐, 뭐야 이 오해할 만한 대사는! 나도 모르게 두근거렸잖아!

내가 동요하며 굳어 있자 일리나 씨는 붙잡은 손을 놓고 말을 이어나갔다. ……조금 아쉽다고 생각하지 않았다. 정말로.

"그리고, 나중에 신전에 초대하고 싶은데 괜찮으신가요? 신전 입장에서도 이번 일은 정말 중대한 문제여서, 해결해주신 여러분에게 답례해드리고 싶어요."

엑, 신전에 초대한다니. 우린 그저 의뢰를 수행했을 뿐인데 답례까지 받을 순 없다. 게다가 이번엔 호위 보수로 상당한 금액을 받을 예정이다. 결계 복원 외에도 여러 가지를 포함하여 적어도 4천만 길이 예상된다고 한다.

일리나 씨 일행끼리 바로 정할 수는 없었기에, 신전에 돌아가서 신전장 등 다른 사람들과 의논해보고 지불하기로 하였다.

그런데 답례를 더 받을 수는 없지.

"초대해주시는 건 영광입니다만, 저흰 협회에서 의뢰를 받았을 뿐이니 그리 신경 써주시지 않아도 됩니다. 보수도 받을 예정이니 따로 챙겨주시지 않아도 괜찮아요."

"부탁드릴게요. 저희도 이동 중에 대화를 나눠봤는데, 꼭 여러분께 감사 인사를 드리고 싶어요. 신전장도 흔쾌히 승낙해주실 거라 생각하는데 와주실 수 없나요?"

으음, 물러날 생각은 없나 보군. 이렇게까지 말하는데도 거절하는 건 오히려 실례다.

"알겠습니다. 그럼 나중에 방문하겠습니다."

"감사합니다! 괜찮다면 전에 함께 왔던 아이들도 데리고 와주세요. 그때 다라를 소개해드릴 테니까요. 일정은 협회로 전달 드리면 될까요?"

"네, 그렇게 부탁드리겠습니다."

내 승낙에 만족했는지 일리나 씨 일행은 다시 고개 숙여 인사하고 신전으로 돌아갔다. 신전과의 연은 이걸로 마무리됐다고 생각했는데 계속 이어지겠네. ……일리나 씨와 또 만날 수 있는 건 조금 기쁘기도 하다.

"후우, 이걸로 일단은 마무리다."

"오쿠라 님. 이번엔 정말 수고 많으셨습니다! 대활약이었습니다!"

"응. 그렇게 말해주니 힘내서 얻어맞은 보람이 느껴지네."

디아볼루스에게 얻어맞으며 눈물 콧물 범벅이 되긴 했지만, 이렇게 칭찬받으니 제법 남자다운 활약을 한 것 같다.

후후후. 마지막까지 꼴사납게 질질 짜면서 도망 다녔다는 사실이 들키지 않은 덕분이지! 시스하에겐 들킨 것 같지만!

그렇게 기뻐하고 있는데, 에스텔과 시스하가 눈썹을 찌푸리고 매우 복잡한 표정을 지었다.

"어쩔 수 없었다곤 해도 신전 초대를 그렇게 쉽게 받아버리면 어떡해…… 게다가 오빠. 손 잡혔을 때 히죽거렸지? 사당에서 돌아오기 전에도 기도 받고 좋아하던데……."

"으엑?! 아, 아닌데?! ……단지, 여자가 손을 잡으면 당황스럽기도 하고 그런 거지."

"오쿠라 씨 반응을 구경하는 게 재밌긴 하지만 좀 그러네요. 저도 손잡아 드릴까요?"

"넌 손을 잡는 게 아니라 으스러트릴 것 같아서 싫어!"

시스하가 손마디를 우두둑거리며 다가오기에 서둘러 도망쳤다. 큰일이다. 갑작스러워서 표정 관리가 안 됐나 봐.

나도 남자니까 어쩔 수 없지. 그런 청순가련한 미인이 상기된 얼굴로 그런 얘기를 하면 평정심을 지킬 수 있을 리 없잖아.

두 사람의 눈치를 보고 있는데, 분위기 파악 못 한 놀이 끼어들어 화제를 전환했다.

"그보다 세바리아 조사는 이제 끝난 겁니까?"

"디아볼루스를 여섯 마리나 잡았고 계획도 저지했으니까요. 배후가 있더라도 이 정도로 피해를 입으면 퀘레스 때처럼 도망치지 않았을까요?"

"맞아. 최대한 그 배후를 잡고 싶었지만, 이걸로 세바리아 주변에선 이변이 안 일어나겠지."

갑자기 맡게 된 호위 의뢰에서 찾아다니던 디아볼루스와 마주치고 잡기까지 했다. 게다가 총 여섯 마리나 잡은 것은 큰 성과.

검은 보석으로 발생시킨 것으로 추정되는 그랜도리스까지 잡았으니 배후가 있다면 이미 도망쳤을 것이다. 이제 상황을 지켜보다 더 이상 디아볼루스의 발견 보고나 이변이 없다면 조사도 무사히 끝.

그렇게 낙관적으로 생각했는데, 에스텔의 불안한 말을 중얼거렸다.

"정말 그렇다면 좋을 텐데……."

"에스텔. 무슨 의미입니까?"

"조금 신경 쓰이는 부분이 있어. 우리가 도착한 시점에 사당이 부서져 있었잖아? 정말 안에 있던 것까지 부서졌던 걸까?"

"그건 모르겠지만 왜 그게 신경 쓰이는 거야?"

"단정 지을 순 없지만 이번 일로 배후의 윤곽이 조금 잡히기 시작했어."

"엑. 뭔가 알아챈 겁니까?!"

역시 에스텔 님은 대단하다니까. 하지만 이야기를 들어보아도 어느 점에서 불안 요소를 느낀 것인지는 전혀 모르겠다.

사당 안에 있었던 것이라면 테스투도 님의 신체 말하는 거지? 그게 부서졌는지 아닌지가 왜 신경 쓰인다는 걸까.

아무리 머리를 굴려 봐도 알 수 없었으므로 에스텔의 이어지는 이야기에 귀를 기울였다.

"가는 길에 마법 함정이 있었잖아. 그걸 설치한 건 디아볼루스를 조종하던 존재일 거야. 그렇다면 그 배후는 소환사, 혹은 마물술사와 비슷한 힘을 지녔겠지. 함정의 수준이 그리 높지 않았던 건 마법엔 전문적이지 않기 때문이라고 생각하거든."

"확실히 디아볼루스의 스테이터스에 권속이란 표기가 있었으니 그럴 가능성이 높지만……."

"그렇게 생각해보면 검은 보석에 마물을 강화하거나 마물 발생 장소에 영향을 주는 힘을 부여한 것도 납득이 가. 하지만 함정의 수준을 봐선, 함정만큼은 다른 마도사와 협력해서 설치했을 가능성도 있어."

"혼자일 가능성도 아직 부정할 수 없지만, 여럿이서 행동했을 가능성도 고려해야겠네요."

스테이터스의 권속 표기를 보고, 디아볼루스를 조종한 녀석의 정체가 소환사나 마물술사가 아닐까 하는 생각은 있었다. 함정도 마물 소환 계열이었으니 소환사일 가능성이 높지 않을까?

하지만 그걸 뛰어넘어서 마법 함정을 보고 배후가 여럿인 것까지 추측해 내다니. 그렇게 되면 협력자 중엔 그 보석을 만들 수 있는 수준의 마도사도 있을 것이다.

그렇다면 배후에게 디아볼루스는 당해도 상관없는, 그저 정찰 역이었던 것인가? 그렇게 생각하면 여러 마리가 있었던 것도 이해가 간다.

디아볼루스를 그런 취급할 정도의 상대가 본격적으로 전투에 나설 땐 대체 어떤 마물을 이용할까.

배후를 추측하며 무서운 상상에 휩싸였지만 에스텔의 본론은 그다음부터였다.

"그래서 거기까지 생각해보고 신경 쓰인 건데, 어쩌면 사당에 있던 테스투도 님의 신체를 들고 갔을지도 몰라."

"엑, 들고 갔다고?"

"소환사나 마물술사는 마물에 대해선 전문가잖아? 그 신체를 매개체로 삼아서 뭔가 꾸미려는 걸지도 몰라."

"그, 그래도 그건 어디까지나 추측 아닙니까? 애초에 테스투도 님이 마물과 관련되었단 증거도 없는데……."

지금 에스텔이 말하는 것은 어디까지나 예상이다. 신체도 내가 생각한 것처럼 프리지아의 인버사기터에 산산조각 났을 수도 있다.

하지만 일리나 씨는 붕괴한 사당의 흔적을 뒤지면서 파편조차 없다고 말했었지. 들고 갔을 가능성도 부정할 수 없다.

소환사에 대해선 잘 모르지만 지금까지 있었던 일을 떠올려 보면 에스텔의 말도 일리가 있다.

만일 그 정도로 강력한 힘을 지닌 신체를 사용해 마물을 소환하기라도 한다면 대체 얼마나 무서운 마물이 나타날까? 하지만 놀의 말대로 테스투도 님이 마물이라고 아직 단정 지을 수는 없다.

그렇게 현실 도피하고 있는데 조용하던 시스하가 놀의 말을 부정했다.

"놀 씨. 테스투도 님이란 존재 말인데요. 아마 마물일 거예요."

"그러고 보니 사당의 힘이 돌아올 때 표정이 별로 좋지 않던데 왜 그랬어? 그때 마물이라고 확신한 거야?"

"네. 힘이 퍼져나갈 때 신성함보단 마물에 가까운 느낌이 들었어요. 하지만 악한 기운은 아니었으니 나쁜 존재는 아닐 거예요."

그 자리에서 말하면 일리나 씨 일행이 충격을 받을 테니 말을 아꼈던 거군.

"으음. 그러면 신전 사람들은 마물을 모시고 있었던 겁니까?"

"신앙에도 여러 종류가 있으니까요. 실제로 힘을 사용해 사람들을 지켜주고 있으니 아무리 마물이라고 해도 숭배 대상이 되긴 충분해요. 신체만으로 그런 힘을 내는 것을 보면, 테스투도 님을 직접 목격한 사람 눈엔 신으로 보였을 거예요. 그야말로 신이 나타난 거죠."

신의 강림이란 건가. 으음…… 아직 예상에 불과하지만 이번엔 여러모로 알아낸 것이 많다. 앞으로 가장 걱정인 것은 역시 '빼앗겼을지도 모르는 테스투도 님의 신체로 무엇을 할 것인가'겠지. 만일 무언가를 꾸미고 있다면 배후는 아직 세바리아 주변에 있을지도 모른다.

어쨌든 앞으로 전투가 격화될 가능성이 있는 이상 전력 강화는 필수. 그렇다면 역시 가챠를 돌려야겠군!

그렇게 내가 결심하자마자 주머니에 들어 있던 스마트폰이 진동했다.

◆

일리나 씨 일행과 헤어진 후 도착한 알림. 그것은 가챠 이벤트였다. 우리는 서둘러 귀가하여 집에서 대기하고 있던 루나와 프리지아에게도 가챠 이벤트가 시작되었다는 것을 알려주었다.

"와아—! 가챠! 가챠다! 가챠 너무 좋아! 헤이하치, 빨리 돌리자!"

"잠깐 기다려. 기대되는 건 알겠는데 진정해!"

프리지아가 스마트폰을 들고 방을 돌아다니며 소란을 피웠다. 사당에서 있던 전투로 기절한 후, 루나가 친절히 돌봐주었는지 완전히 평소의 활기를 되찾았다.

한편 그런 프리지아를 돌본 루나는 의자에 앉아 있는 시스하에게 안겨 가슴에 얼굴을 묻고 있었다.

"루나 씨, 수고하셨어요."

"음…… 피곤해. 당분간 시스하로 힐링하게 해줘."

"우후후, 만족하실 때까지 어리광 부리셔도 괜찮아요!"

이 얼마나 부러운 광경인가. 루나에게만 허용되는 특권이군.

피곤에 찌든 루나는 그대로 시스하에게 맡기고, 뛰어다니는 프리지아를 진정시키고 의자에 앉혔다. 귀가하고 각자 방에 들어가 있던 에스텔과 놀도 거실로 불러내는 것으로 드디어 가챠를 돌릴 준비를 마쳤다.

"이번에도 마석은 충분하니까 안심하고 돌릴 수 있겠네."

"응. 전에 모은 것도 잔뜩 남아 있으니까 말이야."

"그렇다고 해서 마석을 낭비하면 안 됩니다!"

"하하. 그건 무슨 이벤트인지에 따라 다르지. 그러면 간다!"

현재 마석은 1832개. 이 정도면 아무리 박스 가챠든 컴플리트 가챠든 원하는 것을 확실히 얻을 수 있다. 헤헤, 이번 가챠는 뭐냐!

〈아이템 가챠 개최! SSR 이상 확률 대폭 UP! 일부 UR 픽업!〉

"에—. 아이템 가챠잖아. 전력 강화 유닛이나 장비 계열 가챠였으면 했는데…… 그래도 대폭 UP이면 나쁘진 않네."

"으음. 확실히 편리한 물건은 많이 나오겠지만 재미가 떨어지네요. 그래도 UR 픽업이면…….."

나와 시스하는 마주 보고 침을 꿀꺽 삼켰다. 아무래도 같은 생각을 하고 있나 보군.

SSR 이상 확률 대폭 UP이라니 이 얼마나 감미로운 문장인가. 평소엔 그냥 '확률 UP'이라고만 적혀 있었던 게, 이번엔 '대폭

UP'이다. 게다가 UR까지 픽업이다.

그야말로 사행심을 끌어올려 펑펑 쓰게 만드는 글귀.

문제는 모두의 반응인데…… 시선을 흘끗 돌려보자 놀은 양 손을 꼭 쥐고 위아래로 붕붕 흔들고 있었고, 에스텔도 미소를 지었다.

오, 아무래도 반응은 괜찮은 모양이네. 웬일로 좋아하는 거지?

"아이템 가챠는 좋습니다! 모후토의 펫하우스가 나온 가챠지 않습니까!"

"맞아. 게다가 하우스 익스텐션이 나온 것도 이 가챠였지? 분명 좋은 아이템이 나올 거야."

생각해보니 대폭 UP이란 유혹 외에도, 저번 아이템 가챠에선 제법 유용한 물건이 많이 나왔었다. 그중에서도 특히 하우스 익스텐션은 대박이었지.

왕도 집에도 하우스 익스텐션을 사용하고 싶었는데 이 기회에 하나 더 나오면 좋겠다. 그랜도리스와의 전투로 섬광탄 등 아이템을 많이 소진했으니 보충하는 것도 나쁘지 않다.

게다가 하우스 익스텐션도 SSR인데 UR 아이템은 대체 얼마나 좋을까. 크으윽, 유닛이나 장비뿐만 아니라 아이템도 유용한 게 많아서 고를 수가 없어.

자, 다들 반응이 좋은 걸 보면 문제없을 것 같고, 픽업 대상을 확인해 볼까?

픽업 대상

UR

· 타임스토퍼

· 여신의 성역

· 입체지도 어플

· 유닛 강화권

"허?! 뭐야 이 아이템은!"

"이게 이번 픽업 대상이군요⋯⋯ 전부 궁금하지만 마지막에 있는 유닛 강화권이 특히 궁금하네요."

"유닛 강화란 건 저희가 강해질 수 있단 겁니까?"

"이름을 보면 그런 것 같아. 이 중에서 예상이 안 가는 건 '여신의 성역'이네."

"흠. UR이라면 전부 대단하겠군."

"이걸 가챠로 뽑으면 되는 거지? 힘내자!"

잠깐 잠깐. 지금까지 UR 아이템은 미지의 영역이었는데 전부 이름만 봐도 엄청날 것 같다.

타임스토퍼는 이름대로 시간을 멈추는 거겠지? 게임으로 치면 거의 보스급 능력이잖아! '시간이여 멈춰라!'라고 외치며 시간 멈춰보고 싶어! 시간 정지 중에 엑스칼리빠루로 구타하면 웬만한 마물은 순식간에 해치울 수 있겠지. 시간을 멈춰 놓고 나이프를 던져도 괜찮겠네.

여신의 성역은 에스텔의 말대로 이름만 들어선 무슨 효과를 지닌 아이템인지 상상이 안 간다. 특별한 장소를 만들어내는 건가?

입체지도 어플은 아마 지도가 3차원으로 표시되는 어플일 것이다. 지금 사용하는 SR 지도 어플은 평면이니까 고도를 알 수 없을 때가 종종 있다. 그게 3차원으로 표시되면 상당히 편리할 것이다.

마지막으로 모두의 관심이 집중된 유닛 강화권. 이건 이름 그대로 유닛을 강화하는 거겠지. 놀은 이미 1단계 강화를 거쳤는데, 이것을 사용하면 그런 식으로 강화되는 걸까? 만약 그렇다면 전력이 상당히 강화될 것이다.

으음, 하나도 빠짐없이 탐나는 것들뿐이다. 뭐든 좋으니 하나라도 갖고 싶다.

그런 생각에 빠져 있는데 시스하가 입을 열었다.

"그보다 일이 일단락되고 가챠 이벤트가 시작되다니 타이밍이 좋네요."

"일리나 씨가 기도해준 덕분이지! 이것도 분명 테스투도 님의 가호…… 왜 그래?"

내가 일리나 씨의 이름을 꺼낸 순간, 미소 짓던 시스하는 얼굴 근육을 실룩거리며 굳어버렸다.

"……아뇨. 아무것도 아니에요."

"그렇게 그 언니가 좋았구나……."

에스텔까지 어두운 표정으로 고개를 숙이고 중얼거리기 시작했다. 지, 지뢰를 밟았나 봐……. 일리나 씨 얘기는 당분간 꺼내지 말자.

나는 상황을 무마하기 위해 이번 가챠 횟수를 배정하기로 했다.

"조, 좋았어. 그러면 이번엔 루나와 프리지아가 3번씩. 나머지는 2번씩 돌리자."

"와아—! 헤이하치 통이 크네!"

"흠. 좋은 마음가짐이군."

이번엔 루나와 프리지아가 특히 고생했으니까 말이지. 픽업 대상을 생각해보면 전력으로 돌리고 싶긴 하지만 나중에 박스 가챠나 컴플리트 가챠 이벤트가 시작될 수도 있으니 너무 많이 소비하는 것은 옳지 않다.

그래도 총 16회, 마석 800개를 사용하게 된다. 아슬아슬하게 1000개는 남겨둘 생각이다. 만일 이렇게 돌려서 UR이 하나도 안 나온다면…… 물량 공세도 불사하겠어.

"그러면 이번엔 프리지아부터 돌리자."

"고마워! 에헤헤, 계속 기대하고 있었거든! 그럼 시작한다!"

방을 뛰어다닐 정도로 기대하던 탓인지. 프리지아는 지금도 몸을 배배 꼬면서 가만히 있질 못했다. 더 기다리게 했다가 참지 못하고 난리치면 안 되니까 첫 타자를 맡기자.

내게 스마트폰을 건네받은 프리지아는 스마트폰을 번쩍 들고 눈을 반짝이며 기뻐했다. 그래 그래. 가챠를 대하는 자세가 그래야지. 이대로 가면 내 편으로 끌어들일 수 있을 것이다.

그리고 프리지아는 테이블에 스마트폰을 놓고 '에잇!' 하고 외치며 가챠 버튼을 눌렀다.

화면에 보물 상자가 나타났다. 보물 상자는 은, 금, 백, 무지개.
……응?

"뭐……라고……?"

"이번이 두 번째 가챠인데 UR을 뽑다니…… 이게 무슨 일이죠?"

"엄청 운이 좋잖아."

잠깐 잠깐. 안 나오면 물량 공세도 불사하고 있었는데 첫 판부터 나왔잖아! 시작하자마자 우리의 승리잖아—! ……아니, 하지만 픽업 대상이 아니라면 노카운트, 노카운트다.

모두가 UR을 뽑은 프리지아를 보며 경악했다. 그런 당황한 분위기를 눈치챘는지 프리지아가 불안한 목소리로 놀에게 물었다.

"놀, 이거 좋은 거야?"

"그냥 좋은 수준이 아닙니다! 그게 UR이 나오는 보물 상자입니다! 가챠에서 제일 좋은 걸 뽑은 겁니다!"

"이게 UR이구나! 신난다!"

"바보 엘프치고 좋은 결과군. 축하한다."

"에헤헤, 고마워—."

루나가 가볍게 박수를 치자, 프리지아는 머리를 긁으며 쑥스러워했다. 칭찬 받느라 바보 엘프라고 부른 건 눈치 못 챘나 보네.

자, 그러면 뭐가 나왔는지 확인해 볼까?

〈R 식료, SR 날씨 어플, R 점착탄, R 디코이, R 풍선, R 캠프 세트, R 인형, SR 엑스칼리빠루, R 술, SR 만능셔블, UR 여신의 성역〉

"우왓! 처음부터 픽업 UR 뽑았잖아!"

"아이템 가챠니까 이것도 아이템 계열 UR 입니까?"

"가장 효과가 궁금하던 게 나왔네. UR 아이템은 어떤 효과가 있을까?"

"하우스 익스텐션도 겨우 SSR이니까요. 분명 엄청난 효과가 있을 거예요. 프리지아 씨가 한 건 해내셨네요."

"에헤헤, 별거 아냐―."

"흠. 이 흐름으로 다음도 힘내봐."

"응!"

칭찬받아 기분이 좋아졌는지 프리지아는 의기양양하게 가챠 버튼을 터치했다.

〈R 식료, SR 고급 술, SR 비컨, R 무전기, SSR 에어슈즈, R 매직페이퍼, SR 폭렬권, R 낚싯대, R 인형, R 수면제, R 연막탄〉

〈SSR 합성상자, R 간식, SR 냄비 뚜껑, SR 두꺼운 책, SR 희소광석, R 최루탄, SR 경보기, SR 에어로프, R 금혼, R 포션 ×10, R 캔들〉

"아―! UR 안 나왔네…… 이게 SSR이지?"

"SSR도 대단한 겁니다!"

"그렇구나. 신난다! 가챠 재밌어!"

프리지아는 순수하게 활짝 웃으며 스마트폰을 번쩍 들었다.

큭, 엄청난 녀석이었잖아……. 확률이 대폭 상승했다곤 해도 세 번 다 SSR 이상을 뽑았다.

"혹시…… 이건 그건가요?"

"……그래. 프리지아도 놀 타입인가 보군."

"성격이 비슷하면 가챠 결과도 비슷해지는 걸까? 오빠랑 시스 하도……."

설마, 설마 두 번째 가챠에서 UR을 뽑다니! 놀이 첫 가챠를 돌릴 때가 떠오르며 기시감이 느껴졌다. 그땐 내가 거하게 망하고 놀이 처음 단챠를 돌려서 UR, 그것도 에스텔 소환석을 뽑았었지.

한 번으로는 알 수 없었지만 두 번째도 이 결과인 걸 봐선 프리지아도 운빨이 강한 타입일 것이다. 나중에도 그 가챠운을 맘껏 발휘해줬으면 좋겠다.

"그러면 다음은 나군. 바보에게 지지 않는 결과를 내주지."

"힘내, 루나! 응원할게!"

"……정신 사납군."

루나는 라이벌을 보듯이 날카로운 시선으로 프리지아를 쳐다봤지만, 프리지아가 소란스럽게 응원을 보낸 탓인지 다시 나른한 얼굴로 돌아왔다. 프리지아를 상대하고 있으면 냉정한 흡혈귀님도 독기가 사라지는 모양이다.

그리고 담담하게 가챠 버튼을 누른 결과.

〈R 점착탄, SR 냄비 뚜껑, R 영양제, SR 비컨, R 만능약, SR 폭렬권, R 얇은 책, SR 망각제, R 소취제, R 무전기, R 식료〉

〈SR 엑스칼리빠루, R 연막탄, SR 희소광석, R 매직다이너마이트, R 식료, SSR 장비 강화권, R 캠프 세트, R 디코이, R 청소기, R 금고, R 침낭〉

〈R 디코이, R 포션×10, R 매직다이너마이트, SSR 긴급소환석, R 간식, SR 두꺼운 책, SR 극대금혼, R 인형, SR 숄더백, R 귀마개, R 화로〉

"졌군…… 그래도 SSR 두 개면 괜찮나."

"역시 루나 씨예요!"

"역시 루나야!"

"……고맙군."

나름대로 괜찮은 결과였는지 루나는 뺨을 붉히고 조금 자랑스러운 표정을 지었다. 평소엔 차가운 분위기인데 이럴 땐 제대로 기뻐하는구나.

"우후후, 그럼 이제 제 차례네요! 이 흐름을 타고 UR을 꼭 뽑겠어요."

"그렇게 말하지만 항상 네 차례에 흐름이 끊겼었지."

"오쿠라 씨도 마찬가지잖아요! 조용히 보고 계세요!"

저렇게 자신만만하게 가챠를 돌리면 대부분 결과가 처참했으니까 말이야. 정말이지, 조금은 자신을 돌이켜봤으면 좋겠다.

시스하는 입꼬리를 끌어올리고 전혀 신관답지 않은 환희에 찬 표정으로 가챠를 두 번 돌렸다.

〈SR 엑스칼리빠루, SR 고급 술, R 얇은 책, SR 고급 향수, R 만능약, R 매직페이퍼, SR 두꺼운 책, R 인형, R 간식, SR 홀드 트랩, SR 비컨〉

〈R 연막탄, SR 천리안, SR 탈출 장치, SR 시계 어플, R 식료, SR 명품낚싯대, R 매직다이너마이트, R 디코이, R 무전기, R 얇은 책, SR 힙색〉

"앗, 아아……."

"그것 봐. 지금은 내가 나서야했어!"

"크윽, 원통해요—!"

시스하는 주먹을 쥐고 테이블을 쿵쿵 쳤다. 확률 대폭 상승인데도 평소와 다름없는 점은 참 대단하군.

그런 시스하의 다음 차례는 에스텔이었다.

"전엔 결과가 별로 안 좋았으니 이번엔 좋은 거 뽑고 싶어. UR은 또 안 나오려나?"

"에스텔도 UR을 한 번 뽑은 후로 가챠에 기대감을 가지게 됐구나."

"응. 역시 좋은 걸 뽑으면 기쁜걸. 이젠 오빠나 시스하에게 뭐라 할 처지가 아냐."

호오, 에스텔도 점점 가챠에 물들어가고 있군. 에스텔조차 이런데 UR과 SSR을 그렇게 많이 뽑고도 가챠에 물들지 않는 놈은 상당히 쉽지 않은 상대다. 언젠가 그 녀석도 우리 편으로 끌어들이고 말겠어!

에스텔은 조용히 웃으며 가챠를 두 번 돌렸다.

〈R 섬광탄, SR 엑스칼리빠루, SR 희소광석, R 만능약, SR 비컨, R 점착탄, R 린스, SR 망각제, R 인형, SR 로봇청소기, SR 극대금혼〉

〈SR 엑스칼리빠루, SR 폭렬권, R 식료, R 매직포션×10, R 조명탄, R 매직다이너마이트, R 보디숍, R 고형 연료, R 간식, R 귀마개, SR 탈출 장치〉

"우으, 역시 이렇게 됐어. 가챠는 쉽지 않네."

"너무 상심하지 마! 가챠가 원래 그런 거지!"

"오쿠라 씨. 에스텔 씨한텐 상냥하시네요."

"으, 응? 무, 무슨 소린지 모르겠네—."

어깨를 축 늘어트린 에스텔을 위로하고 있는데 왜인지 시스하가 수상쩍은 표정으로 쳐다봤다. 딱히 에스텔을 특별 대우하고 있는 건 아닌데…….

계속 물어보면 대답하기 곤란할 것 같아서 곧바로 놀에게 스마트폰을 건넸다.

"다음은 저랑 모후토 차례입니다!"

"두 분이 메인이죠. 기대할게요."

"음. 매번 좋은 결과를 남기지."

"맞아. UR이 하나만 더 나왔으면 좋겠어."

"놀! 힘내!"

이번엔 놀과 모후토의 합동 작전인지, 동시에 가챠 버튼을 터치했다. 결과는 금, 백, 백색에서 멈췄다.

〈R 식료, R 섬광탄, SR 엑스칼리빠루, R 인형, SR 비컨, SR 홀드트랩, R 포션×10, SR 고급 안대, SR 고급 냄비, SR 무드등, R 간식〉

〈SR 조미료 세트, R 연막탄, R 고형 연료, SSR 디멘션홀, R 매직포션×10, R 캠프 세트, SR 탈출 장치, SR 비컨, R 만능약, R 만능약, SR 에어로프〉

〈SR 엑스칼리빠루, R 램프, SR 고급 방석, R 조명탄, SSR 하우스 익스텐션, SR 숄더백, SR 망각제, R 무전기, R 식료, SR 두꺼운 책, SR 계산기 어플〉

그리고…… 마지막엔 무지개색이 나왔다.

"잠깐, 정말로 UR이 나왔잖아?!"

"SSR에 UR까지. 역시 놀 씨와 모후토 씨는 운빨이 엄청나다니까요."

"둘 다 대단하다! 다들 기대할 만하네!"

"놀과 모후토는 정말 결과가 안정적이라니까. 게다가 하우스 익스텐션이 나왔어."

"음. 역시 두 사람은 운이 좋군. 나한테도 나눠줘."

"피, 피를 빤다고 운이 나눠지는 건 아닙니다!"

루나의 은근한 시선을 받고 놀은 서둘러 모후토를 안아들고 거리를 벌렸다. 프리지아도 그렇고 놀, 모후토도 어째서 이렇게 운이 좋은 거지? 덕분에 UR이 늘어났으니 고맙지만 말이야.

좋았어. 그럼 UR을 확인해보자. 예상외로 유닛이 나와 주면 좋을 텐데.

〈R 섬광탄, SR 고급 향수, R 식료, SR 비컨, SR 하이포션, R 하이포션×10, SR 희소광석, R 인형, SR 냄비 뚜껑, R 만능약, UR 유닛 강화권〉

"오오! 유닛 강화권이야!"

"픽업 대상 아이템이 또 나왔습니다! 저희를 강화하는 아이템입니다!"

"오쿠라 씨! 이건 부디 저한테 써주세요!"

"시스하, 그건 의논해보고 천천히 정해야지. 그렇지?"

"히익── 그, 그렇죠……."

시스하가 내 어깨를 단단히 붙잡고 자신에게 써달라고 어필했으나, 활짝 웃으며 말하는 에스텔의 모습에 위압되어 얌전해졌다.

픽업 대상 UR이 또 나오다니. 이번엔 확률이 제대로 높아진 모양이다. 유닛 강화권을 누구한테 사용하면 좋을지 매우 고민되기 시작했다. 그건 나중에 다 같이 대화를 나눠보고 정해야겠다.

"자, 드디어 내 차례가 왔군!"

"오쿠라 씨. 이 정도로 끝내도 되지 않을까요? 지금 끝내면 좋은 결과로 남을 수 있는데요?"

"웃기지 마! 좋은 결과로 남는 건 알 바 아냐! 난 가챠를 돌리고 싶다고!"

"오쿠라 님도 참 여전하십니다……."

왜 내 차례를 넘기려고 하는 거야! 쳇, 여기서 떡하니 UR을 뽑아서 격이 다르다는 것을 몸소 보여주지. 나의 이 압도적인 가챠 운으로 말이야!

나는 검지에 기도와 마음을 담아 강하게 가챠 버튼을 터치했다. 그리고 두 번 돌린 결과는── 금. 두 번 다 금. 금색이었다.

〈R 식료, R 수면제, R 섬광탄, SR 엑스칼리빠루, SR 고급 램프, R 매직다이너마이트, SR 토시, R 캠프 세트, R 매직페이퍼, SR 숄더백, SR 보드게임 세트〉

〈SR 엑스칼리빠루, SR 고급 술, SR 냄비 뚜껑, SR 폭렬권, SR 비컨, SR 하이포션×10, SR 극대금혼, SR 물통, SR 고급 향수, SR 힙색, SR 두꺼운 책〉

저기…… 어째서죠? 어째서 SR밖에 안 나오는 거죠?! 젠장, 확률 대폭 상승이라더니 결과가 이게 뭐야! 그거다, 두 번밖에 안 돌린 게 문제다. 한 번 더 돌리면 분명 SSR이…….

그렇게 생각하며 다시 가챠 버튼을 터치하려 했으나 누군가가 어깨를 토닥였다. 뒤돌아보니 그곳엔 프리지아가 눈부시게 웃으며 서 있었다.

"힘내, 헤이하치! SR도 충분히 대단해!"

"기만하는 거냐, 이 녀석이—!"

"하디 마! 하디 마, 헤이하티—!"

"그러지 마십시오! 프리지아가 불쌍합니다!"

뭐가 'SR도 충분히 대단해'냐! 자기는 UR에 SSR까지 뽑아놓고 뭐라는 거야—!

나도 모르게 그 소리를 듣자마자 프리지아의 볼을 마구 문질렀으나 놀이 바로 저지했다. ……아니 뭐, 일단 위로해준 것 같아서 아—주 약하게 한 건데 말이야.

더군다나 이런 대화를 하는 사이에 스마트폰을 회수당하는 바람에 가챠를 더 돌리려는 속셈은 무산되고 말았다.

젠장! 어째서 내가 가챠를 돌리기만 하면 이런 결과인 거야! ……다음, 다음에야말로 반드시 UR을 뽑아주겠어—!

✦ 〈번외편(I)〉 엘프와 흡혈귀의 집 지키기 ✦

나와 루나한테 '집 지키고 있어!'라고 말하고 다들 호위하러 가 버렸어.

"아아―, 다들 가버렸다. 나도 같이 가고 싶었는데―."

"음. 그러는 편이 나한테도 좋겠군. 널 상대하는 건 힘들어."

"난 루나 힘들게 안 해!"

"……이 대화 자체가 힘들군."

어라, 루나가 왜 피곤해 보이지? 그냥 평범하게 대화하는 것뿐 인데. 앗, 그렇구나. 분명 일어난지 얼마 안 돼서 그런 거야!

"자, 배웅도 끝났으니 자러 가지.

"에엑?! 루나, 왜! 방금 일어났잖아!"

"시끄러워. 난 잘 거다. 너도 얌전히 있어."

"그럴 수가! 아까 상대해주겠다고 약속했잖아!"

"흠. 그런 약속을 했었나?"

엣, 아까 헤이하치랑 루나랑 분명 약속했는데…….

내가 '끄응―' 하면서 아까 대화를 떠올리고 있자 루나가 어깨 에 손을 얹었다.

"울상 짓지 마. 농담이야. 약속은 지키지."

"루, 루나…… 고마워!"

"하지만 내 말을 잘 들어야 해. 너도 약속했지 않나."

"응! 알고 있어! 루나가 잘 땐 얌전히 있을게!"

"알고 있으면 됐다."

신난다─! 에헤헤, 역시 루나는 상냥해!

"그러면 바로 밖에──."

"기다려."

밖으로 나가려고 하자 루나가 내 어깨에 얹은 손에 꽉 힘을 주었다. 으음? 왜 그러지?

"밖에 나가는 건 상관없지만 그 전에 정해둘 게 있다."

"정해 둘 거?"

"그래. 밖에 나가더라도 시간은 엄수하도록. 한 시간이면 되겠지?"

"겨우 한 시간?! 세…… 아니, 적어도 두 시간! 두 시간은 나가게 해줘!"

"……흠, 그러지. 그러면 두 시간으로. 그 이상은 안 돼."

우으, 두 시간밖에 못 나가다니. 그래도 세 시간이라고 말하려고 했을 때 루나의 눈이 엄청 무서웠단 말야…….

"그다음으로──."

"또 있어?!"

"당연하지. 오늘은 괜찮지만 내일부터 외출은 밤에만 하도록."

"에엑?! 왜?! 해님이 쨍쨍한 낮이 좋은데!"

밤에만 나갈 수 있다니 싫어 싫어! 이렇게 햇살이 기분 좋은데 밖에 못 나가다니 너무하잖아!

모후토도 '뿌─' 하면서 창문으로 들어오는 햇살을 만끽하고 있는데! 분명 모후토도 해님이 떠 있을 때 산책하고 싶을 거야!

"우린 집에 있지만 긴급 시엔 호출 받을 수 있어. 그리고 다들

활동하는 건 주로 해가 떠 있을 때지. 그러니 낮엔 집에 있는 게
나아."

"앗…… 그렇구나. 에헤헤, 깜빡했네."

"……이 바보는 정말 이대로 괜찮은 건가?"

"너무해! 난 바보 아냐!"

루나는 항상 나를 바보라고 부른단 말이지! 난 바보 아닌데! 어
라, 그런데 언제부터 그렇게 불렸더라……? 뭐 그건 됐어! 언젠
가 바보 탈출하고 말 거야!

루나와 규칙도 정하고 드디어 외출할 수 있게 되었다. 모후토
는 루나 품에 안겨서 셋이서 산책! 모후토도 '뿌ㅡ' 하면서 기뻐하
고 있어!

"와아ㅡ! 루나랑 모후토랑 산책이다!"

"하아…… 어째서 내가 이런 이른 아침부터 외출해야 하는 거지?"

"그렇게 한숨 쉬지 마ㅡ. 모처럼 날씨도 화창하고 햇살도 포근
포근한데 집에만 있으면 아깝잖아!"

"시끄러워. 난 원래 밝은 게 싫었어. 시스하가 같이 나가는 게
아니면 집에서 한 발자국도 나가고 싶지 않아."

우음, 그러고 보니 루나의 방은 엄청 어두웠던 것 같다. 그래서
항상 해님이 떠 있을 때 자고 있었던 거구나.

그래도 시스하와 함께라면 같이 나가는 것도 괜찮단 거구나.
그 말은…… 사이가 좋다!

"루나는 시스하랑 사이가 좋구나. 항상 둘이 같이 있잖아ㅡ."

"따, 딱히 사이가 좋다고 할 것까지는……."

"그래도—, 루나는 시스하랑 같이 있을 때 즐거워 보이는걸. 시스하도 엄청 기뻐하고 말이야."

"……바보 주제에 잘 보는군. 시스하는 마음에 드는 녀석이지."

"에헤헤, 그렇구나—. 그럼 나는, 나는?"

"싫어."

"뭐어?! 너무해, 루나!"

"농담…… 음, 농담이다."

"지금 잠깐 뜸 들였지?! 싫은 거 아니지? 응?"

농담이라고 하면서 고민하는 표정 짓지 마! 나 싫어하지 말아줘!

루나, 모후토와 함께 한 산책은 눈 깜짝할 새에 끝나고 우리는 집으로 돌아왔다.

"에헤헤, 짧았지만 만족했어!"

"정말이지, 아무것도 안 하면서 그냥 걷기만 하다니. 그럴 거면 굳이 나갈 필요 없지 않나."

"무슨 말씀을! 밖에 나가는 것 자체에 의미가 있는 거야! 모후토도 좋아하잖아!"

모후토도 "뿌—" 하고 울며 앞발을 들어 올렸다. 밖에서 뭔가 하지 않아도 그냥 밖에 나가는 것 자체에 의미가—— 우왓?!

"으왓, 무슨 소리야?!"

"흠, 헤이하치가 연락했군."

루나가 주머니에서 검은 통을 꺼냈다. 어, 저게 무전기란 거지? 나도 헤이하치한테 하나 받았는데 써본 적 없어—.

헤이하치의 이야기가 금방 끝났는지 루나는 대화 내용을 알려주었다.

"흠. 아무래도 목적지엔 이틀 후 새벽에 도착한다는 모양이군."

"꽤 빠르네. 그럼 다들 금방 돌아오겠다!"

"음. 우리한테 호출이 오지만 않으면 좋겠는데 말이지."

"에―, 난 가보고 싶은데. 다 같이 모험하는 거 즐겁잖아!"

"이번엔 성가신 일이 생긴 모양이니까 말이야. 모험할 여유는 없을 거다."

흠, 분명 헤이하치가 일리나 씨의 호위를 한다고 말했었지? 호위란 건 지킨다는 거니까 모험이랑은 다른 것 같아. 우으, 그럼 모험은 못 하겠네…….

갑자기 방 안에 '꼬르륵' 소리가 울려 퍼졌다.

"앗…… 에헤헤, 배고프다. 루나, 슬슬 점심밥 먹자."

"흠, 식사 시간인가. 잠시 기다리도록."

루나는 부엌으로 가더니 당근을 들고 와서 내게 건넸다. 어라, 밥은?

"……이거?"

"음. 그거면 되겠지."

"이대로 씹어 먹는 건 싫어! 제대로 된 밥 먹고 싶어!"

"제멋대로군. 모후토는 맛있게 먹지 않나."

"에에…… 못 먹는 건 아니지만…….."

모후토가 당근을 베어 물며 맛있다는 듯이 "뿌―" 하고 울었다. 아삭…… 우으, 조금 단맛이 나서 맛있긴 하지만 이대로 먹는 건 별로야.

"농담이야. 어쩔 수 없군. 만들어줄 테니 조금만 기다려."

"엣, 루나 요리할 수 있어?!"

"당연하지. 내가 누군데. 너도 도와. 그 정도는 할 수 있겠지?"

"응! 놀 도와준 적 있으니까 괜찮아!"

흐흥, 나도 채소 자르는 건 할 수 있지! 루나와 함께 요리 시간이다!

같이 부엌으로 가서, 놀이 한 것처럼 한 켠에 놓여 있는 아이템에서 재료를 꺼낸 다음 루나와 요리를 시작했다. 그리고 완성된 것은 계란말이에 샐러드! 루나가 계란말이를 만들고 내가 채소를 잘랐어!

"흠…… 역시 놀처럼 잘 만들긴 어렵군."

"아니야! 루나가 만들어준 밥도 맛있는걸!"

"……그, 그런가?"

"응! ……어라, 루나 왜 그래?"

"아, 아무것도 아니다…….'"

루나는 얼굴이 빨개져서 고개를 돌렸다. 으음? 내가 이상한 소리 했나?

그 후로 루나, 모후토와 얌전히 집에서 지내고 있었는데…… 모후토를 펫하우스에 데려다준 사이에 루나가 어딘가로 사라져 버렸다.

거실에도 없고 루나의 방에도 없어. 헤이하치 방에도 없는 것 같고…… 앗, 분명 욕실에 있을 거야! 당장 가보자!

"역시 여기 있었구나!"

"우으…… 들켰군."

"왜 혼자서 씻는 거야! 모처럼 단둘이니까 같이 씻자!"

"싫어. 목욕 정도는 조용히 하고 싶다고."

"그러지 말구! 내가 등 닦아줄게!"

나도 서둘러 옷을 벗고 들어와 루나의 등을 닦아줬다. 루나도 처음엔 조금 싫어하는 듯했지만 바로 내게 등을 맡겼다.

"역시 직접 씻긴 귀찮아. 시스하가 그립군."

"루나는 항상 시스하랑 같이 씻지?"

"너도 그렇게 말하지만 놀이랑 항상 같이 씻지 않나."

"응! 서로 닦아줘—."

에헤헤, 놀은 항상 내 머리를 감겨주고 나도 놀의 등을 닦아주고 있어—. 가끔 에스텔도 같이 씻는데 그땐 셋이서 서로 씻겨주지—.

……앗, 그러고 보니 헤이하치랑은 같이 씻어본 적이 없었네! 나중에 헤이하치가 씻을 때 등 닦아주러 가야지!

루나의 등을 닦은 후 나도 내 몸을 닦고 욕조에 들어갔다.

"……왜 달라붙는 거냐."

"모처럼 같이 들어왔잖아. 내가 시스하 대신이야—."

"네가 시스하를 대신할 수 있을 것 같나. 이 바보 녀석."

"에에—, 너무해. 난 바보 아니라니까."

오늘만 해도 몇 번이나 바보 소리 들었어. 그래도 루나도 웃고 있으니까 그런 건 상관없나!

루나와 사이좋게 씻고 나와서 수건으로 머리도 닦아주었다. 그리고 이 다음은 기다리고 기다리던 밤놀이——.

"자, 목욕도 끝났으니 이제 자러 가지."

"에—, 벌써 자는 거야? 밤은 이제부터란 말야!"

"시끄러워. 너한테 맞추느라 밤낮이 바뀌어서 졸려."

"루나는 원래 밤에 일어나 있었지? 나한테 맞춰줘서 고마워."

우우, 놀고 싶었는데 루나가 졸려 보이니까 어쩔 수 없지. 너무 고집 부리면 또 화낼 테니까 밤놀이는 참자!

루나는 놀의 방에 가서 모후토를 불러내 끌어안고 자신의 방으로 향했다. 난 그 뒤를 계속 쫓아갔다.

"……왜 쫓아오지?"

"에헤헤, 같이 자려구."

"안 돼, 싫어. 침대는 내 성역이다. 자려면 혼자 자!"

"앗, 같이 가, 루나!"

왜 도망치는 거야?! 같이 자는 것 정돈 괜찮잖아!

서둘러 루나를 쫓았지만 루나는 방에 들어가 문을 닫아버렸다.

"흐에에에! 열어 줘, 루나! 왜 모후토는 되고 난 안 되는 거야아—!"

[시끄러워서 싫어. 얌전히 네 방으로 돌아가.]

"너무해애애! 나도 같이 자고 싶단 말야! 혼자 있으면 외로워—!"

왜 같이 집에 있는데 같이 못 자는 거야! 모후토도 데리고 가다니 너무해! 나도 같이 자고 싶어!

문을 쿵쿵 두드리며 루나를 부르자 드디어 루나가 문을 조금 열어주었다. 새까만 문틈에서 루나의 빨간 눈동자가 보였다.

"……말 듣겠다고 약속했지 않나."

"우으, 그래도 혼자 자는 건 싫단 말야……."

"하아, 어쩔 수 없군. 특별히 오늘만 봐주지."

"정말?! 신난다―! 역시 루나는 상냥하다니까―."

"대신 헤이하치한테 보고하겠어. 마석 수집에 같이 가야 할 거야."

"히익?! 그, 그건 참아줘! 마석 수집은 이제 싫어!"

"농담이다."

마, 마석 수집은 이제 싫어어……. 헤이하치가 그렇게 무서운 사람인줄 몰랐어! 다들 왜 그렇게 싫어했는지 이해했어.

루나가 문을 열어줘서 방 안으로 들어갔다. 깨우러 올 때마다 봤지만 루나의 침대는 엄청 커!

나는 루나와 함께 침대에 누웠다.

"에헤헤, 루나는 역시 상냥해."

"윽, 별로 상냥하지는……."

"아니, 상냥해. 오늘 고마웠어!"

"벼, 별로…… 에잇, 자기나 해. 나도 잘 테니까."

"응! 잘 자!"

세바리아 관광을 만끽하던 어느 날.

세바리아엔 도시 내에 수로가 설치되어 있어서 곤돌라를 타고 여유롭게 도시를 관광할 수 있다. 다리 위에서 그 광경을 본 프리지아가 간곡하게 부탁하는 바람에 우리도 배를 타기로 했다.

하지만 남들보다 멀미가 심한 놀은 배를 타는 것이 결정되자 계속 불안해했다.

"우으, 배 타기 무섭습니다……."

"그렇게 걱정하지 마. 시스하가 같이 있으니까 괜찮잖아, 그치?"

"네. 이 시스하 알비한테 맡겨만 주세요. 멀미 정도는 간단히 치료할 수 있으니까요. 마음 푹 놓으세요!"

시스하가 가슴을 쭉 펴고 우쭐한 표정을 지었다. 이 녀석이 이렇게 자신만만할 때마다 항상 무슨 일이 생겨서 불안하지만, 회복 마법에 한해선 실력이 확실하니 신뢰할 수 있다. 그래서 놀도 배에 타는 것에 찬성한 것이다.

그런 놀은 안중에도 없는 듯이 프리지아는 폴짝거리며 루나와 걸어가고 있다.

"에헤헤, 배 타는 거 기대된다! 분명 기분 좋을 거야! 루나도 기대되지?"

"흠. 그다지 관심은 없지만 즐겁긴 하겠군."

말은 그렇게 하지만 루나도 어딘가 들떠 있는 게, 기대하는 모양이다. 나도 곤돌라엔 처음 타보는 거라 기대된다.

그래서 바로 승선장으로 직행——하지 않고, 항구로 찾아왔다. 근처에 온 김에 어부들에게 저번에 대접받은 답례를 하기 위해서 먼저 찾아온 것이다.

항구에 도착하자 소매를 걷은 낯익은 남성, 로켄 씨의 모습이 보였다. 프리지아는 로켄 씨를 발견하자마자 혼자 달려가 버렸다.

"로켄 씨—!"

정말이지. 가만히 있질 못하는 녀석이라니까. 우리도 프리지아의 뒤를 쫓아 로켄 씨에게 인사했다.

"안녕하세요. 며칠 만에 뵙네요."

"오, 아직 세바리아 관광 중이냐?"

"네. 오늘도 여기저기 둘러보려고요."

"에헤헤, 오늘은 배를 탈 거야! 기대된다—."

"곤돌라 말이지? 그건 세바리아 명물 중 하나니까 말이야. ……응? 뒤에 있는 두 사람은 처음 보는…… 으억?!"

로켄 씨는 우리의 뒤를 보고 놀라더니 말이 없어졌다.

뒤에 있는 두 사람이라면 시스하와 루나일 텐데…… 헉! 설마! 시스하의 겉모습에 속은 건가?!

시스하도 뭔가 눈치챘는지 앞으로 나와 정중하고 깔끔하게 인사를 건네며 로켄 씨에게 미소 지었다.

"처음 뵙겠습니다. 시스하 알비라고 합니다. 로켄 씨 맞으시죠?"

"네, 네?! 그, 그렇습니다만……."

"저번엔 조개를 저렴하게 주셨다고 들었는데 감사합니다. 정말 맛있었어요."

"예?! 앗, 그, 그 정도로 감사 인사를 하실 것까지야……. 헤헤, 그 정도야 언제든 드릴 수 있으니 개의치 마십시오!"

"우후후, 감사합니다."

로켄 씨는 새빨개진 얼굴로 쑥스러운 듯이 머리를 벅벅 긁었다. 시스하 녀석, 내숭 떨기는…… 남들 앞에선 항상 이렇게 얌전한 척한다. 관광 중엔 사복 차림이라 외모 사기력이 3할은 늘어난 상태다.

어떻게 생각하면 본래 모습을 모르는 편이 행복할지도 모르겠다.

"그래서, 곤돌라를 타는데 항구까진 무슨 일로 온 거냐?"

"오늘도 관광하러 나온 김에 저번 답례를 드리고 싶어서요. 이거, 다 같이 드세요."

나는 마법 가방에서 봉지를 꺼내 로켄 씨에게 건넸다.

"딱히 답례까진 안 해줘도 괜찮은데 말이야. 준다니 고맙게 받겠어. 어디 보자…… 버섯이군. 으음?! 이 버섯 설마!"

"네. 퀘레스에서 나는 마탕고 버섯이에요."

그렇다. 답례로 가져온 것은 마탕고에게서 얻을 수 있는 알록달록한 버섯이었다. 퀘레스에서도 인기가 좋았으니 답례품으로도 괜찮을 터. 먹을 것의 답례로는 먹을 것을 주는 게 무난하겠지.

그렇게 생각했는데 로켄 씨는 매우 곤란한 표정을 지었다.

"잠깐 잠깐. 정말 이런 걸 줘도 괜찮은 거냐? 이 버섯 인기가 엄청 많아서 세바리아에서도 고급 식재료라고. 애초에 유통되지도 않아서 우린 먹어본 적도 없어."

"전에 퀘레스에 갔을 때 대량으로 채취해서 괜찮아요. 혹시 더

드시고 싶으시면 가격은 좀 들겠지만 팔아드릴 수도 있어요."

"그거 참 고맙군. 다른 녀석들한테도 말해둘 테니 부탁하지."

퀘레스와 세바리아는 굉장히 멀리 떨어져 있으니까 말이지. 여기까지 운송하는 것도 어려울 테고, 퀘레스만 해도 수요가 상당해서 거의 시중에 들어오지 않는 것도 이해가 간다. 우리가 대량으로 파는데도 금방 매진될 정도니까.

……잠깐?! 혹시 특산품으로 취급되는 마물 드롭 아이템은 근처 도시에서 파는 것보다 이렇게 먼 도시에 와서 파는 게 더 값을 많이 쳐주는 거 아냐?! 지금껏 왜 이런 간단한 생각을 못 했지?!

퀘레스에는 세바리아에서 잡은 해산물, 그리고 세바리아엔 퀘레스의 농산물을 팔아봐야겠어. 크헤헤, 돈방석에 앉아서 웃는 내 모습이 그려지는 것 같다.

그런 악당 같은 생각을 하고 있자 로켄 씨가 제안을 하나 했다.

"저기, 괜찮다면 오늘은 내가 배에 태워줄까? 도시 안 수로까진 못 들어가겠지만 먼바다로 나가거나 낚시하는 것도 괜찮지 않겠어? 낚싯대도 빌려줄 테니까 말이야."

"엣, 그래도 돼?! 낚시 해보고 싶어!"

"정말요? 할 일이 있으신데 신세지는 건 아닐지……."

"하하하, 괜찮아. 이 정도야 아무것도 아니지."

로켄 씨의 배를 타고 관광하면서 배낚시라니. 곤돌라를 타고 도시를 돌아볼 생각이었지만 어선에 타는 것도 재밌을 것 같다. 프리지아도 흥미를 보였고, 오늘은 로켄 씨의 호의를 감사히 받아들이도록 하자.

일단 모두에게도 의견을 물어봐야지.

"그러면 부탁해도…… 괜찮겠지?"

"난 상관없어. 도시를 천천히 둘러보는 것도 좋지만 어선에 탈 기회는 좀처럼 없잖아?"

"낚시해보고 싶습니다! 우후후, 맛있는 물고기를 낚을 겁니다!"

"아하하…… 놀 씨는 관광보다 식사가 우선이시네요. 저도 재 밌을 것 같으니까 찬성이에요."

"난 아무래도 상관없어."

딱히 반대의견이 없었으므로 로켄 씨에게 안내받아 로켄 씨의 배가 있는 곳으로 이동했다.

로켄 씨의 배는 중형 어선으로 제법 컸다. 당연히 주변에 있는 배와 마찬가지로 나무배였지만 광택이 나는 것이 매우 튼튼해 보 였다. 평범한 목재가 아닌 모양이다. 게다가 돛이 달리지 않아서 다른 배에 비해 존재감이 확실했다.

대체 이 배는 어떻게 움직이는 거지? 설마 노를 저어 가는 건 아니겠지…….

그런 의문을 떠올리는 와중에 프리지아는 로켄 씨의 배를 보고 단순하게 기뻐하고 있었다.

"와아—, 로켄 씨 배 엄청 크다! 멋있어!"

"와하하, 그렇지?! 특별 주문으로 만든 마도구로 움직이는 어 선이라고!"

"오오! 마도구로 움직이다니 대단합니다! 빨리 타보고 싶습니다!"

오호라. 그래서 다른 배들과 다르게 생겼던 거군. 설마 개인용 배에도 마도구가 쓰일 줄은 몰랐다. 굉장히 비싸 보이는걸.

다들 이야기를 듣고 흥미로운 표정으로 배를 구경했다.

"헤에, 생각보다 튼튼한 배네. 이거라면 파도가 거세도 괜찮겠어."

"이런 배로 물고기를 잡으러 나가는 거구나. 타는 거 기대되는데."

"굉장히 튼튼해 보이네요. 웬만한 마물한테 공격받아도 멀쩡할 것 같아요."

"흠. 이 배라면 바다 위에서도 편하게 잘 수 있겠군."

로켄 씨의 허가를 받아 배를 만져보았는데 목재인데도 마치 금속 같은 감촉이었다. 배의 일부엔 퀘레스 방면에서 나는 트렌트의 목재를 사용한다나. 튼튼한 것도 이해가 간다.

마도구가 어디에 있는지 궁금했는데 선미의 바닥에 붙어 있다고 한다. 아마 그것을 동력 삼아 배를 움직이는 모양이었다. 마치 내가 원래 있던 세계의 배와 비슷한 구조다. 일부는 마법 덕분에 현대적인가 보군.

구경을 마치고 배에 타기 전에 로켄 씨에게 머릿수대로 낚싯대를 빌리기로 했다. 내가 대표로 로켄 씨와 함께 낚싯대를 가지러 가면서 내 것은 사양했다.

"로켄 씨, 실은 저도 낚싯대가 있어서 제 건 안 빌려주셔도 괜찮아요."

"오, 그래? 안 보이는데 어디 있지?"

"이 가방 안에 넣어 뒀어요. 작게 만들어서 수납할 수 있는 형식이거든요."

"호오―, 그런 편리한 낚싯대가 있는 줄은 몰랐군."

마법 가방에 내 전용 낚싯대가 있으니 나는 빌릴 필요가 없었다. 세바리아가 항구 도시라는 이야기를 듣고, 언젠가 낚시를 할 기회가 있지 않을까 하고 준비해두었다. 원래 세계에서도 일단 낚시해본 경험이 있으니 기대하고 있었단 말이지!

준비를 마치고 배에 올라타자 프리지아가 뱃머리로 달려가 몸을 쭉 내밀고 소란을 피웠다.

"출발이다―!"

"어, 너무 내밀고 있으면 위험하니까 조심해."

"네에―!"

정말이지, 배에서도 이 녀석은 조심성이 없다니까. 활기차게 대답했지만 또 똑같은 짓을 할 것 같으니 놀에게 부탁해야겠다.

로켄 씨는 키가 달린 운전석에 앉더니 투명한 돌을 꺼내 장착했다. 그러자 배의 바닥에서 '쿠르릉' 하는 소리가 들리더니 배가 나아가기 시작했다. 배는 점점 속도를 올려 나아가, 눈 깜짝할 새에 항구에서 멀어져 갔다.

"오―, 바람이 기분 좋습니다. 이 배 굉장히 빠릅니다."

"그러게. 이 배에 달린 마도구는 제법 수준이 높나 봐."

"그래. 마수정만 있으면 우리도 다룰 수 있으니 아주 편리하지."

아까 장착한 돌이 마수정이었나 보군. 대형 마도구의 연료로 쓰인다는 이야기는 들었는데 실제로 사용하는 것을 보는 건 처음이다. 이런 식으로 쓰이는구나.

배는 도시의 외곽을 돌며 나아가고, 우리는 흘러가는 풍경을 바라보았다. 프리지아도 여기저기를 두리번거리며 둘러보더니 루나의 어깨에 손을 짚고 신나게 떠들었다.

"루나 저거 봐! 물고기가 헤엄치고 있어!"

"에잇, 이 정도로 떠들지 마. 얌전히 있어."

"자, 자. 너무 움직이면 위험해요."

루나는 귀찮은 표정이었지만 프리지아에겐 꼬박꼬박 대꾸해 주었다. 그 모습을 시스하가 흐뭇하게 지켜보았다. 마치 자식을 보는 부모의 눈빛이군……

그렇게 훈훈한 분위기 속에 경치를 즐기고 있는데, 분위기를 깨는 문제가 발생.

놀이 당장이라도 토할 것처럼 입가를 손으로 가리고 있었다.

"우욱, 벌써부터 위기입니다…… 시스하―."

"멀미가 시작됐군요. 저한테 맡겨만 주세요."

시스하가 놀에게 손을 대자 놀의 온몸이 어렴풋이 빛났다. 그러자 컨디션이 원래대로 돌아왔는지 놀이 안도의 한숨을 내쉬었다.

그 광경을 보았는지 갑자기 로켄 씨가 외쳤다.

"지금 그거 회복 마법 아냐?! 누님은 신관님이었나 보군!"

"우후후, 맞아요. 전 오쿠라 씨 파티에서 신관을 맡고 있지요."

"로켄 씨는 회복 마법을 보신 적 있으신가 봐요?"

"뭐 그렇지. 신전에 가면 가끔 회복 마법을 쓰는 걸 볼 수 있거든."

호오, 로켄 씨도 신전에 다니는구나. 그러고 보니 처음 만났을 때도 테스투도 님을 믿고 있는 느낌이었지. 로켄 씨도 신전의 신도였던 모양이다.

"그러면 혹시 일리나 씨도 아시나요?"

"아, 일리나와는 자주 대화하곤 하지. 그보다 이 세바리아에 그 아이를 모르는 사람이 더 적을걸? 테스투도 신전이라고 하면 일리나가 떠오르니까 말이야. 신전장보다 유명할지도 몰라."

뭐라고?! 일리나 씨가 그렇게 유명인이었어?! 설마 신전장보다 유명할 줄이야……. 신전의 얼굴 같은 존재인가? 확실히 상냥한 데다가 미인이니까 말이지. 신앙과 상관없이 한번 보면 기억에 남을 만한 사람이다.

그 후로도 로켄 씨와 잡담을 나누며 유람을 즐기고 있는데, 놀 외에도 멀미를 호소하는 멤버가 나타났다.

"시스하, 나한테도 회복 마법 걸어줄 수 있어……? 울렁거리기 시작했어."

"네─. 지금 당장 갈게요─."

"우으…… 나도 울렁거려……."

"네에─, 프리지아 씨도 금방 해드릴게요─."

"……속이 안 좋군."

"아니! 루나 씨까지! 당장 치료해드릴게요!"

에스텔을 시작으로 점점 시스하 옆으로 몰려들더니 다 같이 회복 마법을 받고 있다. 놀은 이미 네 번이나 받았을 정도다.

그 중심에 있는 시스하는 어쩐지 생기 넘치게 웃고 있었다.

"어쩌죠, 오쿠라 씨? 저 지금 굉장히 신관 역할에 충실한 기분이에요."

"이럴 때만 신관 노릇하지 마! 평소에도 그렇게 하라고!"

"아니, 그 정도까지야—."

칭찬한 거 아니거든! 신관 노릇하면서 기뻐할 거면 평소에도 그렇게 하라고! 적당히 하라고 이 녀석—! 하고 마음속에서 태클을 걸었지만, 곧바로 나도 바다에 먹은 것을 게워낼 것 같아서 결국 시스하에게 신세를 졌습니다. 신관님 대단해요!

그런 식으로 유람을 즐기고 있는데 로켄 씨가 배를 멈췄다.

"자—, 이 부근에서 낚시라도 할테냐? 낚싯대는 내가 준비해줄 테니 조금만 기다리라고."

"네—! 낚시 기대 된다! 그치, 놀?"

"저도 기대됩니다! 잔뜩 낚고 싶습니다—."

다들 회복 마법을 받고 컨디션이 좋아졌는지 낚시하잔 소리에 떠들썩해졌다. 그리고 각자 로켄 씨가 준비해 준 낚싯대를 하나씩 받아들었다.

나는 당연히 가방에서 내 전용 낚싯대를 꺼내 스스로 준비한 후 바다에 낚싯줄을 내렸다. 그리고 에스텔 옆에 앉아 낚시를 시작했다.

"어머, 오빠 낚싯대는 우리 거랑 다르네?"

"내건 챙겨 왔거든. 낚시할 기회가 있을까 하고 계속 준비해뒀었어."

"전용 낚싯대도 가지고 있다니, 오빠 낚시에 관심이 있었나 보네."

에스텔이 든 낚싯대는 목제에 릴도 달리지 않은 단순한 구조의 낚싯대였다. 한편 내가 들고 있는 낚싯대는 고급스럽게 윤기 나는 빨간색 낚싯대로 제대로 릴도 달려 있었다.

조금 자랑스럽게 에스텔에게 보여주고 있는데, 내 낚싯줄에 반응이 오더니 찌가 가라앉았다.

"오, 바로 걸려들었어!"

릴을 돌려 낚싯줄을 감아올리자 제법 묵직한 무게감이 느껴졌다. 빠른 입질에 로켄 씨도 한 손에 뜰채를 들고 흥미진진하게 상황을 지켜보았다.

물고기가 도망치지 않도록 신중하게 낚싯줄을 감아올리자, 드디어 바늘에 걸린 물고기가 모습을 드러냈다. 손에 무게감이 전해져 왔을 만큼 엄청나게 크다. 어림잡아 80센티미터는 될 것 같다.

해면까지 끌어올렸을 때 로켄 씨가 뜰채로 건져 배 위로 끌어올리자 물고기는 힘차게 파닥거리며 튀어 올랐다. 로켄 씨는 물고기를 보고 놀라워했다.

"우오오오오! 퀸발이잖아! 우리도 이런 건 좀처럼 못 잡는다구!"

"큭, 오쿠라 씨한테 선수를 빼앗기다니…… 저도 대어를 낚고 말겠어요!"

"크하하, 열심히 해보라고."

"크으윽, 지지 않겠어요!"

내가 대어를 낚자, 시스하가 경쟁심이 불탄 모양이었다. 하하하, 내가 먼저 낚아서 미안하게 됐네.

기분 좋게 다시 낚싯바늘을 바다에 던지자 곧장 입질이 와 손맛을 느끼며 신나게 릴을 감아올렸다.

"으하하하하, 또 낚았다! 나만 잡아서 어쩐지 미안하네!"

"엑, 던지자마자 물고기가 걸린 겁니까?!"

"헤이하치 대단하다—! 어떻게 그렇게 빨리 잡는 거야?"

"내가 소싯적에 낚시 장인으로 이름을 날렸거든! 이 바닥에선 최강! 난 천재니까!"

"……또 얼토당토않은 짓을 하고 있는 거 같군."

크흠, 루나 녀석 예리하다니까…… 낚싯줄을 드리우고 나를 한심한 표정으로 쳐다보고 있다.

루나의 반응을 보았는지 에스텔까지 수상쩍은 표정으로 내게 질문을 던졌다.

"오빠 낚싯대, 엄청 멋진걸. 왕도에도 그런 낚싯대는 안 팔 것 같은데 대체 어디서 얻은 거야?"

"……응, 그런 게 있어."

"수상해, 수상한 냄새가 풀풀 난단 말이죠. 그 낚싯대 잠깐 보여주세요!"

앗, 도둑이야! 낚싯대를 훔쳐갔어! 큰일이다, 들키고 말겠어!

내 낚싯대를 뺏어간 시스하는 구멍이라도 뚫을 기세로 낚싯대를 살펴보더니 뭔가 눈치챘는지 외쳤다.

"아—! 이 낚싯대, 마도구예요, 마도구! 치사하게, 이 사람 꼼수 썼네요!"

"엣, 마도구 말입니까?! 언제 마도구 낚싯대를 얻으신 겁니까!"

"와—! 헤이하치 꼼수였구나! 혼자 그런 걸 쓰다니 치사해!"

"흠, 예상대로였나. 역시 헤이하치, 비겁한 짓을 하는군."

"마, 마도구 낚싯대라고? 그런 게 있었다니……."

나는 모두의 비난을 한 몸에 받게 되었다. 로켄 씨까지 약간 깬다는 표정으로 나를 쳐다봤다. 그렇다. 내가 사용한 낚싯대, 그것은 저번 방어구 가챠에서 나온 SR 명품낚싯대다.

〈명품낚싯대〉

물고기가 엄청나게 낚이는 낚싯대. 가벼우면서 내구성이 우수하여 릴에는 부하 경감 효과까지 잇다. 튼튼한 마법 실에 물고기를 끌어들이는 찌는 보너스. 낚시 장인을 노려보자.

나는 변명하지 않고 그 자리에서 솔직하게 사죄했다.

"죄, 죄송합니다! 용서해주세요!"

"정말이지. 잠시라도 방심할 수 없다니까요."

"후후, 그것도 오빠의 장점이 아닐까?"

"에스텔, 너무 오냐오냐 해주는 것도 좋지 않습니다……. 오쿠라 님은 정말 못 말립니다."

"큭, 푸하하하하! 이런 귀여운 아가씨들에게 항상 이렇게 시시한 장난을 쳐왔던 거냐! 정말 못 말리는 녀석이군!"

응, 역시 꼼수는 나쁜 거야. 하지만 이런 아이템을 얻으면 한번써 보고 싶어지잖아!

남 몰래 나 혼자 쓰려고 했던 건 내가 나빴지만!

그렇게 마음속으로 변명을 늘어놓고 있는데 프리지아의 유쾌한 목소리가 들려왔다.

"와아—! 나도 낚았어! 헤이하치 낚싯대 진짜 대단하다!"

"흠, 이건 꽤 괜찮은 물건이군. 나한테도 빌려줘."

"응! 이걸로 물고기 잔뜩 낚자!"

뒤돌아보니 프리지아가 어느샌가 내 낚싯대를 들고 루나와 떠들고 있었다. 뭐야, 꽤 사이좋잖아!

그 후, 결국 다 같이 명품낚싯대를 돌려쓰며 낚시를 즐기는 것으로 오늘의 관광을 마쳤다. 응, 이런저런 일이 있었지만 즐거운 관광이었어.

가챠를 돌려 동료를 늘리고 최강의 미소녀 군단을 만들자 7

2020년 4월 8일 1판 1쇄 인쇄
2020년 4월 15일 1판 1쇄 발행

저 자	칭쿠루리
일 러 스 트	이세가와 야스타카
옮 긴 이	강유정
발 행 인	유재옥
본 부 장	조병권
편 집 1 팀	정영길 김민지 조찬희
편 집 2 팀	김다솜 이본느
편 집 3 팀	오준영
디 자 인	강혜린 박은정
라 이 츠	김슬비 한주원
디 지 털	박상섭 박지혜 이성호
발 행 처	㈜소미미디어
등 록	코리아피앤피
주 소	제2015-000008호
판 매	서울시 마포구 토정로 222, 403호(신수동, 한국출판콘텐츠센터)
제 작 처	㈜소미미디어
마 케 팅	한민지
경 영 지 원	김서진
물 류	허석용 최태욱
전 화	편집부 (070)4164-3962, 3963 기획실 (02)567-3388
	판매 및 마케팅 (070)4165-6888, Fax (02)322-7665

ISBN 979-11-6507-552-1
ISBN 979-11-6190-894-6 (세트)